小说眼·看中国 丛书

陆东平 编

风雪凌晨的一声狗叫

山西出版传媒集团

北岳文艺出版社

·太原

图书在版编目(CIP)数据

风雪凌晨的一声狗叫 / 陆东平编. — 太原 : 北岳
文艺出版社, 2018.8
ISBN 978-7-5378-5533-4

Ⅰ.①风… Ⅱ.①陆… Ⅲ.①中篇小说—小说集—中
国—当代②短篇小说—小说集—中国—当代 Ⅳ.①I247.7

中国版本图书馆 CIP 数据核字(2018)第 001189 号

书　　名	风雪凌晨的一声狗叫
策　　划	续小强　左树涛
编　　者	陆东平
责任编辑	高海霞
书籍设计	张永文
印装监制	巩　璠
出版发行	山西出版传媒集团·北岳文艺出版社
地　　址	山西省太原市并州南路 57 号
邮　　编	030012
电　　话	0351-5628696(发行部)
	0351-5628688(总编室)
传　　真	0351-5628680
网　　址	http://www.bywy.com
E - mail	bywycbs@163.com
经 销 商	新华书店
承 印 者	山西人民印刷有限责任公司
开　　本	890mm×1240mm　1/32
字　　数	202 千字
印　　张	8.25
版　　次	2018 年 8 月第 1 版
印　　次	2019 年 1 月山西第 2 次印刷
书　　号	ISBN 978-7-5378-5533-4
定　　价	32.00 元

目录

王祥夫 _ 看戏　001

夏天敏 _ 好大一对羊　016

秦　岭 _ 风雪凌晨的一声狗叫　055

王新军 _ 村长没有小蜜　117

李　铭 _ 乡间排球赛　133

鬼　子 _ 大年夜　147

石舒清 _ 低保　201

赵文辉 _ 棉检组长　217

看　戏

王祥夫

西瓜节开幕这一天，贵得把区上和县里的领导都请到了，虽然是西瓜节，但到了晚上一下露水，天气还有些凉，贵得给上边的人准备了军大衣，簇新的军大衣，几乎是拉来了一大汽车。"领导们每人给一件，也算是个礼。"贵得说。除了军大衣，贵得还给每个客人准备了五六十斤西瓜，瓜都摘好了，一份儿一份儿地放在大棚里。说是西瓜节，地里这时候其实连个西瓜毛儿都没有，瓜都在大棚里，大棚里的西瓜要比地里的西瓜早熟两个多月，地里的西瓜是顺着瓜蔓儿圆滴溜地躺在地上的，可大棚里的西瓜却在架上吊着，架上的瓜有大有小，顺着蔓子一路上去，都藏在厚密的叶子里。因为大棚里的瓜要比地里的瓜早下两个多月，平平常常的西瓜这时候就成了个稀罕物。西瓜有什么好看的？但来看的人就是多，看了不行，还要动嘴吃，人们的理由是"吃好了才会买"。所以，每个大棚的入口处都摆了一张桌子，桌子旁还有凳子，怕人们站着吃累，让人们坐在那里安心吃，桌子上一牙一牙的都是切好的瓜，粉瓤的、红瓤的、黄瓤的，一牙一牙地放在那里等人们来大口大口吃它。贵得给人们的规定是西瓜要统一过秤，统一收钱，无论是谁的大棚都不许私下收钱，这就有那么点集体主义的味道了。贵得现在的心很大，村子里的事都是他说了算，贵得说这么做也是为了防止乱糟糟的，同时也为了防止人们瞎搞价。西瓜节要有个西瓜节的样子！再说唱戏，原计划是白天唱，但贵得不知怎么突然变了主意，把戏改在了晚上。

"晚上吧。"贵得说。

别人当然不会有什么意见，邻庄赶来看戏的人当然更不会有什么意见。

"晚上更好！"有人马上在一边附和了。

贵得问了这人一句："你说怎么个好？"

"热闹！"这人嘻嘻一笑，说，"热闹不过晚上人看人。"

乡下唱戏，除了死人搭台唱戏没个定准，一般都有个时间，比如过年过节，或者是祈雨求神，平时谁也不会请剧团下来唱戏，所以党留庄这次闹的动静特别大，邻村的人们都赶来了，这时节，地里的玉米要抽穗了，高粱头子也努了小苞了，而且马上要开苞了，人们相对就不那么忙了，所以有人对贵得说把西瓜节安排在这个节骨眼儿上真是高招，大棚是没有季节的，即使是冬天照样也可以把西瓜给人们绿皮儿红瓤地结出来。但安排在这个时候就不一样了，人们有时间，难得的就是人们有时间。而且剧团也有时间，这时候请剧团去唱戏的地方不多，所以能请到县里最好的剧团和最好的角儿。人们都知道了，这次来的主角是"桃子红"和"二毛眼"，好家伙！都是远近闻名的好角儿，要在别的时候，想看她们的戏还不那么容易。"军大衣得给桃子红和二毛眼各留一件。"贵得说。又看看那一份儿一份儿留好的西瓜，贵得又说："瓜也照样给桃子红、二毛眼各留一份儿。"贵得这么说话，倒好像他和桃子红、二毛眼的交情有多深，其实贵得根本就不认识这两个演员。贵得不但嘱咐给桃子红和二毛眼各留一份儿瓜，还嘱咐把西瓜多切它几个，一牙儿一牙儿地摆桌上，每个桌儿上都摆上。

"大棚里的瓜多着呢，让旁边庄的也尝尝，都尝尝。"贵得说。

党留庄旁边都有哪几个庄子呢？王留庄和张留庄，再远还有个李留庄，怎么庄子的名字里边都有个留字？文化馆老丘头说这有个说头，这个说头就是有"留"字的庄过去都住兵，当然这是古时候。丁儿香的家呢，就在王留庄，人们都叫她"丁儿香"，这发音有些特别，而这特别只有王留庄有，比如这天吃的是鸡肉，王留庄的人会说"鸡儿肉"，比如"面条儿"，王留庄却非要说成"面儿条"，比如"裤腿儿"，王留庄的人会说"裤儿腿"。这真是侉，要多侉有多侉。因为王留庄人说话有这么个怪特点，舌头有那么点卷卷的，所以无论他们到什么地方，人们都会知道他们是王留庄的。王留庄的丁儿香是去年和党留庄的刘大来订的婚，不订婚还好，丁儿香还会时不时抽时间到党留庄看看她舅，她舅就是贵得，一订了婚，她倒不方便来党留庄了。要来，就必得找个别的什么借口，这下可好，丁儿香找到了借口，那就是去看戏，村子里的戏一开锣就要演到后半夜。丁儿香她爸对丁儿香她妈说："你跟上去吧，你不去我还不放心，大晚上小男嫩女的。"丁儿香的爸还嘱咐丁儿香妈晚了就别回来了，"就在她舅家睡一宿。""一宿哪行？"丁儿香的妈说丁儿香她舅要给人们唱七天，所以她要和闺女在党留庄看个够。"最少还不在我兄弟家住三宿？"丁儿香和刘大来的婚事，就是丁儿香的舅舅贵得从中撮合的。贵得不但管村里的事，家里的事他都要管。

"听说光军大衣就拉了一车。"丁儿香她爸说贵得拉那么多军大衣做什么?

"谁知道拉军大衣做什么?"丁儿香妈说,"不过这几天到了后半夜还冷不叽儿的。"

"拉军大衣做啥?"丁儿香的爸还是想不明白这个问题。

"管他娘!"丁儿香妈心不在这上头,她和丁儿香商量该穿什么衣服去,灰的?蓝的?还是黑的?

头天晚上看戏,丁儿香和她妈是在村食堂里吃的饭,来吃饭的人很多,可以肯定的是有很多人是吃混饭的,因为人多,谁都不知道谁是谁的客人,但有一点可以肯定的是,这些人大多都是从上边来的客人。但本村的人也有在食堂吃饭的,比如丁儿香的舅妈,她陪丁儿香和她大姑姐在食堂吃饭,因为人多,饭菜也好不到哪里去,炖羊肉、鱼、猪蹄子、大烩菜、炖鸡肉,还有黄汪汪的炒鸡蛋。丁儿香舅妈小声对丁儿香妈也就是她自己的大姑姐说:"你兄弟贵得这下子闹大发了,连区长和县长都下来看戏了,要是别的村演戏,唏!区长和县长才不来呢,才不会下村里看戏!"丁儿香的舅妈这么一说,丁儿香就把脸转来转去,但丁儿香把脸转来转去还是没有看到区长和县长,丁儿香的舅妈说:"你坐在这里怎么能看到区长和县长,你舅陪他们正在另一间屋喝酒呢!"

"咱们吃咱们的,七点半开戏,咱们可别误了。"丁儿香的舅妈说:"那个人已经给咱们占了座儿,咱们不怕误,咱们的座儿紧挨着区长和县长,到时候你就知道前边那一排谁是区长谁是县长了,你要是不知道,就让那个人告诉你谁是谁。"

"哪个人?"丁儿香还问。

"还哪个人哪个人?"舅妈笑着说,"那个人就是那个人。"

丁儿香不问了，她说了句："管他是那个人还是哪个人。"

吃过饭，丁儿香和她妈随舅妈去了戏台那边。丁儿香注意到舅妈为了看戏也穿了新衣服，其实最不好看的衣服就是新衣服，到处僵僵的，舅妈因为穿了新衣服，人就显得僵僵的，像纸扎起来的那么个人。要说好看，最好看的衣服是洗过一两水的衣服，丁儿香就穿着洗过一两水的衣服，里边是件水红的，外边罩了一件白色儿的细线子毛衣，这样的搭配很中看，而且鲜亮。有人已经在那里指指点点看丁儿香了，看得丁儿香很不自在，但她觉得自己这衣服是穿对了。在心里，丁儿香这会儿十分留意大来此刻在什么地方，她也知道他在什么地方，表面上，她却故意装着眼里根本就没有他，她明明知道这时候刘大来就在台子那边忙，忙着往一边哄那些往台口上乱挤的孩子，但她的眼睛就是不往那边看，丁儿香她舅妈说："看看看，看看看。"丁儿香知道她舅妈让她看什么，可她却偏偏不看，偏偏看另一边。另一边就是食堂那边，是坡上，坡上这时下来人了，都披着件军大衣，都举着烟卷儿，这些人既然过来了，天也黑得差不多了，戏就要开了。

"是不是要开演了？"丁儿香小声问她舅妈。

"谁知道你舅让几点开。"丁儿香的舅妈说，"这全村都听你舅的。"

那边也有人在问了："几点开，到底几点开？可不早了。"

"七点半开，七点半开，保证七点半开。"是刘大来的声音。

"听听听！听听听！"舅妈对丁儿香说。

"听什么？"丁儿香说。

"听大蛤蟆叫！"舅妈哈哈笑了起来。

"七点半开，七点半开。"刘大来的声音近过来了，已经近到了丁儿香的跟前。他笑嘻嘻捧着几牙西瓜，弯下腰来，看看，没地方放，只好把瓜放在丁儿香的手里，丁儿香妈和舅妈每人手里也拿了那么一牙儿。

"七点半都过了，怎么还不开？"有人又在旁边说，说大来你也不去问问？你往这边瞎混什么？又有一个人马上笑了，说人家大来不往这边混还能往别处混？像你，混到县城的歌厅？混还不行，还让自己越混越细！越混越软！又细又软！

刘大来也跟上笑，说："可不是？都快七点四十了。"

"还不问问，到底几点开？"这几个人说。

刘大来去问了，去食堂那边，最里边那间，也算是村里食堂的雅间，墙上挂着老大一张"迎客松"。贵得正在陪着区办公室的门主任喝酒，这时候，县长和区长还没到，正在路上，电话也打过来了，说县长和区长来了也不吃饭了，来了就直接看戏，他们已经吃过了。大来从外边进来，小声问："叔，都七点四十了，人们都说开吧。"

"人们？谁是人们？"贵得说，"你先说说谁是人们？"

大来说不上来了，他笑着站在那里，他确实说不上来人们是谁，人们可太多了。

"我就是人们，人们就是我。"贵得笑着说。

"那还不是。"办公室门主任笑着说，"在这村里你就是人们的总代表。"

"过来，先敬门主任一杯酒。"贵得对大来说。

"那戏开还是不开？"大来又小声问，此刻他心里其实只有一个人，那就是丁儿香，他就怕丁儿香在那里坐着一个人觉着没意思，一个人坐着难受，他想让她不难受，等戏开了，乱哄哄的，他们就可以到别处不难受去了。

"听我的还是听人们的？"贵得说。

"听你的就是听人们的。"门主任又笑着说，"我宣布，你代表人们！"

"是不是？门主任都这么说了。"贵得说，"大来，你还不赶快敬酒？"

大来马上敬了酒，是三杯而不是一杯，敬过酒，大来又给门主任杯里倒上，贵得又对大来说："你听听这是谁们家的驴，一点儿都不懂事，听听，听听，这么'昂昂昂昂'地叫，待会儿是听它还是听剧团的，给它赶一边去，妈的！"

大来也听到驴叫了，"昂昂昂昂、昂昂昂昂"叫得特别喜庆，让人觉着热闹中又添了份儿乱哄哄的热闹。大来笑了一下，有点儿不好意思，倒好像那是他在叫，所以他才有那么一点不好意思。大来说这就马上把它牵到一边去。

"你告诉人们，就说我说了，八点开。"贵得说。

"八点开，八点开。"大来出去了，找到了那头驴，把驴绳抓在手里，一边拉驴一边对人们说，"谁都别急，八点就开，八点就开。"

"你拉头驴干什么？"人们笑着问。

"让它到一边儿练去。"大来笑着说，"小心让剧团那边听了生气，它再'昂昂'两句，剧团的人都不敢上台唱了。"

戏到了八点半才开，县长和区长来了，披了军大衣先在下边坐了一会儿，然后才把军大衣脱了上台，他们上台又没别的什么事，只不过是说说话，说热情澎湃的话。贵得陪着县长和区长上台讲完了话，又从台上跳了下来，好像是贵得还不准备开场，他这边看看，那边看看。

"都几点了？"贵得身周围不少人对贵得小声说是该开场的时候了，"人家马县长和吕区长都来了，话也都讲过了，你还不开？都什么时候了?"贵得说:"谁说都到齐了,牛老师还没来,牛老师来了吗?就靠他们?他们能把棚里的瓜卖出去?还不靠人家牛老师?"他这话是对着村里的那帮人小声说的,那帮子人当然知道贵得说的"他们"是谁。"他们"就是区上县上下来的这帮客人,吃饭喝酒他们一个顶两个,要说卖瓜,他们可比不上牛老师。牛老师原来是个教书的,后来扔了书本去做水果生意,这几年可搞大发了,和南方都有生意。人们说县里卖的橘子都是牛老师从南方倒腾过来的,还有香蕉。

"是不能再等了。"贵得左右看看,说,"开就开吧,牛老师也未必爱听这两口儿。"

戏开了,其实村子里的人们看戏是为了热闹,戏台下边的声音要比上边都大,吃瓜子的,吃糖葫芦的,和亲戚们说话的,人们要的就是这份儿热闹。戏台下都是说话声,都是一张张的脸,人们当然也有看戏的,伸长了脖子往台上看,一边看一边说:"桃子红怎么还不出来?""二毛眼呢?"有人在旁边烦了,说:"该出来就出来了,你这么一说她就能提前跳出来?那还叫演戏?"这个人这么一说,原先说话的就急了,说:"这是你们家?不是吧?你还管我说话呢?"乡下看戏就是这么吵吵咧咧、吵吵咧咧,有人在台上出现了,马上有人说这可是桃子红?桃子红出来了!马上又有人说:"看过戏没有,这是宫女儿!桃子红能演宫女儿吗?桃子红演的是金枝女。"

丁儿香呢,心根本就不在台上,她压根就不怎么爱看旧戏,《打金枝》演得再好与她也没什么关系,她想知道大来这会儿在什么地方?大来刚刚送来的瓜她已经吃完了,瓜不怎么甜,但她觉得特别地好吃,从来都没这么好吃过!她把瓜皮放在了脚下,瓜子儿却在手里握着,都握热了。她不敢把脸左左右右地转来转去找大来,但她觉着,大来这时候也肯定是在看她,站在别处看她,所以丁儿香把身子正了又正,这么一来呢，她就要比旁边的人高出许多。因为她的前边是区长和县长，所以她坐的这一片地儿相对安静些。她看见有人给区长和县长猫着腰送过来两束红红绿绿的花，是塑料花。丁儿香倒有些不明白了，人家台上唱戏挺累的，怎么倒要给县长和区长先送花？丁儿香的舅妈像是猜透了丁儿香的心思，马上把嘴对着丁儿香的耳朵小声说："你往哪儿乱看？你看送花的那是个谁？"舅妈这么一说，丁儿香的脸就红了，她怎么就没注意到刚才把花给县长和区长送过来的人就是大来，这会儿他就站在县长和区长坐的这排的顶边上，正朝这边一眼一眼看呢。丁儿香不好意思了，她也把嘴对准了舅妈的耳朵，小声说自己并不是在看大来，她是在看送给县长和区长的花儿呢！"怎么倒给他们花儿，花不是应该给台上的桃子红和二毛眼吗？"丁儿香这么一说，丁儿香的舅妈就小声笑了，捂着嘴笑，又把嘴对着丁儿香的耳朵小声说："那是先准备好的，待会儿县长和区长上台接见演员要带的。"丁儿香的舅妈说了这么一句，停了一下，又用嘴找准了丁儿香的耳朵："要不是上台接见演员，区长和县长才不会坐到散戏。"丁儿香的舅妈还小声说："那不是？电视台的在那儿等着呢，要不是电视台要拍电视，区长和县长才不会坐这儿看戏。"

这时候人们哄了起来，是桃子红出场了，穿一身大红的帔，真是俊俏。旁边的那个人又说了："这才是桃子红，那年我还跟她说过话呢！"这人说了还不算，人已经站了起来，对另一边他的亲戚大声说："二大爷，二大爷，这就是桃子红。"那边也有一个人马上站了起来往台上看，说："是不是就是她？"这人这么一站一说，旁边的人可不乐意了，说："你这么大声干什么？是看你还是看人家桃子红？"这人又说："这是你们家？谁规定不能说话？"因为说话的都离县长和区长不远，贵得就站起来了，说："看戏看戏，都好好儿听人家桃子红唱，领导还在这儿呢!"贵得说完又朝另一边看,大声说:"大来大来,把暖瓶拿过来,领导要喝水。"贵得的声音更大,但人们都没什么意见,又都伸长了脖子看台上的桃子红。

大来过来了,提着三个暖瓶,一只手两个,一只手一个。他猫着腰,怕人看到,大来把两个暖瓶给丁儿香前边那一排放下,手里还拎着另一个暖瓶,怎么就猫着腰又不见了呢?丁儿香根本就不敢朝那边看,及至有人猫着腰过来了,听声气是大来,丁儿香这才看到大来的手里不但还有一个暖水瓶,另一只手里还拿着一个大茶缸子,他猫着腰过来,在丁儿香妈的前边蹲下,他把暖水瓶放下了,小声对丁儿香妈说:"婶子,您喝水。"再猫着腰往出退的时候,大来就轻轻拉了丁儿香一下,他猫着腰,没人看到他的这个小动作。他猫着腰从这一排出去,人就站在了边儿上。丁儿香的眼睛这时候像是变得特别大,用眼角都能看到大来就站在那里,在这一排的边上站着,等她。

有人推了丁儿香一下,是舅妈。

"去。"丁儿香的舅妈把嘴又放到丁儿香的耳朵上了,热乎乎的。

"干啥?"丁香的声音小得不能再小。

"去呀。"丁香的耳朵又热乎乎了一下。

"干——啥?"丁儿香好像是不那么耐烦了,把身子摇了摇。

"你说干啥?"丁儿香的舅妈说,"你去给舅妈取取头巾,看这风,看这风。"

"哪有风?"丁儿香又小声说了。

"你给舅妈取去,再给你妈取一条,都在柜里。"丁儿香的舅妈又推了推丁儿香,这么一推呢,就好像把丁儿香一下子给推了起来,这可是舅妈推的,丁儿香可没自己往起站,丁儿香没猫腰,只不过她侧着点身子,一点一点走到边上了,来到大来跟前了,这可好像是在梦里，她挨近一点大来，大来就马上离开一点，她挨近一点大来，大来就马上离开一点，她再挨近一点，大来就又马上离开一点。就这么，他们从戏台子那边走了出来，一旦离开了那些看戏的人，丁儿香和大来很快就没有距离了，这回倒是，大来挨近一点，丁儿香就离远一点，大来再挨近一点，丁儿香就再离开一点。后来大来一下子把丁儿香的手攥住了。大来说："到我们家的暖棚了，没人看了。"丁儿香这才觉得唱戏的声音果真已经小了那么多，而大来的声音却大了那么多，她还闻到了什么，闻到了酒的味道。大来把他们家的暖棚打开了，暖棚里的味道湿不叽儿的还真好闻！味道还有湿不叽儿的吗？暖棚里就是这么个味儿。按说暖棚里有灯，而且还不是一个，一是为了给瓜照个亮，让它们晚上也别忘了往大了长，二是可以给暖棚加点儿温，好让它们别冷着。大来和丁儿香进了暖棚，但大来没把灯开开，他对丁儿香说："你不怕吧？你放心，谁也进不来。"丁儿香却说她有那么点儿怕，黑咕咚的！挂在蔓子上的西瓜可不就像是人脑袋，正在厚密的瓜叶子后边悄悄看着他们两个。

大来紧紧攥着丁儿香的手往暖棚里边走，暖棚里可真够黑的，月亮都照不进来。但大来就这么看到了那地方放着一张两条凳子架起来的床呢！大来已经坐在了床上，他让丁儿香就坐在他的腿上，说这样热乎点。丁儿香可不知道那是张床，她还以为是个凳子，只不过到了后来她才知道那是张床，而且还够结实。

"吃不吃瓜？"大来说，小声说。

"不吃。"丁儿香的声音更小。

"管他呢，他们他们的，咱们咱们的。"大来小声说。

戏台那边呢，在唱到第三折的时候出了点事，一下子停了，唱到半道停了，是贵得传话让停的。下边看戏的人们根本就不知道台上出了什么事，人们只当是下一折马上就要开了，是间息。台下其实这会儿比上边还要热闹，这就是村子里看戏，多久不见的亲戚们非要在这时候才有说不完的话，你要是让他们回家好好儿说，他们倒没了话。有什么吃的，红薯干儿啊，炒花生啊，大红枣儿啊，风干栗子啊，软柿饼子啊，这时候都拿了出来，好像是在搞吃喝大比赛，你要是让他们把这些东西都好好儿拿回家去慢慢吃，他们倒会觉得没了味儿，他们偏要在这地方吃才有味道儿。他们吃着说着，说着吃着，但他们也很快觉出台上有事了，怎么唱到一半儿停戏了呢？这时候人们又看到了贵得，他已经上了台，只不过是贵得走在后边，他前边还有一个人。下边的人便有些急，是不是停下不唱了呢？到底出了什么事？

贵得已经站在了台上了，只不过他侧身站在另外那个人的旁边。

"大家欢迎牛总。"贵得先就拍起手来。

下边也就跟上拍手，村里人不习惯拍手，拍得七零八落，也没人教导他们。

戏台下的乡亲们便有不少人知道台上那个人原来是牛老师，只不过他现在不是老师了，是县里出了名的水果大王。他怎么这会儿才来？戏都唱了三折了。金枝女都让郭暧打过了，上用拳打下用脚踢，下手可够狠的，谁让这个金枝女不让郭暧好好儿回宫呢？还挂什么红灯笼，两口子要在一起睡觉还要挂红灯笼！规矩太重！要是金枝女不把红灯笼挂出来，小郭暧就不能进去，这简直是太让人生气了！这个金枝女太不像话了，她挨了揍，活该她挨揍！谁让这个金枝自以为是皇上的姑娘就不去给公爹上寿呢，郭暧已经打过金枝了，下边的戏就更好看了，怎么就停了呢？贵得这家伙在搞什么？

戏台子下边的人们听不清贵得在上边说什么，只看见贵得先说了两句自己就鼓起掌来，接着是牛总说话，就是那位人们都熟悉的过去的小学教员牛老师，他也说了好几句，不是好几句，是几十句也多吧，然后贵得又要下边的人们鼓掌，鼓完掌，两个人这才又从戏台上下来。这一回是贵得先下，在下边张着两手，好像生怕牛总走不稳摔了。

"重新开始，重新开始。"离得近的人们听见贵得对牛总说，"就等你啦。"

牛总说："看过看过，桃子红，不用重开，继续演，唱戏还有重开的?"

"我已经说了，就让他们重开，这台戏就是给你牛总唱的。"贵得说。

"县长和区长还在呢!"牛总说，"往下演往下演，叫我牛老师就行。"

"他们不算什么。"贵得靠近牛总，小声把这句话送到牛总的耳朵里，说："别看他们是县长区长，他们只知道下来吃肉喝酒瞎吹，他们又不能把棚子里的西瓜给人们都卖出去，他们一个瓜也卖不出去，现在跟以前不一样了，不能事事都把他们顶在头上。"

"可不能这么说，可不能这么说，那也不能把我顶在头上。"牛总毕竟是老师出身，为人很谦虚。

"他们连一个瓜也给我卖不了。"贵得又小声说。

"可别这么说，他们一个一个都比我大。"牛总说。

"再大也帮我卖不了瓜。"贵得说，"这可是西瓜节，经济第一。"

"好好好，好好好。"这回，牛总是在跟县长和区长握手了，说："不好意思不好意思，有事来晚了，快坐快坐，县长区长你们快坐。"贵得带着牛总和县长区长握了手，然后才坐下，那地方早就让出了两个位子，一个是牛总坐，另一个呢，也许贵得也要坐，和牛总坐在一起说说瓜棚里那些急等着要卖出去的瓜，那些瓜越长越大，大得连它们自己都着了急，急着想让人们把它们赶快卖出去。

丁儿香的舅妈在后边小声对丁儿香妈说："那就是牛总，牛老师。"

丁儿香的妈听说过水果大王，她用嘴找着了丁儿香舅妈的耳朵说："是不是教过我侄儿?"

丁儿香的舅妈又用嘴找到了丁儿香妈的耳朵，说："那还不是!好几年呢!"

"大来呢? 大来呢，大来——"这时贵得又站了起来，大声说。他看看周围，但他什么也看不到，周围都是脸，一张脸又一张脸，一张脸又一张脸，就像是地里的葵花，这时候都朝着一个方向，也就是都朝着戏台，戏台那边的锣鼓又重新响了起来，是宫女，一对儿，又一对儿，一对儿，又一对儿，从后台让人眼花缭乱地飘了出来，还打着灯笼。出来了，在台子上站好了，然后才是桃子红扮的金枝女，金枝女先亮相，然后在那里抖水袖，理花鬓，左手理一下，右手再理一下。怎么回事? 怎么又重新开始了? 戏台下的有些人这才知道戏是又从头唱了，这倒是人们从来都没有遇到过的事，这不是白白占了便宜吗?多看了一次桃子红。许多人不明白戏为什么又要从头再唱。但县长和区长们对此也都没什么意见。县长还对牛总说："西瓜节全靠你啦。"区长呢，对牛总说："戏是为你从头唱的，刚才已经唱到第三折了。"

"不可以不可以，真是不可以。"牛总说，"你这个贵得尽胡来，戏还有从头开始唱的?"

"从来都没有过吧，但到了牛总你这儿就有了!"贵得笑着小声说。

丁儿香呢，还有大来，人们还真不知道他们去了什么地方。但大棚里的那些个西瓜知道，丁儿香和大来此刻正猫在大棚里，这可真是个好地方！大棚里那些架子上的西瓜此刻在他们两个人的带动下也都激动地颤了起来，晃了起来，动了起来，连瓜叶子也激动地"唰啦唰啦"直颤。动着动着，丁儿香要大来停一停，说："你听听，戏怎么又从头唱开了。"

"管他们呢，他们他们的，咱们咱们的！"大来根本就顾不上这些。

棚子里的西瓜也都好像很同意大来的意见，又跟上动了起来，而且越动越激烈。

选自《上海文学》2008 年第 2 期

好大一对羊

夏天敏

一

德山老汉被人从山坡上喊回来的时候，一直懵懵懂懂地搞不清为啥事。当时老汉正弯腰撅腚地刨土，就听见顺生鬼喊呐叫地喊他快回村去，情形就像他家的房子被烧了、娃娃着水淹了那样急切。成天面对空无一人的大山，德山老汉也木讷、笨拙成大山了。顺生拽着他的袖子下山来，只知道有个大官要见他，想不清这个大官为啥要见他，也没杀人放火抢东西。想不清也就不想，反正见就是了，管人家见了干啥呢？

才到坡脚，就见到村口的空场上停了十几辆蒙满灰尘的小车。德山老汉是没见过一回小车的，就是大卡车，也是去年到乡政府领救济粮才看到的。这地方偏僻，走上几十里路才见得到一个小村子，从来没有来过小车的。德山老汉用手摸摸细皮嫩肉的小车，心疼地咂嘴。

跑这老远来干啥呢？一山的石头疙瘩，一山的黄土白尘，作践车呢！

村子像过年一样热闹。才到村口就听见娃娃们叽叽喳喳的叫声，就见到一些婆娘走来走去像母羊发情一样兴奋。村里光秃秃的土墙上，不知什么时候竟贴了几排标语，那标语不是用石灰水写的土黄土黄、霉里霉气的，而是写在鲜亮的红得滴血的红纸上的，那是只有过年贴春联才用的红纸呵！咋个恁个舍得，一大张一大张贴在墙上呢？一个土黄色的村子，因这几条鲜红的标语，变得活泛起来，就像姑娘出嫁时才穿上红袄的样子。德山老汉看得眼涩涩地流下许多浊黄的泪来，于是看人也就更模糊了，谁是谁也认不清。

一切都仿佛是做梦似的，德山老汉将眼睛擦得看得清人时，他觉得一切都不真实，似乎是在看电视。他看到他家低矮的土房前，站着一群花花绿绿的电视上的人。男的都穿着西装，穿着夹克，穿着皮鞋，女的都穿着短袖衬衣，扎着皮带，或者穿着裙子，虽然像那小车一样都蒙了一层灰，还是像天仙一样鲜丽。村子灰蒙蒙的，他家泥土舂的土房灰蒙蒙的，杂草苫的房顶有多少年了也说不清，风吹雨淋，黑黢黢的看着让人恶心。门口那堆做燃料的海垡，平时金贵得很哩，现在黑黢黢得像堆牛屎一样戳眼睛。这些光鲜的人往门口一站，房子就丑陋得自己都不忍心看了。德山老汉被村支书扯住，往一人身边引，众人呼啦啦地山潮水涌地向一人涌去。那人个子高高的，身体胖胖的，额头很亮很亮，头发朝后梳去，脸色红润，鼻梁高挺，还是双下巴呢，只是看不清他的眼睛。他戴着一架又宽又大的墨镜，乡场上算命的瞎子戴的那墨镜，比起来就叫人觉得好笑了，像儿童玩具似的。那人脸上是灿灿的蔼然的笑，伸出双手，就将他的手捉住了。就在这一瞬间，一道闪光像旱天扯的火闪，把德山老汉惊得七魂出窍，"咔嚓、咔嚓"的声音响个不停。老汉茫然而站，惊魂未定，又见两台黑乎乎的机器伸出大嘴，在他周围闪个不停。老汉的魂被摄去了，脸木怔怔的，眼里空洞，了无表情。

粗壮得像条牛似的乡长温柔成小媳妇，他说："这是地区的刘副专员，从城里风尘仆仆地来看望乡亲们，来扶贫。德山叔，领导没忘记我们呐，你还不感谢。"德山老汉头脑里一片空白，不晓得说啥，只一个劲地点头。他腰又驼，越发像鸡啄米了。

德山老汉像块浮柴似的被人拥进屋去。乡长、村支书也忙着招呼大家坐。那屋里有什么可坐的呢？几个草墩，也散了草辫歪歪斜斜地放不稳屁股。乡长迅速地瞄了一下屋里，将一个不算歪斜的草墩抬来请刘副专员坐，刘副专员将外衣交给秘书，刚坐下去就歪了一下，差点跌倒。乡长焦躁，叫人去找凳子，刘副专员用手止了，打消了促膝谈心的念头。他就站着说话，问的话都被村干部抢着答了，仿佛这家是他们的，他们比德山老汉还熟悉似的。

德山老汉那屋里也真叫人目不忍睹了。那是什么样的屋呵，土舂的墙裂了许多许多的口子，最长的一道从墙根裂到墙头，娃娃儿的手都伸得进来。终年的烟熏火燎，屋里黑漆漆的。楼很低，刘副专员高大的身躯往屋里一站，就顶天立地了。那楼其实是些树枝枝搭成的，七翘八凸。屋里只有一个说不清年代缺了一扇柜门的碗柜，靠墙角挖了一个火塘，火塘边用土舂了个台阶，就是坐的了。屋不大却空旷开阔，丢个石头也打不到啥的。刘副专员这里瞅瞅、那里摸摸，脸冷得掉得下水来，他神色凝重，眼里有了忧伤。屋里人多，但静如亘古。记者们也不敢乱拍乱摄了。

刘副专员见火上吊着一个黑漆漆的大吊锅，吊锅里噗噗地冒出一股难闻的说不清什么味儿的气息。他揭开锅，见里面是些黑乎乎的稀泥样的东西，间杂着几个拇指大的洋芋，便问是什么东西？德山肚里正饿得咕咕响，这些人不来，或许早已呼噜呼噜咽进几大碗去了。德山心中不悦，就没好气，说是："晌午饭嘛。"刘副专员惊得合不拢嘴，问："煮的什么？"德山说："羊贴根叶。"专员问："啥是羊贴根叶？"乡长说路边沟边长的一种叶片很厚的野草，一般是喂猪的。"喂猪的？"刘副专员很惊愕很气愤地说："你们就让群众吃这种野草，群众是猪？"乡长委屈地说："这高原山区，一年不是霜冻就是冰雹，地里种啥没啥……"刘副专员恼火地说："不要谈客观条件，这些我知道。"说罢起身去看堆在耳房里的粮食。有什么粮食呢？也就是不大的一堆鸡蛋大的洋芋，还有一堆新鲜的荞叶尖，再就是半瓮没碾过的荞子。刘副专员问："一年差几个月的粮？"德山老汉搓着松皮般的手说："差多少呢？差多少呢？"他茫然地望着大家。乡长说："问你呢，差多少说多少。"德山老汉羞涩起来，他说："一年到头都饿着，说不清差多少。"刘副专员摘下墨镜转过脸去抹了一下眼睛，他的眼圈有些红了。

刘副专员执意要上楼去看，乡长想劝，见刘副专员愠怒的样子就忍了。所谓楼梯，其实就是两根手臂粗的木杆绑些木棍做成的。人踩上去吱吱扭扭的叫人提心吊胆。乡长敏捷，先上去了，费了些劲才把刘副专员拉上去。扛摄影机的小伙子差点连人带机跌下来。人还未到楼梯口，一股浓烈的馊臭味扑鼻而来。刘副专员本能地掩鼻，但也只是扬了下手，抓虫子似的。好一阵才看清上面啥也没有，七翘八凸的树枝搭的楼上，铺了一层乱七八糟的山茅草。墙角是一堆渔网似的烂棉絮，一团一团油渣似的。乡长说德山一家三口睡这儿呢，姑娘十多岁了，也挤着睡。刘副专员没说话，空气沉重凝滞、阴郁而惨淡。刘副专员流泪了，浊重的泪水悄然流下脸颊，打在小楼上感觉小楼也在摇摇晃晃。记者刚把镜头对准他，他猛一扭头，悄然下了楼梯。

在火塘边，刘副专员一语不发。他将德山老汉的小女儿揽到怀里，说："好好读书吧，只有读好书才有出息。"他开始搜口袋，将身上的四百多元全交给德山老汉。老汉惶恐得不行，这么多钱，他一生也没摸过，怎么能平白无故地要人家的钱呢？老汉甚至想人家是不是看中了自己的小女儿，要买去做女儿呢？德山老汉莫名其妙地将小女儿扯回自己身边，木讷呆板的眼里有了惊慌，有了恼怒，说："不，不，我不要钱！我不要钱！"乡长看出他的意思，说："你把钱收下，这是刘副专员的一片心意，帮助你解决生活困难，帮助你脱贫呢！"刘副专员将钱压在德山老汉手掌上，镁光灯扯火闪样般闪了起来。随同来的人也纷纷将手伸进口袋里……

二

刘副专员和德山老汉一家结对子的消息，使大山深处的黑凹村激动兴奋了好一阵子。村子荒寂，村民们平日无事总爱蹲墙根、晒太阳、瞎聊。那几日德山老汉家密密匝匝蹲满了山里汉子，婆娘娃娃们挤在门外，探头探脑地听他们神聊。每天都有人反复地问刘副专员在他家讲了些啥、做了些啥、给了多少钱。有人认定刘副专员已收德山的小女儿做干女儿了，结对子不就是结亲家吗，结了亲家不就是亲戚了吗？有人问那小伙子肩上扛的是什么玩意，会不会把人的魂摄去？那些穿着花花绿绿衣裳的娘儿们往小本子上记些啥？德山老汉究竟得了多少钱，有钱不要吃昧心食，拿出来打酒大家吃。德山老汉嘴拙，老也讲不清爽，老也答不明白，急得嘴角淌白沫。德山的婆娘是哑巴，哇啦哇啦地激动，乱比手势，众人不理她，任她自去激动，只一迭声地让德山买酒喝。德山忍着心疼买了酒，用土碗盛着喝转转酒，日子节日般喜庆，过年样滋润。就有人说德山的宅基风水好，地气足，早上屋顶冒出的气一团一团地不散，主富贵。不是吗，人家副专员多大的官呀，和他结对子了，这对子是随便什么人能结的吗？结了对子就是亲戚了，有这样的亲戚吃喝还用愁吗？

德山老汉爱听这样的话，德山老汉觉得浑身舒服，德山老汉觉得腰板上的劲似乎比过去足了，佝偻的腰也直了许多，眼里的阴郁呆板也少了许多。那些日子，德山老汉成了全村人的景仰，走到哪里都有人仁仁义义地招呼，不是喊去吃饭，就是喊去喝酒。吃饭必尊他为长，让他坐上座。酒他不喝别人是不敢喝的，菜他不夹别人是不敢夹的，连村支书也尊着他。村支书家杀猪吃刨汤，只请了村长和村小学的王眼镜，另外就是他。村支书在吃饭时狠劲地往他碗里夹腰花、夹猪肝，连他的亲家王眼镜也没夹一筷子。村长不断地给他敬酒，像孝敬亲爹似的。末了，俩人央着他，要他进城去找刘副专员要笔扶贫款子。村里穷得掉得下毛来了，村小学烂得像猪圈，村里的浇灌渠早就淤平了。连人吃猪喝的水都要到几里外的小黑箐去挑。村支书说："德山大叔呀，这事只有你办得成，乡长去都枉然，你办成了，全村人给你烧头香，给你送匾。"德山老汉高兴归高兴，但他是实实在在的憨厚人，自己有几斤几两心中有谱，不敢踩着鼻子就上脸，但又不敢回绝村长、支书的情，人家请你吃刨汤为甚，恁好的东西没人吃了？现在你人模狗样了，不要让人背后戳肋巴骨骂先人。德山为难地搓手，一脸为难的样子，嘴里哼哼哈哈说不清楚。村长酒已上脸，猛的就发作起来，说："德山老汉，你到底去还是不去？不要狗坐轿子不服人尊敬，你为啥和刘副专员结对子，不是我们牵头，人家认得你是大二哥，现在还拿起架子来了。"德山老汉被村长吵得懵头懵脑的，急出一头的汗水，嘴哆嗦着说："我，我啥时拿架子啦？牛养……马下……才拿架子。"德山老汉委屈得老眼里蒙上一层泪花。老汉才有的一点自尊又被村长吵得丝毫不剩。村支书赶紧劝: "顺达,你咋能这样说呢。你没见德山大叔正在思考咋办呢,就西皮流水说些啥。"眼镜老王也说: "就是,就是,德山大叔咋会看着那些娃娃不管呢,他正想咋去才好呢。"

日子漠漠的,山坡漠漠的,村庄漠漠的,这高原上的荒野,啥也不出,只出些漫无际涯的卵石和黄黄的尘土,只有无边亘古的寂寥和慢慢流淌的日子。已是春末了,村尾的几棵白杨树还没发芽,坚硬如戟、漆黑如铁的几棵刺老苞树,瘦弱、孤寂地绽几个芽苞。德山老汉在黄土的海洋中犹如一座礁盘,定定地在高原黄土的灼热的土浪中刨着没有希望的荒凉。天旱、冷凉、又多霜,这高原大山的顶部,种啥啥不长。荞子耐寒、洋芋耐寒,粗贱如德山老汉。但荞子、洋芋也难得有好的收成。叶片儿刚出齐,一场霜下来,荞子洋芋嫩绿的叶子就成了枯黑的叶子,手一捻,就成粉末顺手指流了下来,连洋芋都没得吃了。但地还得种,德山老汉就这样耐耐心心地刨地、耐耐心心地看着日子从一锄一锄中流失。

德山老汉直起软耷耷的腰,他举起手来罩住眼睛,定定地看着远方,看得眼睛酸涩了,渐行渐远直到空无的山地边上什么也没有,他莫名其妙地叹了口气。高原上的荒原太空寂了,只有绵绵不绝的连接远天的卵石,卵石会叹息吗?当一阵阵轰隆隆的响声自黄土地的另一端传来时,德山老汉就会莫名其妙地兴奋,当这样的声音渐渐消失时,德山老汉就会莫名其妙地叹息。

德山老汉这次是坚信这种声音是冲自己来的了,他就固执成一株弯曲的残树,定定地朝那地方望去。许久、许久,那声音终于由地下而地上,由混沌而清晰。那声音是一团灰尘,灰尘怪兽般在黄土地上奔突，渐渐地滚落进村里去了。德山老汉毫不犹豫地朝坡下走去，他下坡时失去了往日的稳重，连奔带跌、趔趔趄趄走成童年的状态。德山老汉被卵石绊了一跤，膝盖、手掌擦出了血，细碎的砂子嵌了不少在肉里，老汉粗糙地抹抹，又飞哒哒地跑了。

果然，那车就停在德山家门外的敞地里。老汉认不出车的品牌和好坏，在他眼里凡是会跑的都是好车。那车前有座位后有车厢，车厢上有个木笼，里面竟站着两只羊！德山看向座位上，隔着茶色玻璃啥也看不见。他觉得胖胖的高高大大的刘副专员正笑眯眯地坐在那里。德山正凝神，乡长和村长出来了。村长说："德山大叔，你看啥？我们等你好一阵了。"进屋，老汉焦虑地问："刘副专员呢？刘副专员呢？"德山老汉从来没有这样地思念过一个人，结成对子了，就是一家人了。人家多大的官呀，连乡长见了也低头顺脑的，人家对自己却始终是个笑脸。一辈子像狗一样卑贱，活到这份上也值了。乡长黑着脸，说："刘副专员没来，人家管着几百万人的地区，你以为就像你赶乡场啥时想去啥时去。"

德山老汉失望了，肚里掏心掏肺地难受，手上脚上的伤就疼了起来，脸色也白了起来。前次来，刘副专员给了钱，又交待乡长、村长一定要好好帮他脱贫。人家连口水也没喝，老汉心里一直歉疚着。在村上，老汉见刘副专员爱吃这里的炒面。当时，村里用一个新的雪白的瓷盆抬了一盆满满的炒面来，又有人抬了满满一碗白糖来。村小学最漂亮的小刘老师加水放糖搅拌均匀，用秀气的小手捏成团。村长又叫人用新瓷盆盛了清水来，请大家洗手。

德山老汉看见提小本本戴眼镜的姑娘、扛机器的小伙洗了一盆又换一盆，心疼得牙齿发酸。那水是从五里外的山箐里挑来的呀，起个大早，一早上也就是挑一担水。村小学小刘老师最先将捏成团的炒面递给刘副专员，刘副专员吃得很开心，胖胖的腮帮子更胖了，一鼓一鼓地看得老汉心疼。德山老汉认定刘副专员爱吃炒面，暗暗下了决心要做一袋最好最好的炒面送给刘副专员。

德山老汉手温热温热的，他想起了刘副专员握过他的手。德山老汉想起压在他手上的钱，更忘不了刘副专员说的"我们结成帮扶对子，你的贫困就是我的贫困。你不脱贫，我的心就不安"的话。德山老汉更忘不了那张帮扶表，上面还有刘副专员红朗朗的章。德山老汉一辈子没用过章，他用大拇指蘸了鲜红的印泥一按，这一按，他的魂就永远按在那张白白的表上了。

然而，刘副专员没有来。

德山老汉自然失望，他瞅瞅那袋悬在梁上的炒面，连口袋也是新买了白布做的呢！

乡长说："德山大叔，你别瞎张罗了。我进城去开会，刘副专员买了外国高级羊送给你，这是两只珍贵品种的羊。县畜牧局也只有几对，值钱得很呵！你一定要把这两只羊喂好。记住，只能喂好，不能喂坏；只能喂多，不能喂少！这是政治任务，在山区要脱贫，只能发展羊子。刘副专员不放心，叫我随时将情况向他汇报呢！"

随行来的人将羊子从车上抬了下来。两只羊个头好大哟，羊角弯弯的，嘴唇粉红而娇嫩，眼睛外国人似的凹而蓝，蓝得深邃。羊身上的毛白得耀眼，没有一根杂毛，羊身上洗得干干净净的，不像山区的土羊身上的羊屎疙瘩、污泥粪草糊满一身，眼角上永远糊着眼屎、瘦骨伶仃。这外国羊像外国人那样高大，站着有人的腰高，神情傲慢而冷漠悲哀，像被流放的贵族。这么高贵的羊使德山老汉一下子卑怯起来，紧张起来，这羊，能养好吗？就像人家白白胖胖的外国人，叫人家住茅屋吃苦荞粑粑吃烧洋芋，能壮吗？

乡上的牲畜站兽医按乡长的吩咐向德山老汉交代："这羊是美奥利羊，以美国奥霜羊为父本，以法国达利羊为母本繁殖而成，羊毛细度为 66—77 支，体侧净毛率 99%，净毛量 15 公斤，体侧部毛丝自然长度 30 厘米左右……"德山老汉听得脑壳胀大，手脚抽筋。乡长烦躁，对畜牧兽医吼道："好了，好了，你不要文绉绉的了。你讲的我都记不得，不要说德山老汉了。你讲点通俗好记的，咋个才喂得好这羊的经验，让老汉照着去做。"年轻的畜医脸腾地红了，口变迟钝了："春季牧草枯绿交替，气温寒气未去，要选择背风暖和的地方，要做到顶风出牧顺风归，多吃嫩草少跑路，要给羊加钙，要给羊补体，黄豆面、红糖水、麦麸子搅拌在一起，早晚各喂一次；夏季要抓青，要做到顶风背太阳，抓腰勤灭虻，多洗澡、多梳毛、多饮水，水要清洁，加碘加盐……"德山老汉听得起了一身疙瘩，额上的冷汗渗了一层又一层，我的妈呀，这不是养羊是养爹了。我爹活着还没这样精细呢，这羊，能喂好吗？

那两只外国羊望着他，公的那只白眼仁多黑眼仁少，像村上的青光眼刘瞎子。母的那只蓝眼仁多白眼仁少，像以前下放来的一个资本家的姨太太。它们眼里竟然都有鄙夷的神色，德山老汉不懂这个词，但他在外国羊的眼中看出了看不起他的意思。心里愤愤：日你洋先人，老子管你土的洋的，该吃干草一样吃干草，有啥了不得的。

乡长焦躁起来，说道："不要念你的经了，将羊子交给德山大叔，喂好喂坏，喂胖喂瘦，喂了生儿带崽，两个变成五个、五个变成十个就行，增加效益、改变贫困面貌就行。但有一句话德山大叔你要牢牢记住，这是政治任务。你是与刘副专员结对的脱贫对子，喂出问题刘副专员的脸往哪里搁，我们对得起刘副专员么？德山大叔，这羊值一千五六百元哪，是刘副专员用工资买的……"

德山老汉的心猛地坠下去了，他感到一阵晕眩，飘飘忽忽。他感到这两只羊压在他肩上背上，比父母妻儿还要沉重。他的腰更佝偻了，背更驼了。

乡上的人还从车上拿来一大包衣服，是刘副专员一家捐给他一家的衣物，长的短的，衣裤、裙子啥都有，五颜六色、五彩缤纷，老汉把个浊眼都看得清纯了，一股暖流轰隆隆淌过，这副刘专员呐……老汉心里更沉重了。

乡长他们要走，村长从背后踢了德山老汉一脚。老汉突然想起村长交代多次的任务，急忙拽住乡长的袖子说："乡长，我想搭车进趟城。"乡长说："进城干啥？"德山老汉说："找刘副专员要笔款。"乡长一下子火了，说："要款？你不要丢底现形了，才送你羊子又要？"德山老汉说："不，不，是村上要的。""周顺柱，你叫德山大叔去要钱？不要耍这些小聪明了。要要你自己去要，德山大叔去要钱你帮他喂好羊子？"村长不敢吭气。望着乡长已上车，村长才愤愤地说："你以为我不敢去？你时常往刘副专员家里跑，谁不知道你的小九九。"

德山老汉解下悬在梁上的那袋炒面，追出去，就只见一团黄尘早已滚去很远、很远。

老汉眼里有了泪水。

三

德山老汉才在坡上锄了一会儿地，村长顺柱又火烧房子样在坡下鬼喊呐叫："德山大叔，你快回来，听见没有，你快回来，有急事哩！"德山老汉焦躁，这是咋啦，不让人活了。这些日子都绑在羊身上，一天围着羊转，荞子、洋芋该锄二遍了，却连一遍也没锄。才上坡，又有事了。

村长摸着羊身子，一寸一寸地摸，比摸他媳妇还耐心。"大叔呀，这羊瘦了，在跌膘！"村长细细心心地拈羊身上的草屑，说："大叔呀，羊咋个恁脏，白毛变黄毛了。"德山老汉一肚子委屈，脏，这还叫脏？自己的小姑娘长恁大还没跟她梳过一次头，这羊哪天没给它梳毛。羊喂到这样金贵，我老汉一生也算开眼界了。

摸完羊，村长火烧屁股样说："大叔，过几天记者要来采访羊，不，采访你。刘副专员在报上写了发展山区经济要走以养羊为主的畜牧业路子的文章。记者鼻子是狗鼻子，也不知道咋个晓得刘副专员买了外国优良羊送你的消息，要下来采访。乡长这狗日的一天打几次电话来，说要做好准备工作，出了差错由我负责。大叔你养羊，我闻腥，这鸡巴村长没啥干头。但这事千万马虎不得，千万千万出不得差错。"

德山老汉在心里嘀咕，还敢出差错哩，对这外国贵重羊真正比对爹还孝顺了。村里的羊圈，都是在房子外头，老汉不敢让羊冻着。不晓得这外国杂种脾性，村小学的最漂亮最有知识的小刘老师说人家外国的羊圈有恒温设备哩，老汉老是搞不懂啥是恒温猪瘟的，小刘教师说就是保持一定的温度，老汉仍不懂。小刘教师说你把圈砌在屋里，燃起火，火由小到大，看羊在大火、中火、小火里哪种最舒服就得了。德山老汉倒吸了一口凉气，拢火给羊烤！这是他活到六十岁才听说过的事。这高寒、冷凉的山区，草都长不好，树更长不出，多少年了都烧海垡。这海垡要到老远老远的海子边去挖去挑，拉一车海垡要几天工夫。海垡不经烧，就是些草根根和着黑泥浆变成的嘛，一火塘海垡要不了多少时辰就变成轻轻飘飘的白灰了。高原山区的人家，连吃的都恨不得生吃了，还舍得烧海垡烤火？天一黑，一家人钻在一起，抖抖索索混到天亮。

圈是得砌的，这高原山区的夜晚，白霜一层一层降下来，连荞子、洋芋的叶子都会冻成枯黑的蜷缩的干叶子，手一捻就成了灰。本地羊世世代代整惯了，挤在外面的圈还过得去，但冬天都要冻死好些。这金贵的外国爷们娘们不冻死才怪呢！德山老汉下决心砌圈。没有材料，把隔墙拆掉，拌土和泥，老伴咿哩哇啦乱激动，拌泥拌得起劲，小女儿喜欢这高大漂亮的羊子，仿佛和外国小朋友交了朋友似的，一会儿搂着母羊的脖子，一会儿给公羊搔痒，恨不得跟羊亲嘴。

忙乎了一天，圈砌好了。小女儿把圈扫得干干净净的，怕土墙脏，又去村上的杂货铺买了几个纸盒，拆开、钉在土墙上。没有干净的垫草，去跟村长家要，村长倒大方，叫拿就是。村长老婆叽里咕噜地不高兴，说："喂得起羊子打不起草，我们又不是那个大官的三亲六戚，人家又没给钱又没给衣……"村长威风，说："闭住你的臭嘴，再说老子扇你。"

当晚那羊却怎么也不睡，在圈里咩咩、咩咩地哀号。到底是外国羊底气足，那咩咩的叫声又大又长又哀怨，还一波三折凄凄楚楚哀哀怨怨。也许它们想起了美利坚合众国的故乡，也许它们哀叹它们不幸的身世，怎么一下子就从天堂跌落到地狱般的荒山野岭了。令他们百思不解的是这么荒凉这么贫瘠这么艰苦的环境竟然有人生存，还世世代代地繁衍下去了。人痛苦了会悲泣，羊痛苦了会哀号。长夜漫漫，外面的高原上的风一阵紧似一阵地狼嗥般呼啸，美利坚合众国的羊又惊恐又寒冷又悲哀，再不高声鸣叫高声宣泄，它们怕自己的精神要崩溃了。

德山老汉窸窸窣窣从楼上摸下来，自古以来这高原山区就没有过电。天一黑，人就进入万丈深渊了。他点亮煤油灯，这灯除了小女儿做作业外是舍不得点的。老汉心烦，这羊比人还金贵吗？圈就在屋里，还铺了从村长家挑来的厚厚的冬茅草，干生生的、暖和和的，还叫个啥。但老汉立即自责，这羊可是人家刘副专员花了大价钱专门买了送自己的。人家和自己无缘无故、非亲非戚，恁大的官，见自己又是握手又是问寒问暖。村长、乡长够凶的了，人家连个手都不跟他们握。人家是为自己好呵，要不然自己穷得只剩下裤裆里的两个蛋子叮当响，关人家屁事。喂不好这外国羊，对不起人呵！这样一想，老汉心里就不烦了。他摸进羊圈，温柔得像摸自己小女儿的脸蛋一样摸羊的头、摸羊的脸、摸羊的身。老汉喃喃道："羊呵，你们来到这寒门小户，实在是遭罪了。我也不晓得你们那外国是啥样子，反正比我这儿好。来了就要安心，人家当年资本家的姨太太细皮嫩肉水灵灵的，还不是要过日子。再苦的日子，过惯就好了，过惯就惯了。"美利坚合众国的羊似乎天生就会外语，它们似乎听懂了德山老汉方言极重的山区中国话。它们温顺一些了，那只外国母羊还伸出粉红细嫩的舌头舔了舔老汉的手。这仅仅是一种友谊的表现也使那只健壮的公羊嫉妒，它用屁股狠狠抵了母羊一下。母羊赔情似的舔了舔它的鼻子，它才老实了。

可是温情毕竟代替不了严酷的现实。这西部高原上的高原风太冷了，一阵紧似一阵的寒风从门缝里、从墙缝里吹进来，连德山老汉都起了一层又一层的鸡皮疙瘩，冷得一身乱抖，连拿在手里的煤油灯里的煤油也泼洒出来了。这狗日的天气。老汉狠狠地骂着。他起身去找东西塞墙上、门枋上的缝。老汉用山茅草将墙上的缝塞住了，门上的缝却怎么也塞不好。两只羊冷得咩咩地乱叫，浑身抖个不停，眼泪涎水不断线般地流下来，粉红的嘴唇冻得乌青。老汉摸摸羊的脑门，不好，滚烫滚烫的，怕要病了呢。老汉心里愈发地急，日它先人板板的风哟！你将我的外国羊冻坏咋个了得哟，你叫我咋个对得起刘副专员哟！老汉哼叽着不晓得咋个办，这时小女儿、哑巴老伴也起来了。哑巴老伴又比又画叫德山老汉心烦，老汉推搡着叫她去睡。老伴硬是不去，将个身子搂着那只母羊，想以身子去暖和羊，那羊仍然抖个不停，把头朝老伴瘪塌塌的胸口偎着。哑巴老伴心疼不已，扯起披着的旧夹袄披在母羊身上，她穿着背心更是冷得打战。小女儿也学着她妈的样子温暖另一头羊，老汉看着淌眼泪。老汉突然噔噔噔地爬上楼，将藏在墙角的刘副专员送的那包衣服找出来，那些衣服都挺新的，老汉一辈子连见也没见过，更不用说穿了。衣服拿来时，小女儿找出一套粉红的衣裳要穿，老汉硬是不让。不年不节的，穿恁好的衣服不是作践吗？老汉任着小女儿流泪，就是不让穿，非要留着过年才穿。现在老汉也顾不得许多，小女儿不穿不咋个，羊可不能冻坏了。打开包裹一看，尽是单衣单裙，摸着滑溜溜的，提起来长索索的，抖抖的，也不晓得是啥料子，合起来一小把，穿在身上差不多像纸一样。老汉心里一震，刘副专员也不富有呵，连点厚实的衣裳也舍不得买。他狠狠心将这些衣裳裙子裤子朝两只羊身上一件一件压上，这两只羊变得像马戏团里的羊一样滑稽可笑了，红的绿的衣裳裙子盖在它们身上，实在惹人好笑。但事实令人笑不起来，那些薄若蝉翼的衣裙虽然不少，质地也高贵，就是不御寒，随着羊子一阵比一阵剧烈地抖动着，那些滑溜溜薄菲菲的衣裙全抖落在地上了。

急得跺脚的德山老汉想起了村小学小刘老师的话：恒温。恒温恒温，就是拢火嘛，把火拢得不大不小，羊子觉得舒服就行，德山老汉此刻颇有大将风度，他比着手势让哑巴老伴去门外搬海垡。哑巴老伴哇啦哇啦地比手势，就是不去。老汉明白她的意思，这海垡来得不容易，越来越少了，到山后的海子去挖海垡，来回十几里路，要请马车去拉，要付拉车的钱。平时煮饭都是凑合着煮熟，恨不得啥东西都能生吃就好了。老伴、女儿和他的双脚，经常被冻得裂开老宽老宽的口子，钻心地疼，也舍不得拢火烤。裂得实在凶了，拿针线将口子像缝衣服一样缝拢。现在，德山却要拢火给羊烤。德山老汉不耐烦地向她解释，他打开门，自己去搬海垡，让小女儿帮他一起拢火。火拢燃了，海垡在初燃时烟很大，两只外国羊呛着眼泪长流，公羊说："上帝，这哪里是羊过的日子哟，如果不是为了你，我宁愿死。"母羊说："闭住你的嘴，你没见人家为了我们什么都豁出来了，羊哪，要讲羊心。"它们流泪、咳嗽、争执。浓烟呛得德山老汉浊泪长流，焦躁不已，老汉听见羊在咩咩叫，羊在咳嗽，心中鬼火窜起，恨不得过去狠狠踢它们一顿。日你外国羊的先人，你们倒比人还金贵了，老子几十岁没人服侍倒一天到晚像孝敬先人一样来伺候你们了。皇帝的龙子龙孙也没你们舒坦，老子今天先踢了再说。老汉走到羊圈边，那外国公羊看出了他的险恶用心，白马王子一般窜到母羊前边护住母羊，母羊好一阵感动，心里的暖流汩汩流过。老汉见这外国公羊鬼子瞪起凶狠的眼，低着头，架起角，蓄势拼搏的样子，老汉气不打一处来，也后退两步，蓄起力量正准备狠命踢。突然，小女儿一声尖叫："爹，踢不得呀，这是刘副专员送我们的脱贫羊呀！"这一声如石破天惊，就像有人从上面狠劲给了他脑袋一巴掌，把他打得清醒过来。老汉眼里浮现出刘副专员高高大大、富富态态、和蔼可亲的脸庞，浮现出紧紧握住他的手、嘱咐他一定要脱贫的情景。他的气一下子全消了，颓然地蹲在地下，喟然长叹一声。

海垡火慢慢燃起来了，浓烟散尽了，暗红暗红的海垡火使屋内温暖如春。海垡是海子边的草根腐烂而成的，燃烧时有股很好闻的气息，淡淡的带有草根带有海子腥味的气味使人非常惬意地想睡，也把人的思绪扯得很远很远，把羊的思绪扯得很远很远。两只外国羊在温馨的环境中安静下来，低垂着眼，想起了故乡蓝蓝的晴空，一望无垠的碧草，想起美丽的栅栏、哗哗流淌的清泉，还想起大海带腥味的风，大海辽阔得使它们想哭……

坐在火塘边的德山老汉也鼻子酸酸的，想哭……

村长检查完羊圈，检查完羊的情况，说："德山大叔，这羊要赶紧抓膘，乡长说羊只能养壮不能养瘦，只能养好不能养坏，你是典型呵，养不好刘副专员的脸搁哪儿？这经验咋个推广？记者来了咋个交代？"

村长走了，德山老汉蹲在火塘边，愁得眉毛结成了大疙瘩。老汉想这外国羊难养呀。为了啥恒温，家里过冬的海垡全烧完了。村长答应给他拉车煤来，这煤要从很远很远的山外拉，价钱贵得很呐，德山一家还没用过煤呢！村长说刘副专员和其他人给你的钱在我这儿存着，用这钱来开支。老汉本想用这点钱带小女儿进城治病，这死姑娘脸黄黄的，病恹恹的，一到晚上就发烧。那次巡回医疗队看病，医生说怕是肺上结什么核，要进城好好医一医。咳，也不管了，反正钱是刘副专员给的，用在羊子身上也是羊毛出在羊身上，该的。但要给羊抓膘，难哟……

这高原上的荒原，沙化程度很严重了。没有植被，遍野的卵石滩，有土的地方也变成没有任何有机成分的浮土，脚踩下能把脚脖子陷进去。草很少，出来一点立即被羊们啃得干干净净。一匹孤独的马在荒原上踢草吃，这里的马不是啃草是踢草，没有草啃，马练就了特殊的本领，用蹄子将草根踢出来吃。德山老汉第一次将两只外国羊牵到草滩上吃草，两只外国羊惊讶得嘴都合不拢，他心中想：上帝呀，这地方怎么还有羊生存，还有羊吃草？茫茫的卵石滩上，空气干燥得没有一丝水分，密密麻麻的卵石看得羊眼发花，除了卵石就是卵石，卵石之间偶尔见得到断茬的焦焦的草根，从草根里泛出一点似有若无的绿。外国羊深凹的蓝眼看见了，一点食欲也没有。公羊说："亲爱的琼斯，在故乡时，我听我们的主人读资料，说一亩丰茂的草地可以载畜两只，就是说可以养活几只我们这样的羊。怎么这瘦弱的草都长不出来的地方会放这么多羊?"母羊神情忧郁，恹恹地不想说话，更不想吃草。她懒懒地说："约翰，我不想讲话，你莫惹我心烦。你看它们，又黄又瘦，身上挂满羊粪蛋子，眼角结满眼屎，恐怕从生下来就没洗过澡，一身的膻味腥味臭味，熏得我透不过气来了。"约翰忧伤地回想起过去的日子，约翰说："唉，我们的那片草场是多么美丽呵，周围的山上全是一片片青翠的云杉，一片一片青翠的草，快有我们的腰深。一丛一丛的紫云英，一丛一丛的红芍药，天上蓝得没有一丝云彩，一边吃着鲜嫩的青草，一边看着美丽的风景，嘿，那是什么样的日子哟……"琼斯说："你还说呢，看屁的风景，你尽顾看我了，又脸厚，有羊无羊，就要来吻嘴唇，就要用角来摸身子……"约翰说："这里有一丛冒点尖的草，你来吃罢。"琼斯过去看了看，一点食欲也没有。琼斯说："这草咋吃呀，尽是干根根，我这嘴唇怕是要被划破了。"

羊不吃草，德山老汉也没办法，总不能按着羊头去啃吧。看着草这样子，德山老汉心里着急，心里也难过。羊啊羊，你来错地点了，就像我投错了胎一样，认命吧认命吧。

回到家，老汉将舍不得吃的洋芋煮了一锅，又掺了青洋芋叶、剁碎的洋芋藤，连德山老汉、哑巴老伴和小女儿闻着都香喷喷的了，恨不得舀起来吃。可那狗日杂种的外国羊就是不吃，闻闻，就走开了；走开，又走来闻闻，还是不吃。那公羊试着吃一口，噎得眼睛像卵子一样直翻，母羊害怕似的退回圈里，再也不出来闻了。

德山老汉真正地来了气，日你外国杂种羊的先人，老子舍不得吃的拿给你吃,你还装疯卖傻煽情,老子饿你三天,只怕你见着饭凳脚都要啃几口。

话是这样说,但羊真正地过了两天半仍然不吃东西时,德山老汉急得嘴上起了一层大燎泡。这龟儿杂种羊哟,你要害死人哟!老汉看见两只壮羊倏忽之间瘦了,四只健壮的脚承受不了体重,身子摇摇晃晃要倒下。粉红细嫩的嘴唇起了黑壳,老汉又焦急又心疼,拿啥给这瘟羊吃呢?老汉看看自己黑黢黢的身子皱麻麻的手脚,要能吃,就给它们吃了,可它们连闻也不会闻的。情急之中,老汉抬头看见那袋悬在楼上的炒面。这袋炒面是他费尽心血做的,准备送给刘副专员,想请乡长捎去,乡长坐车来过一回再没来过。想自己去,自从外国羊来后,出门一点都不放心,咋敢进城去呢!

那次刘副专员进城后,从不赶场的德山老汉那段时间场场不落地去赶场。黑凹村离乡场远,少说也有三十里路程。老汉天不亮就起床,腰不直、腿不健、肚又饥,那三十里山道就像到外国那么遥远。赶到乡场时,正是吃晌午饭的时候,乡场上到处是炉火旺旺的热气腾腾的小吃店,那一碗一碗的香喷喷热腾腾的臊子米线,多少次诱惑得老汉的口水不听打招呼地流出来。但老汉无论如何也奢侈不起,一碗米线一块五角钱,一块五,可以买两斤盐了。他就走到乡场背后的小河边,掬着清凉的河水啃自己背着的冷洋芋,噎得眼睛一翻一翻的,直打嗝。脖子一伸一伸得像公鸭叫,但他还是舍不得买一碗米线或者面条吃。

在连续赶了几个场以后,德山老汉终于选好一筐最好的燕麦。乡场上到处都是现成的炒面,但掺假、不干净,能送刘副专员吗?他选了多少次才选中的燕麦,价钱是贵了点,但是真正的好燕麦粒粒饱满、颗颗油亮,丢在嘴里一咬嘎嘣脆,半天嘴里还是凉凉的回味悠长的清香,这可是真正的好燕麦。回家的路上,漫长漫长的山道上多了一道风景，德山老汉驼了的背上又多了道驼峰，迟缓地移动着，像漫漫戈壁滩上一只衰老而孤独的骆驼。

在家里，德山老汉让哑巴老伴反复淘洗燕麦。老伴虽聋哑，做事是蛮认真的。水金贵，老汉陪着老伴，半夜赶路，到离村里很远的山箐去淘洗。淘洗得没有一颗瘪籽、一粒砂粒。德山老汉又驼着燕麦到乡场上，村里没有哪家做得炒面好。老汉甚至咬咬牙，买了一瓶酒、一包好烟送给乡场上做炒面做得最好的人家，央求人家一定一定要将炒面做好，工价高点也无所谓。德山老汉饿着肚子站在人家的屋里，监视着人家做炒面，很挑剔地指责这指责那，直到做出那香喷喷、甜悠悠、口感极好、回味绵长、油性十足的炒面，他眯着眼尝了一小撮，满意得直咂嘴才算完事。

于是，那炒面成了他家的珍品，成了他的渴慕和思念。小女儿眼巴巴地望着悬在梁上的口袋，嘴角流着涎水，小猫一样蜷缩着，看得老汉心疼。好几次他都动了念头，想让她吃点，但想想又忍了。人是贱畜牲，有个开头就难得有结尾。老汉怕小女儿尝到好味道了，忍不住要偷偷地吃。

看到炒面，老汉就想起刘副专员，想得钻心钻肺。刘副专员对自己的大恩大德，自己一辈子都还不了。这袋炒面却一直送不出去，都是被这鬼羊子拴牢了，他想这外国羊子肯定喜欢吃炒面，连刘副专员这么大的官都喜欢吃，你再是外国羊，始终是羊呵！望着日渐衰弱、消瘦的羊，老汉想只有喂炒面了，他心中很沉重很愧疚。刘副专员，老汉对不起你了。我只有把这炒面给羊子吃了，喂不好羊，是我的罪过呵，以后我一定再做一袋最好最好的炒面送给你。

约翰对着一大碗香喷喷的炒面不知如何下嘴。琼斯对约翰说这是啥玩意儿，闻着挺香的，就像我们闻过的汉堡包的味儿，你是不是也来尝尝。琼斯说："约翰，我实在没有胃口，我现在见啥厌啥，我怕是要死了。昨儿晚上，我梦见了我死去的爸妈，它们在向我招手呢。"约翰焦躁地说："你别胡思乱想了，几天没吃东西，你饿得出现幻觉了。不管咋说，我们总得活下去，那个刘副专员跟记者说我们还要生儿育女呢！"琼斯说："做你的梦吧，我头晕眼花，站立不稳，我真想找我的爸爸妈妈去了。"琼斯哀伤地流下了泪。约翰急了，说："琼斯，我先吃，你也吃，为了我们的爱情你必须吃，否则我就死在你的脚下。"约翰悲壮地把嘴伸到炒面碗前，像个赴难的勇士。它猛地吃了一口，那炒面太干太干，没有一丝水分，呛得约翰猛咳不止，涕泪横流。琼斯焦急万分，不断地用嘴唇去吻它，去舔它，用背去撞它，去拍它，两只羊像发情一样在圈里转圈子。

德山老汉见状也焦急起来，这瘟羊不会吃干炒面，看来还是要和水它们才爱吃。老汉赶紧舀了一瓢清水，公羊低着头猛吸了一口，才止住了咳。

德山老汉想到刘副专员吃的炒面，那是小刘老师用手捏出来的，掺了白糖，捏成一团一团的。德山老汉笨手笨脚地捏，也不是什么难事，尽管形状不好看，每个龇牙咧嘴的，但总成团了。老汉用手托着给羊吃，公羊碰了母羊一下，让母羊吃。德山老汉不知道羊的爱情，说狗日的，连这也不吃呀。母羊香甜地吃起来了，母羊吃得秀气而文静，公羊伸嘴过来叼了一个炒面团。老汉笑着骂："我以为你狗日杂种成神仙了，不会吃了。"

羊开始吃东西了，德山老汉的心情一点也不愉快。啥子杂种羊哟，专门吃好东西，人也吃不起的东西。像这样养羊，脱啥子贫哟，不把这点家底折腾完才怪呢！这个念头一闪，德山老汉心里就不安起来了，咋能这样想呢？咋能这样想呢？你是把人家刘副专员的好心当作驴肝肺了。

尽管后来德山老汉往炒面里掺的水越来越多，尽管在炒面里掺的荞叶、洋芋叶、野草野菜越来越多，那袋炒面还是吃完了。

炒面快吃完的时候，德山老汉觉得光吃炒面也不是办法，就是把这房子扒了卖掉也喂不起这两只羊。况且炒面上火，羊吃多了拉不出屎，拉不出屎，羊憋得难受。羊的肚子越来越胀，再胀就麻烦了。请兽医来看，兽医给了点麻黄素，说这不是办法，羊再不吃青草，就要出事。青草呢，这方圆十几里尽是光山板板，家家的羊饿得瘪瘪的，肋巴骨都数得清楚，一放到坡上，贼样的慌里慌张乱啃，连草根也啃得差不多了。儿多母苦，当年老母亲奶自己时，正是春荒，哥三个抢着咂老母亲的老瘪奶，连血都咂出来了。这两只外国杂种羊咋个也不吃这种草。想来想去，想去想来，看来只得到花鹿坪去放了。花鹿坪离村有三十多里路，那里人烟少草长得好。但那里蚊虫多，没吃没住的，必须连人一起去。但那里晚上冷，又没有房子，人呢，倒是将就着搭点棚棚弄点草整床披毡就行了。可这杂种外国羊烤惯了火，不冻伤才怪呢，得了病更麻烦。德山老汉把脑袋都想疼了还是想不出办法。还是小女儿聪明，说："爹，租马来驮羊，驮到那里吃完草再驮回来。"德山老汉气得给了小女儿一巴掌，马驮羊，这怕是黑凹村几千年没有过的事，你爹一辈子也没骑过几回马，你妈是要饭要到这儿捡来了，也没骑过一回马。好了，这羊爹爹羊妈妈反倒是要骑马了！

老汉说归说，气归气，但最终还是采纳了小女儿的建议。三十里路，来回六十里路呢！人倒是走得起，可这外国杂种羊走得去吗？你看它们那娇贵样儿，如果有汽车，怕要坐汽车呢！德山老汉忍着疼，把刘副专员托人带来的钱拿出来租马，这钱老汉捏得死紧死紧，想留着有时间带小女儿进城检查病，她的啥肺结核越来越重了，脸色苍白，咳嗽发烧、疲软，做不了事。但现在而今眼目前，羊子是最重要的。

马租来了，两匹。外国羊体型大，乌蒙马个头小，一匹马只驮得起一只羊。放马的周万山听说是驮羊，惊得眼睛卵子般大，不晓得老汉得了啥毛病。马驮羊，活几百岁的人也没听说过，老汉的爹妈在世怕也舍不得这样。惊归惊，怪归怪，但当老汉把硬扎扎的票子拍在他手上时，他也没表示拒绝。

蓝天悠悠、白云悠悠，贫瘠的高原都贫瘠，唯独这湛蓝的天、悠悠的云是任何地方都不能比的。天蓝得幽远，蓝得纯粹，蓝得令人心醉，也蓝得令人伤感。坐在大团萝里驮在马背上的约翰心情异常舒畅，马背一摇一摇的，像坐在婴儿的摇篮里。约翰说："琼斯，长这么大还没坐过摇篮呢，现在终于体会到了摇篮的滋味了。就是在美国，我们恐怕也坐不了马车呢。中国人民真友好，这老汉真厚道，我想作诗了呢！"琼斯说："别酸溜溜的了，约翰，我们坐马，老汉走路，这合适吗？你没见老汉背着那袋洋芋，走得那么艰难吗？"约翰说："你别假文假醋的了。你晓得我们能坐马，不是因为我们是外国羊，而是因为我们是刘副专员送的外国羊。老汉不把我们喂好，对得起刘副专员吗？村长、乡长不把我们喂好，交得了差吗？你没听见刘副专员对记者讲我们是样板羊、脱贫羊吗？你呀，啥也不懂。"琼斯忧伤地说："约翰，我真弄不明白为啥要把我们弄到这儿，中国这么大，水草丰茂的地方也多得是，这里生态这样差，连本地羊也没吃的，咋发展呢？我真不愿在这里生儿育女，我们的小宝宝生活在这里，我会难过一辈子的。我真怕它们会夭折在这里……唉，不说了，也许连我也活不下去了。"约翰烦躁起来，说："琼斯，你别老是这样好不好，你不是说过羊要坚强一点，你不是说过只要有了纯洁的爱情，在哪里都可以快乐地生活？"琼斯锐声叫了起来，说："求求你，约翰，你别说了，我现在最怕听到爱情这个字眼。活都活不下去，还爱情个屁。你要爱谁我不管，这里中国母羊多得是，你去爱你的吧，别烦我。"

颠簸了两个小时，终于到了花鹿坪。不错，这里的草是比黑石凹的好多了。黑石凹的草地经过多年的开垦，早就风化得像戈壁滩，残存的草地癞痢头似的东一块、西一块，风一起，风化的沙土一团一团卷过来，厚重的泥沙将草地覆盖住，沙化的土地连一星半点的水也存不住，草还咋长呢？这里的草是连片的，虽然周围的风沙已漫卷过来，正在一点一点地吞噬这里，但毕竟要比别处好一些。但令德山老汉惊诧不已的是这里的羊怎么会这样多呢？老汉多少年没放过羊了，十多年前他为村里放过羊，这里是羊抓膘的地方。一片连绵不绝的草场延伸到天的尽头，那时，这里的草是多么繁茂，多么青碧，草深的地方有羊的腰深，羊用不着走多远就吃得肚儿滚圆。草场上有许多自然流淌的清凌凌的小溪，绿草丛中有一丛丛耀眼的小花，羊渴了，头伏在小溪里就可以喝到清凌凌的水。现在小溪咋没有了呢？那时宽阔的草场上羊群很少，只有水草不好的村庄才会来这里放羊抓膘。现在的羊咋个这么多呢？放眼望去，到处都是羊，羊们仍然贼慌慌地抢吃青草。唉，才十多年呀，像这么多的羊来啃青草，这片草场也长久不了多久了。

约翰比德山老汉还失望。约翰说："琼斯，我以为我们会到一个繁花丛丛、水草丰茂的地方，我以为我们会遇到美丽的小河，小河里的水清澈见底，潺潺的水流摇碎了蓝天白云，水里的小鱼成群结队，水里的卵石波光粼粼。当夕阳悄然落下，天边的晚霞灿烂无比，夜莺已在草场深处唱歌的时候，我俩顺流而行，呵！多么美丽的草原，呵！多么诗意的风景。那时，我俩已经冰冻的爱情就会复苏，生命的激情正喷薄而起……唉，你看，这里的草是比黑石凹好点，但这么多羊，我们抢得过它们吗？"琼斯本来也是充满希望，心怀憧憬，见到这状况，琼斯也失望极了。但多少天没吃过青草了，羊不吃青草还算羊吗？琼斯觉得自己的肚子胀得难受，消化不良、肠道发炎、食欲衰退、体弱神虚。琼斯悲哀地想到吃不到新鲜的嫩草，自己的皮肤就会变得很干燥，容颜憔悴，神情疲惫，迅速衰老。但这里的草太稀，羊太多，琼斯不想和本地羊去抢青草。羊嘛，也要有羊的尊严，羊的羊格。美利坚合众国来的羊，去和本地羊抢青草，太不雅观了，太不自重了，太掉价太没身份了。约翰看出琼斯的心思。"嘿，这美丽的羊姑娘哟！"约翰说，"琼斯，我们继续走吧，反正我们已经坐够了马，腿也不酸，多走走吧，到草场深处，那里一定有鲜嫩的草，一定有清凉的水，走吧，走吧，我美丽的公主哟！"

到了草场深处，草果然比外面好一些了，但羊也不见得少。多少天没走动的琼斯不想再走了。约翰是男子汉，是白马王子，约翰就让琼斯在原地休息，它蹦蹦跳跳去找好草，好不容易找到一摊好草，那里却早有几只本地羊在吃草。约翰顾不了许多，招呼琼斯过去，满心欢喜地正想吃草，几只本地羊却恼怒了。长着山羊胡子的一只公羊说："这是哪里来的外国杂种，招呼都不打就来吃草了。我们跑了老远老远，腿都跑肿了。这点草还不够我们吃，你们还来抢草。"一只火气旺的小公羊说："不要饶了它们，把它们赶出去，不听招呼就来。"一只老羊说："算了算了，它们也不容易，千山万水地从外国来，还不是混口吃的，大家将就点吧。"壮羊说："就你会做好羊，我们不管它哪里来的，反正不能和我们抢吃的！"众羊说："是的是的，它们不走，打断它们的羊腿。"

琼斯听到它们的话，恐惧极了。别看它们瘦，打起架来它们凶得很呀，拼了老命也要打赢。琼斯说："我们走吧，约翰我怕。我不吃草了，走吧，走吧，我求求你了。"琼斯的惊恐哀求激怒了约翰，约翰男子汉的自尊和保护恋人的心情使它丧失了理智。约翰羊眼血红、怒气冲冲，决心奋力拼搏。琼斯哀求它，阻拦它，甚至跪下了一条羊腿。约翰丧失了理智，它也不发表宣言，冲出去就要打架。这几只本地羊本来就气不顺，这还了得，欺侮到家门口来了。几只羊一起出击，那只老羊劝也劝不住，倒被它们抵了角，因此气咻咻地不管了。约翰虽然高大，体格也比它们好，但它毕竟很长时间没好好吃过料了。毕竟没跑惯山路，几只本地羊从几个不同角度来抵约翰，约翰左躲右闪，前进后退，跳跃腾挪，发狠使劲，但总不是几只本地羊的对手。琼斯急得哭起来，跑来相劝，约翰气得用屁股将它抵出包围圈。激烈的羊战在乌蒙高原展开，硝烟弥漫，尘土飞扬，羊角砰砰相撞的声音使人胆战心惊。一只本地羊被约翰抵伤了腿，一只本地羊被约翰抵破了肩，受伤的羊更愤怒了，众志成城，同仇敌忾，轻伤不下火线，活着战死了算，不杀仇敌誓不还。"砰砰砰"战斗声传得老远老远。等德山老汉气喘吁吁赶来时，战斗正在白热化，约翰的前额和角后被抵伤了，血汩汩流着，红了眼的约翰乱冲乱抵，战场上一片纷乱。气急败坏的德山老汉用牧羊鞭左抽右打，费了老半天的力，才将杀红眼的几只羊分开。

德山老汉心疼地撕下衣襟为公羊包扎，老汉懂药，去寻了些止血的草药用嘴嚼碎了，敷在公羊的伤口上。琼斯急得去抵公羊，边抵边说："这怎么行呢？口里的细菌多得很，伤口发炎怎么办呢？"但约翰的伤口终于没发炎，倒是慢慢地结了痂，在脑门上很难看。琼斯没有嫌弃毁了容的约翰，琼斯更敬重更喜欢勇敢的约翰了。

村长摸呀摸的，站在羊的前面了，看到羊的脑袋了，立刻说："妈呀，你这是咋个搞的，羊的脑袋咋个了，咋个血糊糊的一片？"村长瞪大眼睛，急得直跺脚："你说，你说，这是咋个搞起的，这是专员送的羊，你可晓得？这是外国羊，是咱们的脱贫羊，你可晓得？老辈子，你瞎毬整，整出问题你自己兜着，羊子被整成这样，不是小事哟！乡长晓得，不扒我的皮才怪呢！"

村长看到公羊头上的伤疤大为恼怒，羊子打架并不稀奇，打得头破血流也是常事，但这羊与其他羊不同呵！明天记者来，把头破血流的羊照下像来，那就完了，一切都全完了。刘副专员的脸往哪里搁呢？自己负得起这个责吗？乡长也负不起这个责！乡长自己不来看，随时用电话遥控指挥，我成了他的听差了。羊只能喂好不能喂坏，只能喂壮不能喂瘦，只能喂多不能喂少，这是命令，是纪律！

急得热锅上的蚂蚁似的村长在屋里转出转进也想不出啥好办法，他只好叫德山老汉将羊圈彻彻底底打扫好，将羊彻彻底底洗个澡。老汉咬着牙忍着累到离村里几里的地方去挑水，一挑水不够挑两挑。小女儿去向小刘老师要了一小袋洗衣粉，她和哑巴娘把羊洗了又洗，清了又清，牵到太阳地里晒毛，用梳子梳理，像打扮新娘一样细心。

村长在家里一直没睡着，公羊脑袋上的伤疤是藏不住掩不了的。日他妈，这些杂种羊，你要抵抵在胯下、肚皮下不行？偏偏朝显眼的地方抵。记者一来就会发现，这事让记者回去跟刘副专员讲了，咋好交代呢？拍下照更恼火，这事要砸锅。村长想呀想，半夜时分迷迷糊糊睡着了，梦见自己去参军，全村人来送。他胸口上戴着朵大红花，神气活现地朝前走，走着走着却踩进一个黑窟窿，心里猛地一惊，人却醒了。村长回味着梦里的情节，他觉得那朵大红花格外清晰，村长突发奇想，这不是上天的启示吗？自己确实有朵红绣球，红绸扎的，讨媳妇时戴的。多少年了，还放在箱子里，明天将红绣球戴在公羊受伤的额上，不是就将伤口遮住了吗？记者如果问这是为什么，就告诉他这是山区的风俗，新来的羊都要戴红绣球，表示吉祥、安康，表示繁荣、兴旺。只是光公羊戴不行，母羊也要戴。村长将婆娘喊起来，叫他找截红布扎红绣球，婆娘哼哼叽叽不乐意。村长鼓起牛眼睛，说你到底扎不扎，不扎你就滚回你妈家去。婆娘虽不乐意，到底还是扎了。

第二天清早，村长老早就来了，把两朵红绣球紧紧扎在两只羊头上，还真像一回事。伤口不光遮住了，两只羊还变得格外漂亮。约翰说："难道我们要结婚了吗，打扮得像新郎新娘一样。"琼斯说："这下真好，你脑门上的伤遮住了，变得更英俊更漂亮更有魅力了。约翰，我想吻你。"约翰陶醉地闭着眼，任琼斯的柔嫩的舌头在脸上舔着。

小刘老师也来了。小刘老师挺喜欢这对漂亮的外国羊，隔上几天她就要来看看、来摸摸。小刘老师惊诧地问："这是咋的了，你们要给这对羊举行结婚典礼吗？打扮得这么漂亮。"村长说："你嫉妒啦，干脆将绣球扯下来咱俩戴算了。"小刘老师给他一拳，说道："去你的，你去和外国母羊结婚吧，还讨了个外国媳妇，将来还可以生个洋娃娃呢。"村长告饶："好利嘴好利嘴，以后谁讨了你谁倒霉。"

开过玩笑，说了正题。小刘老师说："这羊喂好喂坏，不光是德山大叔一家的事，其实还是全村的事，全乡的事。这羊德山大叔一家是费尽心思吃尽苦头的，只是条件太差了，很难喂好。你看，这羊毛洗倒洗得干干净净了，但毛色是黄的，不像才来时白生生的。"村长一看，果然如此，这也是件大事，毛色黄了就像人营养不良，黄皮寡瘦的。村长急了，又满屋乱走。走着走着，村长瞥见小刘老师脚上的白胶鞋。小刘老师爱美，村里尽是黄土路，白胶鞋一穿就成黄胶鞋。小刘老师进城去买了白鞋粉，将它均匀地往变黄的鞋面一涂，黄胶鞋又成白胶鞋了。小刘老师说："妈呀，你搞这糊弄人的事硬是成精了，亏你想得出这个办法来，你这专利怕是世界首创呢，快去申请专利。"

村长说："别饶舌根了，我也是万不得已的，快去拿你的白鞋粉来。"

鞋粉拿来了，小刘老师亲自用毛刷给公羊母羊身上均匀地刷了一层清水，接着就均匀地涂白粉，涂了一遍又涂了一遍，把两只羊涂得雪一样白。琼斯说："我披上雪白的婚纱了。"约翰说："我听见教堂的音乐了。"琼斯说："可惜他们不是为我们举行婚礼。"约翰说："管它呢，就当婚礼吧！"小刘老师说："可惜我的一盒鞋粉了，才买的呢，村长，你可要为我报销哟。"村长说："好说好说，等记者走了，我给你报两盒。"德山老汉说："村长，这羊我喂不起了，我求你派给别家喂吧！"村长说："德山大叔，这话我可不敢说，你找刘副专员说吧。"德山大叔啥也不说了。

《高原日报》在头版头条位置刊载了记者朱军的长篇通讯《副专员爱洒山乡，脱贫羊健壮成长》。文章写得极有感情，材料充实，行文流畅，读罢引人深思，催人泪下。与长篇通讯同期还刊载了一组照片：刘副专员与老农赵德山紧紧握手的画面；刘副专员与乡、村干部座谈，对山区脱贫致富做指示的画面；大荒山乡乡长代表刘副专员赠送外国优良羊的画面；一对外国羊在山区落户，贫困户赵德山精心饲养，羊毛雪白，身上没有一点草屑，羊头上戴着大红绣球的画面，表达了山区群众对上级领导的感谢之情；大荒山乡乡长满怀激情地表示，山区要脱贫，要走畜牧路，刘副专员的脱贫思路，是我们脱贫致富的正确方向。

《高原日报》出刊后，引起方方面面的强烈关注。地区畜牧局派出以副局长宋明为组长的畜牧脱贫调研组，组员中有高级畜牧师、草场管理高级技工、防疫专家、羊种进化遗传基因选育专家等；地区林业局派出规划组、设计组、林业高级工程师、土壤分析专家、树种选育专家、树木抗寒耐旱不怕冰凌不怕霜冻不惧土薄喜爱砾石研究专家；

广电局也不甘落后，派出声波专家、无线电专家、高原信号传递专家、图像专家、测试安装专家等，准备在高寒山区甩开膀子大干一场。科协经费有限，但也带上一大摞资料、仪器、优良植物类品种、动物类品种，看大荒乡能不能种出天麻、三七、人参、枸杞、银耳、杜仲等；能不能养殖珍珠鸡、野鸡、牛蛙、鳝鱼、蛤蚧、蝎子、松鼠、水獭、长毛兔等。文联坐不住了，文联无钱无项目无技术无选题无专家无良种无资料，但文联有作家，于是文联派了一名专业编辑兼业余作家去写长篇报告文学，又派一名专业出纳兼业余书法家去写标语。师出有名：文化扶贫。

<h2 style="text-align:center">四</h2>

　　沉寂的高原苏醒了，寒冷的高原热闹了，各级各部门争相到大荒山乡定点扶贫。"高寒山区要致富，少生娃娃多栽树"，于是就栽树，乡机关干部全体出动，一月之内不放假；学校师生全体停课栽树，挖鱼塘、填土、定苗、施肥，一片片山头红旗飘扬，共青团先锋队、青年妇女队巾帼队、退休职工余热队、少先队员憧憬队、基干民兵实力队、退伍军人先遣队、林业部门绿色队、外来部门脱贫队、"村建"工作"村建"队，轰轰烈烈、扎扎实实地掀起植树造林高潮。

　　"高寒山区要致富，村村社社通公路"，于是就修路。大荒山乡是高原顶部的乡，海拔虽高，却广阔而平坦。虽然有不少丘陵，但却平缓、卵石滩、荒原滩、沙土滩一片接一片，路还是要修，选路线、筑路基、铺砂石，低凹处填平，高耸处铲低，干河道架桥，流水处修涵，大战一冬春，村村社社通公路。

　　"高寒山区要脱贫，发展畜牧是根本"，于是就养羊、养牛、养马。

各级各单位齐支持，畜牧部门千里迢迢从内蒙古、新疆、青海、甘肃、宁夏进了一批又一批优良品种的羊、马、牛，大荒山乡的草滩上到处挤满各种品种的羊、马、牛，还有善奔跑、身板细、脚力健、宜放牧的猪。

五

德山老汉眉头紧攒，忧心忡忡，他家的门槛被来参观、采访、探望、看热闹的人踩得光溜溜的。不光村长来得勤，乡长隔三岔五也要亲自来转一转。村长来问："给怀上了？"乡长问："给怀上了？"德山老汉急得嘴起泡，一天就是怀怀怀，会怀的不让怀，不会怀的偏让怀。

德山老汉喂的两只外国羊，不管咋个喂，就是不会怀胎。要脱贫、要致富，老是两只羊怎么脱贫？老是两只羊咋个致富？羊和人的根本差别就是羊越多越能说明发展，可这两只外国杂种羊就是不生育。半年多了，冬去了、春来了，万木复苏、春风和煦、春情袅袅，各种生命在春风里张扬。可羊呢，仍是死木温吞的像暮年的老人，没有一点生命的激情。

乡长比德山老汉焦急，乡长进城去刘副专员家。刘副专员第一句话就问："钟乡长，那羊现在添了几只了？"乡长窘迫，乡长知道刘副专员的心思，羊子不发展咋能脱贫呢，又不是养来玩的。乡长不敢说假话，吞吞吐吐地说："还是两……两只。"刘副专员脸上不悦，说："怎么老是两只呢，难道我送的羊是阉过的？同志，你们做基层工作的，要求真务实，真抓实干。群众的困难就是我们的困难，群众不脱贫，我们的心难安哟！今年是两只羊，明年是两只羊，年年两只羊，这能说是发展？能说是脱贫？我以一个朋友的身份，请你把这件事抓好，你看行不行？"

乡长回来急得一夜睡不着觉，刘副专员这番言辞恳切有分量的话，够乡长慢慢消化的了。乡长感到有千斤重担在肩上，羊倒是两只羊，但仅仅是羊吗？永远是两只羊，这仅仅是数量问题吗？同志哥哟，你的脑袋是啥脑袋哟！

乡长带乡畜牧站的兽医来，乡长说："你给我认认真真详详细细地检查，看这两只外国杂种羊到底咋回事，虫虫蚂蚁都会发情，猫儿叫春苍蝇爬背，咋个这两只像太监羊呢？"兽医这里摸摸那里捏捏，一会儿弯腰一会儿趴下，低着头看羊的生殖器，他甚至用听诊器听外国羊的心脏，怕外国羊不适应高海拔，有高山反应。甚至将公羊、母羊的尿接了回去，要做化验分析。乡长见不得他这样神秘兮兮瞎折腾，叫村长去请一个最有经验的放羊老倌来，看看有啥办法能叫外国羊怀上种。

胡子雪白步履蹒跚的七大爷被请来了，七大爷昏花着老眼弯腰撅腚地这里摸摸那里捏捏。七大爷用漏气跑风的沙嗓说："不碍事，不碍事，这羊的卵子大得很哩，它不发情是因为这里太冷太凉，去找些淫羊藿、猫抓草、菟丝子、葫芦巴来，给它吃下就行了。"

约翰这天羞臊得不行，约翰觉得它的羊格和自尊心受到了极大的伤害。一只健壮而又没有疾病的公羊没有性功能还能称为公羊吗？可它奇怪自己来到这鬼地点确确实实没有做爱的欲望。好在漂亮、美丽的琼斯也和它一样没有做爱的欲望，否则，它不知怎样地羞愧、怎样地无地自容。约翰在兽医没来检查之前也试图做过爱，那是一个月白风清的夜晚，一轮明月悄悄爬上高原的天空，这是高原难得的一个好天气。时至半夜，约翰老是睡不着，冰清玉洁的月光使约翰神思飞扬，情难自禁。它见琼斯刚刚从睡梦中醒来，美丽的琼斯此刻睡眼惺忪，粉红的嘴唇润湿柔软，一幅娇憨惹羊怜爱的样子。约翰心里泛起一股热潮，觉得胯下有些异样的感觉。自从来到异国的大荒山乡，它一直产生不了丝毫的激情，约翰晓得这是身体状况越来越差所导致的，约翰为此而常常感到悲哀。它和琼斯正值青春年华，生命的张力和生命的激情应该是激昂的。在这高原难得的好天气里，约翰终于找到一些感觉，它悄悄地靠近琼斯，它看见琼斯和它一样也有了求爱的表情。琼斯脸色绯红，鼻息急促，粉红柔嫩的嘴唇沁出津液，潮湿而温热。约翰急急忙忙地和琼斯亲吻起来，紧接着约翰迫不及待地爬到琼斯身上，但情形却很糟糕。这使琼斯很沮丧，很尴尬，很悲哀……约翰不甘心就这样失去了公羊的尊严、自信和能力。一次、一次又一次，但情形就是如此。沮丧极了的约翰羞愧得简直想一头撞死在墙上。

　　德山老汉觉得乡畜牧站的兽医和七大爷说的话都有道理。兽医说："要以调理为主，这里山高水寒，牧草质量差，气候极其恶劣。外国羊适应不了这里的气候和物质条件，体质下降要调整饮食结构，以进补来增强体质。体质一好羊就想干事，还怨怀不了儿？"七大爷还说要给羊吃春药。兽医说这也对，但要等体质好些再吃，否则很难怀上，即使怀上质量也不高，也难保胎。

　　按照兽医开的食谱，德山老汉忧心忡忡。见它妈的鬼哟，这羊子不是羊是人了，比人还金贵，比人还娇细。又要买黄豆来推成面增加维生素，又要每天在饲料中打几个鸡蛋催情，又要将鸡蛋壳舂碎掺在饲料中增加钙质，又要有新鲜的青草调节……德山老汉晕晕乎乎，心中又难过又紧张又委屈又愤怒，自己的婆娘生娃娃都没吃过鸡蛋，更没有啥子黄豆面和啥子补钙，生娃娃前天天吃洋芋坨坨，生过娃娃也就是吃了些荞面汤。自家喂的几只鸡靠刨草根吃虫子活，黄不焉叽，很少下蛋。过去下几个蛋，攒起来去买盐巴去买煤油，啥时候吃过一个鸡蛋哟！

刘副专员给的几百元现在已经用得差不多了，其他人捐的不多点的钱在村长手里头。德山老汉狠狠心、咬咬牙，起个大早到乡场去买黄豆。这高原山乡是产不出黄豆的，买了，又推成细面背回来。鸡蛋家里没有，只得去向村里其他人家买。村里的人说德山老汉现在靠上大官了，人家有钱买鸡蛋吃了。德山老汉苦着脸，任人们去议论去挖苦。

最使德山老汉恼火的是青饲料的事，把黄豆面、鸡蛋、蛋壳粉等拌在青草里，两只外国杂种羊吃得欢得很。没有好青草，杂种羊嗅嗅扭头就走。德山老汉再也没有钱请马驮羊了，他决心带着哑巴老伴去野鹤湖边去割草。那里太远，已经临近别县的地界了。半夜起床，二人走到湖边正好天明。踩着露水，忙着找嫩草割。割好两背箩，正好吃晌饭，德山老汉和他的哑巴老伴开始啃冷洋芋。过去，这湖边还有一些杂木、灌木丛和荆棘，割一些来拢燃还可以带生洋芋来烧熟吃。现在这些都没有了，只有吃带来的冷洋芋。

吃着冷洋芋，德山老汉的心里泛起一股酸水，心里莫名地难过。他看见哑巴老伴苍老的脸庞、花白的头发，看见她树根一样皲裂的手掌，老伴跟着自己吃了多少苦啊！什么痛苦什么灾难什么苦楚都埋在心里，无法表述。老伴生娃娃时还在坡上挖地，肚子一疼蹲在地上就将娃娃生了，自己用牙齿咬断脐带，用衣襟将娃娃包着就回来了。日它先人的外国羊，吃这样吃那样还不够，还要吃新鲜嫩草。走了半夜的路割了一早上的草，哑巴老伴吃着冷洋芋就睡着了。德山老汉眼里涌出了苦涩的泪水，过去将衣裳盖在老伴身上，自己也睡着了。

老汉梦见自己变成了羊，哑巴老伴也变成了羊。奇怪的是自己变的不是本地羊，而是那只外国公羊，哑巴老伴也变成了美丽的外国母羊。变成羊的德山老汉心里的甜蜜就不用说了。他和母羊大口大口地吃捏成团的炒面，吃打碎的鸡蛋，吃得心花怒放。他看见哑巴老伴变的母羊狠起劲地吃，心里十分不高兴，去你娘的，几辈子没吃过拼了命吃也不怕吃穷，他一头向母羊抵去，母羊也发了怒，一头向他撞来，将他撞了个趔趄，德山老汉醒过来了。

避过毒日头，德山老汉和哑巴老伴背着青草，走到天大黑，才将青草背回来了。

德山老汉觉得一辈子最对不起小女儿的就是打她的那一巴掌了。这件事永远永远地折磨着老汉，折磨着老汉那一颗迟暮衰老的心，直到死，老汉也不能原谅自己。

瘦瘦小小、头发麻黄、身体细弱像棵狗尾巴草的小女儿，是德山老汉唯一的女儿。在之前，也曾生过几个娃娃，都没活下来。近五十岁了，哑巴老伴才给他生下这棵苗苗。小女孩也好可怜，长到十二岁，没吃过一顿饱饭，没穿过一件囫囵衣。得了该死的啥肺结核，人病恹恹的，没钱看病，就这样拖着。小女儿太懂事了，懂事得不像她这个年龄的人。肚子饿了，随便有点什么塞进肚去就行；冷了，小猫一样蜷缩在墙角，看见别的娃娃有什么从来不要。即使是给外国羊吃吵面、吃黄豆面汤、吃鸡蛋，小女儿馋得口水直流，眼睛直勾勾地盯着，也不开腔要。一次，老汉实在看不下去了，小女儿那病恹恹小猫一样的可怜让他的心绞疼，他狠狠心拿起一个鸡蛋让她吃。小女儿眼睛紧紧盯着，眼里跳着惊喜、欢乐、满足的光。但她还是怯怯地缩回手，扭过头，嘴里喃喃地说："我不要，我不要，留给刘伯伯的羊吃，羊吃了下羊崽，刘伯伯高兴。"

可是那天，小女儿却不懂事地缠着老汉。老汉刚要出门去买鸡蛋，买鸡蛋的钱是村长按天数给的，每天三元，买六个鸡蛋，这数量是兽医定的，说不能少的。老汉紧紧攒着钱要出门，小女儿拦着不让走。明天是六一儿童节，村小要举行少先队员入队仪式，小女儿虽然十二岁了，才读四年级。小刘老师疼爱她，发展她加入少先队。小刘老师说了，六一儿童节要戴着鲜艳的红领巾宣誓，没有鲜艳的红领巾不能参加宣誓。小女儿那天变得非常执拗，非常不听话，从来没有过的任性。老汉耐着性子和她讲，那钱是专门用来买鸡蛋给羊子吃的，兽医说了，不把羊子养壮不能下小羊崽，下不了小羊崽就对不起刘伯伯，乡长、村长也着急，放不下心。下了小羊崽，爹带你进城去找刘伯伯，刘伯伯喜欢你哩，还要带你去看病，买好多好多东西给你。小女儿就是不让老汉走，嘴里说："不嘛，不嘛，我啥也不要，就要红领巾。没有红领巾，就不能宣誓。"老汉烦躁地说："啥先死后死的，快走开，羊叫得很了。"小女儿就是不让，扯着老汉的衣襟拽出拽进。老汉火了，扬起手来给了小女儿一巴掌，他也不晓得咋回事，就见小女儿树叶一样轻飘飘地落在地上，悄无声息地躺在了地上。

　　羊子饥饿的叫声使老汉来不及多想，匆匆忙忙去买鸡蛋了。等老汉买鸡蛋回来，见小女儿还像树叶一样躺在那里，老汉才慌了。他忙抱起女儿来，见小女儿脸像干了的菖蒲一样白，眼睛紧闭，牙关紧咬，身体凉冰冰的。老汉浑浊的泪一串串流下来，摇着小女儿轻飘飘的身子，直喊："翠花，翠花，你醒醒呀，你咋啦？爹该死，爹不是人，爹不该打你呀。"老汉悲怆的像受伤老狼似的哀鸣，引来了周围的人。有的去坡上叫哑巴大婶，有的忙着拿老汉的鸡蛋去冲蛋花。老汉摇着手说："莫拿呀，你们莫拿呀，那是羊子吃的呀！"王二毛说："你怕是疯了，羊子是你爹是你娘，姑娘成这样子，你还舍不得给她吃，你是痰迷心窍了。"张黑痣飞哒哒地去请村上的赤脚医生，说是医生他那儿的药就几种，房檐上吊着的多是筋筋络络的草药。这医生倒是长于针灸，一团乱头发上插着大大小小十几根银针，也不消毒，在油腻腻的袖口上擦两下，就插进穴位里，又捻又搓又提又扎的，挺熟练。几针扎下去，小女儿就醒过来了，又喝了一大碗鸡蛋花，小女儿的脸色就好些了。但在以后的日子里，小女儿一直沉默寡言，忧心忡忡，一副惭愧羞怯的样子。虽然那红领巾后来小刘老师垫钱给她买了，她还是快乐不起来，一天到黑依偎在羊身边，心事很重很重。

可怜的小女儿怕她那天吃了羊子的鸡蛋影响羊生小崽崽。她听见兽医对爹说这鸡蛋一天都不能拉下，直到羊怀上为止。她老觉得她吃了羊的鸡蛋，羊生气了就不下小崽崽了。她心事重重，思虑重重，她甚至对羊有了一种负罪感。她想那天要是不惹爹生气就好了，要是不被爹打也就不会吃鸡蛋。羊要是不下崽崽，自己的罪过就大了。为这羊，爹娘操了多少心。爹的背更驼了，脸上的皱纹更多了，头发胡子快全白了。娘也好可怜好可怜，不会讲话，一天急得哇哇乱叫，地里的活全是她一个人去做，又要去割草，累得坐在那里都在打瞌睡。前几天，娘半夜和爹去野鹤湖边去割草，背了一大背笼草回来，天已黑得很了，过干沟时踩进一个黑坑里，把脚也扭伤了，肿得老高老高。爹急得脸色黝黑，胡子拉碴，嘴上起一层大燎泡。羊再没青草吃，咋会下羊崽崽呢？这鬼羊子又挑嘴，背一背笼草来，走好远好远的路，外面的一层草被风吹蔫了，被太阳晒蔫了，得把外面一层草剔掉，光吃中间的新鲜草。一背笼草也就吃上个把天。

这天德山老汉又起了个大早，要去野鹤湖割草。心事重重的小女儿也醒了，她看见爹一个人孤零零地要出门，她心头一阵难过。对爹的怜爱和对羊的愧疚使她决定跟着爹去，好给爹做个伴，也可以背点草来，弥补她吃鸡蛋的过失。爹不让她去，说路太远太远，她背不动草。她的执拗劲又上来了，左缠右缠，缠得爹的火气又上来了，刚举起巴掌，突然又放了下去，长长地叹一口气，只得带她出门。

漫漫的夜、长长的路，德山带着小女儿在路上的艰难和困顿就不用说了。走到野鹤湖边的时候，小女儿累得再也站不起来了。那时，天将黎明，正是霜冻正浓的时候，老汉找了个背风干燥的凹地，抱着小女儿休息，爷俩的衣裳裤子都被早霜水凌打湿了。高原的黎明是很冷很冷的，又找不到柴火干草来驱寒，老汉心疼地紧紧地将小女儿抱在胸前暖着。疲倦极了的小女儿立即睡着了，老汉的头也垂下来，沉沉睡去了。

当老汉感到背脊痒痒的时候，太阳已升高了。老汉一动弹，小女儿也醒了。他让她再睡一会儿，自己去割草。小女儿揉着涩涩的眼睛，也跟着起来。他们沿着湖边走啊走，老也寻找不到一块像样的草滩。高原上的草太少了，这么远的地方仍然有人将羊赶来放牧。羊多草少，好点的草也就不多了。走啊走，总算看见一块好点的草滩，老汉丢下女儿，忙着去割草了。他怕羊群来了，这草也耐不住啃。老汉低着头撅着腚一刻不停地割，小女儿紧跟着用小镰刀割。割了一阵，毕竟人小体力弱，就累得停了下来。她看见一只有自己小手一样大的黑蝴蝶伏在一株草埂上。高原寒冷，很少见到蝴蝶，像这么大的蝴蝶几乎没人见过。这是个黑色的精灵，是个黑色符号，是个黑色的暗示。黑蝴蝶飞起来了，小女儿始终是个孩子，再沉重的生活也难以泯灭她的童稚的心。她跟着黑蝴蝶追去，黑蝴蝶飞过凹地，飞上一面浅坡，翻过浅坡就是碧水盈盈的仙鹤湖。这是高原最明丽的一面镜子，这面镜子嵌在高原荒凉残败的怀抱里，美丽得惊人，清纯得惊人，童话般充满诗情画意，简直就是仁慈的上帝对苦难、贫穷的人类的慰藉。飞呀飞，黑色的蝴蝶突然不见了，小女儿茫然地寻找着，连每棵草叶也搜寻了，就是找不到黑蝴蝶。

失望极了的小女儿直起腰来，她向湖里望去，呀，沿着湖边进去一段路，有一片凸起的草滩，草滩上的草好茂盛好茂盛，好长好长，好青翠好青翠。这么好的草怎么会没人发现呢？这么好的草怎么会没人割呢？这么好的草不晓得那两只外国羊怎样的喜爱呢！有这么好的草，它们吃了，不定会怀上好多好多的羊宝宝，爹不知怎样的喜欢，城里的刘伯伯也不知怎样的喜欢。下了好多雪白的小羊，刘伯伯会来看的。他高兴了，会将我带进城去，让医生给我治病，治好了病，我会好好地读书的。小女儿边想边向湖里走去，连接那边凸起的孤岛样的草滩的是一条似路非路的沼泽地。她小心翼翼地走着，尽管小小的瘦瘦的身体很轻很轻，但还是像降落在草茎上的蝴蝶一样左右摇摆起来。越往里进泥越稀稠黏软，开始只是陷到脚脖子，她艰难地拔出腿来，一步一步朝里挪。渐渐地，泥越来越稀，陷到大胯了，她开始感到恐惧，想朝后走。在泥里喘息一阵后，她还是决定向前走。那是生命的颜色呀！绿色。那里有葱绿茁壮鲜嫩的草，汁水四溢、甜美细嫩的草。她艰难地拔出腿来，坚定地向绿草迈进。但是，这一次她再也拔不出腿来了，她急了，来自生命深处的本能的恐怖袭上了她的心，她开始扭动，乱抓乱挠，但脚下却像有一只无形的手，把她往湖底的泥潭里拉去。她越挣扎，拉的速度越快，她绝望地大叫，那声音像水里的涟漪一圈一圈散去，引不起任何反应。渐渐地、渐渐地，泥潭里只剩下一颗小小的头颅……

黑蝴蝶倏然飞走了。

选自《当代》2001 年第 5 期，本文略有修改。

风雪凌晨的一声狗叫

秦岭

一

那只狗从何而来，又从何而去，大概只有狗自己最清楚。要命的是狗在现场的突然现身——不！是现声，让一个女人跑了。那个翻墙跑掉的女人，是九十里铺乡尖山村的董爱翠，她一定是带着爬上去、翻过去、跳下去的伤痛，钻进了上千家农户的汪洋大海里，像融入大海的一根绣花针儿。

狗急了才跳墙呢，但女人不是狗，女人一定是像狗一样急了。一个女人翻越那么高的土墙，如果不是生命动力极限的奇迹使然，那么必然是借助外力攀爬上墙的，上不易，下更难，纵是一个粗壮的男人也得摔个驴啃泥、狗吃屎啥的。董爱翠居然能在我们布置下的天罗地网中金蝉脱壳，逃之夭夭。啥叫见鬼？这就是，大家都撞上了。其中到底有多少悬念和谜团，那是另一码事儿，重要的问题是董爱翠这一跑，让那次攻坚战构成了一个难以弥补的重大事件，像一件苦心经营的毛线活儿，快收尾了，却从根子上绽线了。

那次攻坚战的惨败，给全乡计划生育工作带来的重创和打击无疑是毁灭性的。乡长甄塬良的表现如丧考妣，有那么几天，他把自己关在办公室里，不吃饭，只喝闷酒，粗粗大大的黑汉，眼窝子外多了几道暗影儿。带路人邓友奎还专门赶到乡政府大院痛哭了一场，边哭边吼："我跑冤枉路事小，害得突击队挨饿受冻了大半夜，我对不住大家对我的信任啊！"那种哭天抢地的意思完全是上坟的规格。但这里是乡政府，不是坟。邓友奎凄厉的哭声，顿时给松树遮蔽的大院笼了一片阴森。受惊的寒鸦掠过树梢，积雪成团成片凋零，落到地上，像死了一地的白鸽。

大家轮番劝勉，邓友奎反而哭得翻江倒海。有几位干部只好陪着抹起了眼泪，似乎是深受感染，似乎真的悲从中来。多数人陷入悲怆，便上升到了集体悲怆，谁也不好挂单。食堂的饭菜热了好几遍，没人去率先动筷子。书记邱敦仁只好动员大家："同志们不要难过，身体不要垮，计划生育是天下第一难事，不是一朝一夕的事情，其他几个村的结扎、引产、人流、取放环任务等着大伙儿呢。吃吧吃吧，现在最重要的任务是吃饭，吃饭是头等大事，也是政治任务。"书记带头拎起筷子，把饭盒敲得"叮叮"作响。他见大家仍然没有动静，突然来了硬的："一个个都什么玩意儿，像炸过油条的乏油似的，还像不像九十里铺的干部？都他妈的给我振作起来！"

乡党委秘书小阎从办公室匆匆跑出来，说："邱书记，县计生委打来长途电话，要求严格执行一天一报制度，让我们报送尖山村攻坚战的信息呢！"

邱敦仁勾了小阎一眼，面无表情。小阎赶紧缩了回去。

我就觉得小阎这个干部确实差根弦儿。昨天下午他就让我不痛快了一回，当时他恳求我对他提前起草的尖山攻坚战信息初稿给予指导，态度当然是积极认真的，问题是他找错了对象。"秦组长是给县长当过秘书的人，请您给把把关，指导指导。"我扫了一眼初稿，觉得高度没上去，角度也平了些，而且还未卜先知地"圆满完成了任务"。迟疑了一瞬，我没好立即答应。作为工作组组长，到基层好为人师、越俎代庖肯定不是好事，可是考虑到邱敦仁去了老家，似乎自己也有责任帮秘书一把，骨子里应该也有职业病在作祟吧，我只好妥协了："好吧，我谈点个人理解，仅供你参考。"

小阎立即铺开纸张，一副嗷嗷待哺的意思。

"为了打好这次攻坚战，乡党委、政府按照全县计划生育工作会议精神，依据尖山村信息员提供的关于'育龄妇女董爱翠现身尖山村'的重要信息……"

小阎却打断了我："'信息员'改成'线人'是不是更符合实际呢？我们一般讲线人。"

真是遇到猪脑子了，和猪脑子是无法讲大道理的。我点燃一支烟，斜扫了他一眼。这一斜一扫，胜过所有的传道授业解惑。小阎赶紧低下了头。我重点强调了以下几点：在工作原则和态度上，乡党委体现了"加强领导，周密部署，讲求实效，速战速决"和"箭在弦上，分秒必争"的特点；在组织措施和目标上，乡党委把尖山村攻坚战列为全乡春季攻势的重点战役之一，要求高度保密，明确分工，集中攻坚，切实达到拔掉"钉子户"、引导"观望户"、震慑"逃跑户"、奖励"积极户"的目的，推动全乡以查环、查孕、查病为主的"三查"和以结扎、引产、人流、放取环为主的"四术"任务的全面完成；在具体行动上，由乡政府、派出所、联防队、手术队、驻乡工作组的领导、干部组成的突击队，在乡长甄塬良和工作组组长秦岭的带领下，在夜幕和风雪的掩护下……

"真是醍醐灌顶、点石成金啊！"小阎追问："下来呢？"

"下来的事，明天凌晨才见分晓，我总不能瞎编吧。"

"秦组长真谨慎，结果肯定是大获全胜的。到时候，这将是我们九十里铺乡报送的最有分量和价值的信息，会赫然入列县计生委《计划生育工作简报》。"

我幸亏没有编造那个似乎完全可以囊中取物的结果，纵然侥幸了一把，但事实上我给秘书口授的所谓"个人理解"，有点像未婚先孕，已够让我丢尽颜面，那不是小聪明是什么？用乡下人的话就是"两口子还没捣鼓哩就给娃取名哩""八字没一撇哩就想给人算命哩"！泼出去的水已无法收回，不难判断别人对我的想法：轻浮、轻飘；草率、草莽……每想到那条半拉子信息，我耳热心跳，只有故作从容。

攻坚失败，是不是走漏了风声？谁也不敢妄下这个结论。泄露机密，纵有意无意，都涉及机要和保密的原则性问题。追根溯源，尖山村与突击队的每一个成员均没有沾亲带故，凡是稍有瓜葛的干部——包括常驻尖山村的包村乡干部也被安排到其他村抓规模养殖了，为了以防不测，行动直接由事先物色好的尖山村村民邓友奎带路。从得到情报到决策乃至行动，前后也就一个半天加上一个晚上的时间，除了我们工作组，突击队们为了避嫌均没有离开过乡政府大院半步，一个个围着火炉厉兵秣马，讨论方案，喝酒划拳，行动上更是雷厉风行、整齐划一的。队员们同仇敌忾的精气神也足以证明过硬的思想作风和工作作风。在计划生育的问题上，结果永远大于过程，而这次，秋收的枝头挂了一个醒目的歪瓜裂枣。

那次行动，原计划由书记邱敦仁亲自挂帅出征的，可是那天中午他突然接到老家堡子乡邱家湾村一个农民的口信，说是老娘好端端地突然中了风。这意外的消息早不来，晚不来，偏偏这个节骨眼儿上找上门来，一贯沉着冷静的邱敦仁变得六神无主，他思前想后，横了心："先拿下董爱翠再说。"这让我想到一句流行语：计生不能松，宁可死家人。我的后背一阵阵发冷。几位乡领导一时感动得热泪盈眶，都有些动情："书记，您还是回家看看吧。"

甄塬良紧紧地握了握邱敦仁的手说："邱书记，您是有名的大孝子，计划生育是大事，老娘也是大事啊。"

"我不能关键时刻掉链子，董爱翠的二胎间隔不够，已经让我们脸上无光了，这次第三胎如果搞不掉……"

甄塬良就换了个说法："书记也得信任我们这帮同志啊！"

"哈哈哈！"邱敦仁乐了，和同志们一一握手，说："那我就等同志们胜利的好消息吧。"

那些天的暴风雪有些变态，西北风像鬼似的在山梁和沟壑里横冲直撞，空中飞卷着干硬的雪粒儿，春寒和冷气扯天扯地，白茫茫的一片。乡政府大院的四层楼上，各屋的烟囱都在"呼呼呼"地冒烟。乡上为了照顾我们县城来的工作组，把我特别安排在九十里铺镇临街的一家毛衣编织店里，独享火炉和热炕的温暖，而我带来的两位组员被分别安排在其他农户家中，并配发了对讲机，保持信息通畅，一切经费由乡上处理。这种住法比住在乡政府机关大院的成本要高很多，姑且理解为一种待遇吧。我叮嘱组员："我住编织店，你俩住农户，一定要和群众打成一片，这是原则问题。"

记得两个月前工作组初来乍到，小阎诡秘地告诉过我："听说编织店就一个大屋，一台编织机，面对面南北两个大炕，还有两个女人伺候，晚上美着呢，怎么个美法儿，慢慢就晓得了。"这话浅尝辄止，水有点深，言外之意似乎有引君入瓮的意思。我只有报以"哈哈哈"的大笑。工作组和乡干部打交道，有时根本搞不清谁是井水谁是河水，笑声，有时候就是神奇的交流。多年来，我或多或少结识了一些乡上的同志，但由于工作性质不同，深交并不是太多。论起来，和各乡的团委书记倒是熟悉一些，比如九十里铺乡的团委书记小雷每次进城办事，会到我们团县委办公室坐一坐，聊一聊，他思路开阔，脑子灵活，我们之间算有点小小的默契。入住当晚，我爽快地答应老板娘、粉儿围坐在我这边的炕上玩扑克。三个人，一张大棉被。玩扑克的样子就像一朵花上的三个花瓣儿。扑克像蝴蝶一样在被面儿上起起落落。伸出去的脚丫子都能感受到彼此的温度。厅中央的火炉是特大号的，燃烧得像个红太阳。烧火炕的麦秸里掺和了煤屑，炕面四角通热，像个摊煎饼的热鏊。就像换季了，酷暑了，大家不得不换上背心短裤。粉儿更是亮胳膊亮腿儿，皮肤白花花的，直晃眼。编织机前搁着一个大尿盆，盆侧置一香炉，缕缕紫香的青烟，或多或少遮蔽了尿骚味儿。老板娘说："解大手就穿衣戴帽去临街的茅坑完活儿，解小手先灭灯，直接对着尿盆刺溜儿。"我做出老于世故的样子，表示同意。每次解小手，无论是谁，只闻其声，不见其人。打完扑克，老板娘和粉儿下了炕，我以为婆媳俩要去对面炕上休息呢，结果发现老板娘瞄了我一眼，独自推开墙角的一个小偏门去了里间。我的头发一下就竖起来了，一间屋，两个炕，这头和那头，我和粉儿。

　　悬在正厅的大灯泡照得屋子处处通明，连对面炕上绣花枕头的蝴蝶纹都清晰可辨。我趴在这边的被窝里不敢抬头，用枕头垫了下巴，佯装学习省里新颁发的《计划生育管理条例》。粉儿发话了："秦组长，你学习模范装得够像呀，现在的干部都看《射雕英雄传》呢，如果没事干，咱就睡觉吧。"我一抬眼，粉儿正在换睡衣，一件肉色的宽边镂空蕾丝睡衣，像明亮水滑的瀑布，轻轻笼着她青春身体的峰峦叠嶂，明明暗暗的光线，像惊蛰后早春的庄稼地里蓬勃发酵的薄雾。粉儿真不愧在城里的歌舞厅干过，举手投足带出的意味，兼容了城市少女和乡下妹子的妙处。我紧张得赶紧低下头。

"到底有事儿没？没事儿就睡吧。"粉儿说。

"啊啊啊，没事儿，没事儿。"我说。

粉儿"吧嗒"一声拉了灯绳儿，救命的黑暗立即让我全身松弛下来。我轻轻舒了一口气，翻了个身，仰面而卧，眼皮子却合不拢，粉儿刚才换睡衣的镜头像是定格了，摁死了录放机里的重播键，周而复始地在大脑的银屏上播放。我留意到，关于睡觉的信息，粉儿提醒了两遍，第一遍是"咱就睡吧"，啥叫"咱"？怎样理解"咱"？成了我面临的高科技。而第二遍是"睡吧"，没有了"咱"，为啥没有了，是否碍于我的态度呢？第二天，我私底下向小雷问起店里的情况，小雷却说："其实……嗯，你如果不乐意住店，就到乡政府来住，如果乐意住店，就住店里。"这话像白开水一样无滋无味儿，却把皮球踢给了我自己，分明是留了一手的，可见这家伙的道行也是越来越深了。"店里，还适应吧？"我轻松应对："不错，婆媳俩在那头，我在这头，一晚上聊聊家常，也挺有意思的。"

既然乡上没人愿意给我透露编织店的背景，我也就不便打问。我获取信息的渠道反而来自赶集的山民。有次在小摊上就着花卷馍喝醪糟，才从人们叽叽咕咕的闲言碎语里略知大概。原来，老板娘生有三个儿女，唯一的儿子曾经是北垣村的民兵连长，某夜晚归，被一伙人打成了植物人，至今破不了案。老板娘像秋菊打官司一样逐级上访，她的理由只有一个：儿子是半个军人，横遭此难，一定是协助乡上催粮要款、刮宫引产惹的祸，请求上级给予其革命残废军人待遇。可是，老板娘的理由纵然是一万个真理，却无凭无据，何况当时的现场没有一个见证人。"我就这一个儿子，如果你们还不管，将来谁还替你们冲锋陷阵去？"老板娘的口气太大了，于是落了个"革命妈妈"的绰号——当时她还不是老板娘，他只是儿子的娘。后来乡上照顾婆媳俩，在镇子上开了这家编织店，粉儿织，婆婆卖，生意倒是红火得很！"哈，你这个城里娃，如今整夜享受宋徽宗的待遇了吧？"山民朝我调侃。我一时没反应过来，就回了一句："那，谁是李师师呢？"山民们"哈哈哈"地乐了。

尖山攻坚战前夜，"革命妈妈"——不！老板娘和粉儿照样用打扑克的方式陪我消磨时光。大概因为我和粉儿相安无事的缘故，后来老板娘也索性不再去里间了，屋里又变成了三人。当着老板娘的面，粉儿时不时用兰花指撩一撩耳边柔软乌黑的秀发，那动作很风情；或者，用涂着红油的指甲抻一抻紧身内衣，立即会有一种逼人的气息弥漫开来。

凌晨一时，我立即拎起对讲机，给我的组员下了死命令："立即出发，到镇子东头与突击队集合，注意了：不穿皮鞋，穿运动鞋；不穿防寒服，穿乡上统一发的绿大衣，大衣外面套上从乡卫生院借来的白大褂。"

"你们这些城里来的干部，也学会电影《林海雪原》里的小分队了，套一身白褂子，去捉座山雕不成？抓赌也没这么上心的。"粉儿"嘻嘻嘻"地乐了，"你看看你，像个少剑波似的。"

我只是笑了笑。粉儿又开了腔："看来是急行军了，如果在城里，大轿子车把你们一窝端，屁股一冒烟儿，就到了。山路和城里的柏油马路可不一样哩！今晚，你到底去端哪户人家？"

我半认真半开玩笑说："天机不可泄露啊！"

"真是的,我这里又不是电影里的地下交通站,都说要相信群众相信老百姓,看来我连群众都不如了,也不是老百姓了。"粉儿娇嗔地说。

谁是天机?像董爱翠这样的手术对象就是我们最大的天机。董爱翠的大致情况,甄塬良给我介绍过。她已经生了两个女儿,属于典型的纯女户,她本人也是全县一九九四年度挂了号的二百名重点监控对象之一。董爱翠生第一胎时就按规定上了节育环,按照政策,间隔至少四年才能申请第二胎指标,没想到大女儿不到一岁,两口子就借南下打工之机,千方百计找游医取了环。董爱翠长得有点样子,游医就明确提出:"考虑到你们是祖国西部来的,穷,取环的费用可以不要,但至少陪我睡四次。"两口子为此权衡了整整两个昼夜,丈夫最终心一横,给游医开了条件:"我女人是好女人,都是娃她妈的人了,不是三陪小姐,您就打个折,两次吧。"游医坚决不答应。丈夫只好晓之以理动之以情:"那事情,做多了会闹感情,我们那里有许多女人出来打工,都不愿回去了,弄得家破人亡……"说完"吧嗒吧嗒"直掉泪儿。

游医只好长叹一声,慷慨直言:"好吧,西部太落后,等着你们去建设呢。我从大局着想,两次就两次吧。"这才取了环。

怀胎五个月时,游医托人到医院给董爱翠做了 B 超,发现并不是期待中的男娃,两口子的长叹几乎异口同声:"引掉!"游医一脸慈悲地说:"别引了,引来引去,将来想生也挂不了胎。"男人问:"那咋办呢?"游医说:"好办,如今城里人不孕不育的多得是,生下来,至少卖五千元。"这个女娃来到人间,一看就不是正路货,和游医一样塌鼻子歪眼,两口子只有咬碎牙花子往肚里咽,意见高度统一:"卖!"就卖了。后来又生了一胎,还是个女的。这次没敢卖,倒不是因为长得像爹,先留着,给第一个女娃做个伴儿,然后再……果然又怀了,一查,是个男的。两口子高兴了,喝蜜了,甜透了。"像谁像谁吧,要!"为了逃避南方清理流动人口和严厉打击"超生游击队"的强大攻势,两口子东躲西藏,终于扛不住了。丈夫只好说:"咱走,老家哪怕是刀山火海,上!"

线人提供的情报显示,从董爱翠的肚子和走势判断,至少也有三个月的样子,如果不及时强制做人流手术,肚子一大,问题就大了;问题一大,难度就大了;难度一大,那可比一万个肚子还要大。

临出店门,我给自己打圆场:"一切听乡政府的,详细情况我们工作组还真不知道。阿姨和粉儿早早睡吧,我估计天亮了就能回来。"

粉儿替我把门开了一条缝儿,风雪就像箭矢一样射进来。我隐隐听见老板娘嘟哝了一句:"这个狗日的城里干部,不识抬举,滚下崖才好。"

粉儿的声音压得低,幽幽的:"妈呀!"

二

那个凌晨的暴风雪,像吞了壮阳药,丝毫没有泄劲儿的意思,专糟蹋突击队了。从镇子到尖山,整整两个小时的急行军。没有星星也没有月亮,只有北风裹挟着雪粒儿在不知疲倦地呼号。白花花的队伍和风雪融为一体,排头是邓友奎和两名联防队员侦查,大部队保持距离跟进。

干警们紧紧攥着手里的消音型麻醉枪,目光一丝不苟地扫视着每一段地埂、每一个崖畔和每一面背坡,一旦发现有游狗现身,在它狂吠之前立即撂倒。麻醉剂只有两三个小时的药效,过了劲儿,狗自然会从百思不得其解中缓过神来,晃晃脑袋,抻抻腰身,继续莫名其妙地游荡。沿途经过至少六个村寨,都是绕道而行。突击队不怕狗,怕群众。老远望见有走夜道的农民，大家立即找崖脚和树丛潜伏下来。如果狭路相逢，便就地卧倒。

"有些狗是自由流浪，但有些狗是有使命的。"甄塬良给我介绍。

也许察觉到了我满脸的狐疑，甄塬良补充道："村里人为了提防我们，把吃剩的鸡骨头、废弃的猪下水扔到村外的羊肠小道上、田野里，这样，狗的巡视半径就扩大了数十倍。"

我恍然大悟："这么说，要顺利进入村子，先得围城打援？"

"秦组长不愧是全县的青年领袖，一点即通，围城打援的战术，老一辈革命家在解放战争中常用呢，当年我第四野战军在东北就用过，先扫外，后攻内，各个击破。"

我带领的两个组员都是团县委的青年干部，城里生城里长，没遭受过这等洋罪，一个个冻得鼻青脸肿，但谁也不好意思叫苦叫累。作为团县委书记，我给组织上打了包票的。当时组织部部长语重心长地找我谈话："这次全县从基层各部门抽调了一百名干部，组成了三十个工作组，每个乡镇进驻一个，为期三个月。为什么让你们这一组去最偏远、条件最艰苦、环境最恶劣、计划生育难度最大的九十里铺乡，我不用多解释了吧。"我当时就有些傻眼，但我必须把无与伦比的庄严、光荣和使命的意味写满我的表情。我当场表态："谢谢组织的信任，因为我们是先锋队，是后备军。组织上安排我们去九十里铺，是对我们的考验，给我们提供了千载难逢的锻炼机会。"组织部部长说："哈哈，团干部的作风就是不一样，不过一定要清醒，自从龚安娜事件发生之后，乡上的同志防工作组像防贼似的，这个教训，深刻着哩！"晚上回到家里，妻子不依不饶地说："咱爸咱妈卧床不起，咱孩子才满月，你让我……"我闷头吸烟，一支接一支。妻子的唠叨没完没了："当个团县委书记，才是个破科级，却把家弄得不像个家，还不如下海挣钱呢!"我第一次朝妻子发火:"你懂个屁啊!"掐灭了烟头,我赌气独卧沙发,一夜未眠。

风在刮,雪在飘。队伍翻过三座大梁,钻过两道深沟,又绕到另一个山梁上。

"前面,就是我们村。从南边进村,左拐,到大柳树旁再右拐,顺数第五户,再右拐,前行大约百米,门口有个大碌碡的,就是董爱翠家。"邓友奎用手一指,尖山村这才隐隐约约进入突击队的视野。甄塬良一招手,大家立即在一个背风处集中聆听最后一次临战命令。

凭直觉,尖山村放出的游狗不会少。干警们立即兵分三路朝村子外围摸去,其他同志原地待命。过了半小时,干警们原路返回。"扫清了?"甄塬良悄声问。

"扫清了。"

"几只?"

"还真不少,村东、村西、村北都有,共打趴了九只。"

真佩服了干警们的枪法,黑灯瞎火中打趴了九只狗,居然没有一只乱咬乱叫的。

时不我待,战机就在眼前。按常规,必须得给邓友奎腾出回家避嫌的时间,前后十分钟的量。但邓友奎却提出:"甄乡长,您给我二十分钟左右的量吧,我家的大门年久失修,一开门像哮喘似的响,村里人一旦发现是我引狼入室,我跳进黄河都洗不清了,我得想办法翻墙进去。"

"啊?同志们在这里挨饿受冻,恐怕……"

十分钟,这是铁的纪律,也是每次行动中各村带路人约定俗成的时间段,但邓友奎在关键时刻却要求延长一倍,他提出的理由似乎也是有道理的。关于时间问题,之前也的确有过难以挽回的沉痛教训,比如上个月乡武装部长带领的另一支突击队夜袭赵家窑时，带路人刚摸到家门口，黑暗里就遭了一闷棍，手术对象不仅没有逮着，带路人的灾难却没完没了。每到深夜，必然有人往房顶扔砖头，场院里的麦草垛被点燃了一次，大门上常常被抹了臭屎。镶在门楣上的"五好家庭"光荣牌是县精神文明办公室亲自钉上去的，却被人用墨汁涂了，换成了粉笔字：汉奸之家。

见大家犹豫不决，邓友奎又倒起了苦水："乡下人的段子，大家不是不晓得。'前半夜防野狼，后半夜防队伍。'像咱尖山这样的钉子村，后半夜有几家睡得着觉呢。"

甄塬良终于下了决心，说："好吧，破个例，二十分钟就二十分钟，保护好带路人，就是保护攻坚战的全面胜利。希望大家给予理解和谅解，咱们两个多小时都顶过来了，也不在乎这二十分钟，同志们多忍耐一会儿。"

邓友奎立即表态："老规矩，我学猫头鹰的叫声，大家就发起总攻。"邓友奎说完一转身，绕开羊肠小道，翻过地埂，瞬间消失在庄稼地里。关键时刻照顾了邓友奎，甄塬良可能觉得有点对不住突击队，说出了放血的话："我办公室里有几条红中华，说穿了，那是腐败烟，凯旋后，一人两包，大家共享。"

"甄乡长，这鬼天气，咱命都豁上了，才值两包红中华啊。"

"咋了？给你一个梯子，你就想上天啊，难道非得给各位放假去赌牌不成？"

五分钟过去了，八分钟过去了，十分钟过去了，十二分钟过去了……"猫头鹰"的叫声成为大家最为热切的期待。大家竖起耳朵，屏息静气，像谛听整个大山的召唤。

风的鞭子疯狂地抽打着四野，雪的流矢恣意飞射着蜷缩的队伍，昏暗的世界没有其他声音。有位医生小声浪漫了一句："千山鸟飞绝，万径人踪灭啊！"有位联防队员顶了一句："鬼话，我们不是人啊。"医生小声嘀咕："哪像人啊，像鬼。"手电筒是严禁携带的，谁也看不清对方脸上的表情，像面对一堆儿灰乎乎的碌碡。甄塬良发出警告："有点纪律性好不好，不能再出声了，还不如这两位农民大哥觉悟高呢。"所谓农民大哥，指替手术队背着消毒高压锅、手术器械箱的两位农民工，他俩自始至终一声不吭。据说二位农民工是专门从邻乡雇来的，背一趟八十元，管吃管喝管住宿，待遇远远高于劳务市场的用工报酬。几个烟瘾大的干部，把鼻翼和上嘴唇噘起来，横夹着一支香烟，打火机像健身球似的在手里玩来摸去，却不敢起明火。有人下意识地看手表，但手表像一坨狗屎一样，一塌糊涂。我这次来乡上，忽视了戴手套来，戴的是小雷送我的皮手套，既舒适又暖和。乡上人人都叫我秦组长，唯独小雷开口闭口叫我秦书记，一个战壕里的意思。而此刻我的两个组员，活像两只可怜的小白鼠，眼睛像低压状态下的灯泡，有气无力地漠视着远远近近的苍茫。

沉寂了片刻，甄塬良突然小声质疑："他妈的，出发前的夜餐里是不是又有死老鼠啊！我肚子咋有点闹。唉！上了年纪，所有的零件儿稀里哗啦，不像你们青年人是铜墙铁壁。大家稍等，我先解个大手，立马回来。"话音刚落，摸出一卷儿卫生纸，钻进了一片洋槐树林里，顿时没了影儿。

我有点替甄塬良担心，刚想摸过去看看，小雷却轻轻拽了我一把："山大沟深，危险！甄乡长是老乡干了，没事儿的。"

主帅突然没了，大家仍然保持高度的自觉和自律，一如既往，各就各位，箭在弦上，丝毫没有松劲儿的意思。我有点替甄塬良抱屈，都五十九岁的老将了，马上就要退休的人了，还在一线苦苦支撑。他还有个最要命的难言之隐，几年前，唯一的孙子在地沟里拣了一个软塌塌的气球，一吹就大。小伙伴们争抢气球的时候，只听"叭"的一声响，气球就堵住孙子的喉咙了，立时憋得脸红耳赤，不一会儿蜷在地上直蹬腿儿……大人们发现的时候，孙子已经过了气，这才发现，噎住孙子的是一只废弃的避孕套。一贯温顺贤惠的儿媳妇眼泪汪汪地指责他这个当公公的："本来要二胎的，您偏偏不让，这下可好，我们失独了，你老甄家呢，绝后了。"噎得甄塬良一句话都说不出来。孙子的坟很小，坟旁的洋槐树上常被人贴了黄表纸，上书两个字：报应。清明时节雨纷纷的时候，坟前总有一个人，孤零零的，像一头迷途的老耕牛，他就是甄塬良。

"汪汪——汪汪汪——"

狗叫了，从村口方向传来的。"猫头鹰"没叫，狗倒叫了。狗叫声在风雪的夜空里，像愤怒的、复仇的独唱。大事不好！这是个打死也想不到的突发事件。还没等大家反应过来，村里的狗也跟着叫起来。瞬间，狗叫声连成了一片，像山呼海啸的大合唱。一只狗叫，全村的狗跟着叫，不由让我想到一本儿童读物《半夜鸡叫》，书中的周扒皮通过学鸡叫，诱发所有的鸡跟着叫，目的是催促长工们提前为他下地干活儿。这次呢？是全村的狗被一只莫名其妙的狗领唱。狗是狗，狗不是周扒皮，但危害性一点都不亚于周扒皮。

"坏了！这下可坏了！"副乡长史建川大惊失色，狠狠地瞪了干警们一眼，"这就叫扫清了？难道打趴的狗成精了？"

干警们面面相觑，惊愕地张大了嘴，像无法合拢的黑洞。怒火堵在了史建川的胸口，根本来不及发泄出来。他迅即转向我，说："秦组长，甄乡长的命令是命令，但他拉屎去了。臣在外不受君命。眼下，狗叫就是命令，快！提前行动。"

我为邓友奎担心："可我们没有听到'猫头鹰'的叫声啊，邓友奎是否安全回家了呢？"

"顾不得那么多了，邓友奎哪怕发出一万只猫头鹰的叫声，也被狗叫声盖没了。"

队伍像发疯的狮群，以百米短跑的时速向村子扑过去。一靠近那个显眼的大碌碡，联防队员立即搭起人梯，像猴子一样翻墙进院，抽掉了大门闩，大部队一拥而入，直奔堂屋……应该说，面对突发事件，面对军中无主帅的被动局面，大家的反应是敏捷的，行动是迅速的，步调是一致的，特别是联防队员在手脚冻僵的情况下，仍然表现出了良好的精神状态，可圈可点。所谓"结扎放环难上难，火线总是联防员""催粮要款鬼中鬼，万事不离联防队"，充分证明了联防队员在农村工作中的排头兵作用。各乡的联防队员尽管都是编外聘用人员，身份卑微，比上短一口气，比下多一份薪，但大都接受过人民军队大熔炉的实践锻炼，复员返乡后，千挑万选，就成为乡政府"特别能吃苦，特别能战斗，特别能忍耐，特别能奉献"的一支特殊队伍。

飓风送来粗重的喘气声，是甄塬良气喘吁吁地追进了院子。他一手提着裤子，一手在空中挥舞，声音急不可耐："逮着董爱翠了？"

现场出乎所料：火炕上只有一个枕头、一张被，被子里只裹着董爱翠的男人。队员们冲进来的时候，男人的呼噜打得响彻云霄，仿佛压根儿没预感到神兵天降。

史建川说："别装蒜了，快起来。"

男人沉睡犹酣。一个联防队员推了男人一把。男人这才像受到惊吓似的睁开眼，立即露出一脸的惊恐，张嘴就喊："啊啊啊——是土匪来了——真是土匪来了吗？"

甄塬良已经系好裤子，厉声问："你女人哪里去了？"

"啥？哦哦哦，你说啥？啊啊，原来是乡上的同志们啊。我女人啊！她在南方打工呢，根本就没着过家。"

"哼！装得真像！"史建川"哗啦"一声拉开炕头柜的门子，柜子里塞着一个枕头，窝着一堆皱皱巴巴的被子。他把手插进被子摸了摸，提醒大家："是热的。"手抽出来的时候，捏着一根长长的头发说："是女人的。"

"真是比爬杆子的猴儿还麻利啊！说，你女人躲哪里了？"史建川狠狠地把女人的长发朝炕沿儿甩去。

甩那根头发，史建川带了气，用的是千钧之力。头发却并不吃劲儿，在空中飘了个旋儿，轻轻划过炕沿儿，便无影无踪了。

甄塬良顺手从炕上拎起一把笤帚，用笤帚疙瘩打了男人两下。男人死猪不怕开水烫，抱着脑袋，一言不发。史建川也接过笤帚打了两下。随后，派出所、联防队、手术队的头们，也分别接过来打了两下。笤帚疙瘩软乎乎的，其实也没什么杀伤力，但大家却似乎打出了一种次序、一种节奏。我理解乡干部的火气，但我本人却没有打人的念头，倒不是不忍心，主要还是不习惯。可是，小雷打过之后，却悄悄把笤帚给我递过来。我当时就血往上涌，这个脑子进水的，这不是将我的军吗？我只好朝男人肩膀部位打了两下。打一下，我的心颤一下，打两下，心颤两下。

"我……唉！"男人终于又开口了，一边往身上套棉袄，一边挠头，一脸无辜的样子。

"立即分出两路人马。一路封锁各个路口，董爱翠肯定没跑多远；另一路搜院子，注意了，草垛、猪圈、鸡舍、地窖，要地毯式搜！"甄塬良刚说完，立即有几个队员冲出了屋子。

"唉！我的同志哥啊！"男人突然喟叹一声，"我真不忍心看着同志们辛辛苦苦白忙乎，我还是说实话吧，听到狗叫后，确实有女人从我这里跑了，但她不是我女人爱翠，是……是……唉，让我咋说出口呢？"

"你还想耍赖，看来是不见黄河不落泪啊。"

"那个女人……是隔壁邻居赵国花。几年前她男人在山西煤矿打工时染上了矽肺病，已干不了农活儿了，娃儿小，借不了力，她家的农活儿就靠我了，赵国花就和我……"

联防队员立马翻墙进入隔壁赵国花家。赵国花的男人果然瘫痪在炕上，一个女人正在系棉袄的扣子，一个七八岁的小男孩惊惧地缩在炕角。两口子仿佛早有预料，镇定自若地等待突击队发话。

"你是赵国花吗？"

"……是。"

"你刚才……睡哪里？"

"不用问了，咱当农民的最实事求是，我刚从董爱翠男人那里跑回来。"

"……是真的，我女人，两家睡……"赵国花男人勾着头，也腻腻歪歪帮了腔。

史建川和蔼可亲地问小男孩："小朋友好！上几年级啦？"

"我上三年级……叔叔们好怕呀！"

"不用怕，我们是乡上的干部，和你们的老师是好朋友呢，刚才，你妈妈是和你们一起睡吗？"

女人一拧身子，发疯似的去捂孩子的嘴。孩子却躲过了，说："妈妈，我懂怎么回答。"他转头朝突击队说："妈妈刚从隔壁过来。"

"你为什么要捂孩子的嘴？"

赵国花说："还用问吗？我只是不好意思让孩子说刚才的话嘛，

嫌丢人嘛。"

"汪——汪汪——汪汪汪——"全村的犬吠一阵高过一阵，一浪高过一浪，那些打趴的狗一定是从麻醉中缓过来了，拉帮结派地加入了狂吠的行列，寻找莫名其妙被袭击的答案。

三

一刻不能等，半刻不松弦，这是态度和作风问题。由甄塬良主持的总结反思会本来当天上午要召开的，但突然接到邱敦仁从堡子乡邮电所打来的长途电话，说是马上要从老家赶回来。那个年代，各乡还没有直拨电话，乡与乡之间通话一般都要通过各乡邮电所插转才能接通，一拎起话筒，那就是长途了。碰上十万火急的大事要打电话，直奔邮电所，便是有一没二的选择。

甄塬良怔了一下，问："邱书记，老娘身体怎样？"那边电话中却"哈哈哈"地乐了，说："只是中了点风，没大问题。董爱翠那边情况怎样？"

"唉！没捉到董爱翠，倒成了捉奸，事情，办砸了。"

"噢……明白了。"

"那等您回来主持会吧，我带头检讨、反思。"

"会嘛，谁主持都一样，你先开吧。我回来后，您把会议情况念叨念叨就行了。"

放下电话，甄塬良的手久久没有从话筒上挪开来。从党委角度讲，邱敦仁是书记，甄塬良是副书记。一般说来，书记在家，必然由书记主持会议，这是政治规矩。中午时分，邱敦仁风尘仆仆地赶回来了，大家赶紧围上去，邱敦仁却挥了挥手，只让小阎进了办公室。大家面面相觑，在院子里守候。谁也猜不透邱敦仁为啥在这时候会单独召见秘书，更不会想到屋子里会有这样的对话：

"我老家邱家湾给你捎口信儿的那个人，何时何地和你见面的？"

"昨天上午，集镇上。"

"是个怎么样的人？"

"一个普普通通的老头儿，满脸皱纹，内穿破棉袄，外边套着城里捐助的西装，用领带束着腰，他自报家门来自邱家湾，一看见我，就说您老娘……"

"他怎么知道你是乡党委秘书？"

"平时我常跟您走村串户，全乡二十多个行政村、自然村的农民都认识我啊。"

"我老家邱家湾属于堡子乡，你也没去过我老家，我老家人会认识你？"

"啊啊啊？还真是的，那个老头子，怎么会认识我呢？"

"你想过没有？堡子乡的集镇也不小，一个老头子，冰天雪地的，会舍近求远到九十里铺来赶集吗？"

"啊？难道……"

"只能说明你是个猪脑子，跟了我这么多年，光学写材料了，一点政治嗅觉都没有，我当年也是给乡领导写材料一路上来的，我如果像你这洋芋疙瘩，还到得了正科级？"

"我……我……老娘她……没事吧。"

"啥事也没有。"邱敦仁盯着秘书说，"我告诉你，这事就此打住，谁要问起，就说真的中了点风，但不碍事。记住了？"

"哦哦哦……记住……了。"

这番话是小阎后来偷偷告诉我的。在他看来，像是要送我一个窥视乡上动态的大礼，献媚中也有求教的意味："邱书记分明是中调虎离山之计了，可是，这背后是些什么呢？"

我着实吃了一惊，立即装了糊涂："一定是你多虑了。"

按照邱敦仁的指示，决定下午准时召开会议，他意味深长地给大家打了预防针："下午的会很重要，咱不光是总结和反思，而且要开成民主生活会，问题出在哪里，大家要做好批评与自我批评的准备。我是计划生育第一责任人，关键时刻去看老娘，首先要承担主要责任。"承担主要责任？邱敦仁却把火引到自己身上去了。突击队是甄塬良带队，整个战斗也与邱敦仁无关，那时候即便有手机这样的通信工具，邱敦仁也不可能遥控指挥。要说真与邱敦仁有关系的话，那只能是线人，如果真是线人出了问题，的确就是邱敦仁用人失察了。

涉及线人，这笔账就有了另一种算法，表面上看，如果说攻坚战失利的导火线是由狗引起的，那么，狗叫的缘由只有两种情况，其一，干警们即便没有把村子外围的狗完全扫清，唯独剩下那一只要命的冤家，但在突击队没有惊动狗的情况下，它为啥要莫名其妙地叫呢？从邓友奎以隐蔽方式转移的路线看，也没有惊动狗的可能，这至少说明，狗叫，绝对不是偶然的，说不准是线人在背后监守自盗，临阵反水。其二，有可能是线人不慎暴露了身份，引起了村民的警觉。如果这样，尖山村必然会悄悄全民动员，至少所有的手术对象及其家属早已开始行动了，在干警们把村外的狗扫清后，又悄悄把院内的狗放出来。至于狗因何选择在那个时候叫，有可能螳螂捕蝉黄雀在后，我们早已被反包抄了……

从全盘看，狗叫与不叫还不是问题的主要方面，核心问题是，突击队见到的是赵国花，而不是董爱翠，这又涉及线人情报的真实性、准确性问题，假如真如此，问题就不是一般地复杂了。

这些年抓计划生育的经验和教训证明，线人提供的情报一般来说大多是可靠的，线人即便是糊涂虫，也不敢和乡上玩这种猫捉老鼠的游戏。多年前尚未实行线人制度时，都是各村村委会努力配合乡政府搞本村的计划生育工作，村支书、村长、文书、生产队长、基干民兵和村民党员理所当然被动员到了第一线：宣传计划生育政策、搜集育龄妇女信息、选择手术场所、控制手术对象、协助手术队抬担架……结果造成村一级领导班子与群众的严重对立，干群关系危如累卵。村长们怨声载道："你们乡干部把我们的人扎的扎了，引的引了，流的流了，拍屁股走人，受表彰的受表彰，升官的升官，拿奖金的拿奖金。可你们一撤离前线，把我们这些人留给后方，可惨了。过去有一部老片子《闪闪的红星》，里面有支歌，说是'夜半三更哟！盼天明，寒冬腊月哟！盼春风'。我们做后方工作的，日夜盼你们来给我们撑腰，可是，你们来了是天明吗？是春风吗？我们惨到家了，晓得不？"

惨到啥程度？例子多了去了。上磨村村支书家养了一年的大母猪，肚子里幸福地怀着一窝崽呢，每天都要兴致盎然"哼哼唧唧"溜小道儿，有一天却不见返圈，找到时已变成了硬邦邦的尸体，大嘴张得像喊冤似的，明显被人下了农药；阳凹村村长家的大门口被人连夜挖了一个陷阱，把老娘掉进去搞成了骨折，至今在炕上哼哼唧唧；妙湾村的一位妇女党员，赶夜路时被几个蒙面人扒了裤子，蒙面人并没有合伙强暴她，只在私密处贴了封条……"革命妈妈"儿子的遭遇，又何尝不是这种情况呢？干部在明处，群众在暗处。都是邻里乡亲，都是无头公案，都是水火两重天。"宁走讨饭路，不当村干部""你结扎我家里一个妹，我放倒你村长一个娘""当个村里王中王，不如打工把沙扛"。许多村干部被迫撂了摊子，各乡半数以上的村级班子陷于瘫痪状态……

线人就这样应运而生了。实践进一步证明，线人在计划生育工作中发挥了村干部难以比肩的、无与伦比的作用。线人在乡干部的明处，却在群众的暗处，很快成为战斗在隐蔽战线的生力军。

为了吸取教训，切实保证线人及其家属的人身和生命财产安全，乡党委、政府、人大主席团、团委、妇联、武装部、派出所以及驻乡"七站八所"的领导和干部在各村发展的线人，彼此单线联系，接头地点自行掌握，随机应变。线人可能是村干部，也可能完全不是；可能是男人，也可能是女人；可能是民办教师，也可能是小学生。领导之间、干部之间、领导和干部之间严禁相互打探对方线人的所有信息。乡上给每位乡干部下发了专项情报费。线人每提供一份情报，奖励五十元，事成后再追加五十元。

自从有了线人，村干部的配合就变成了戏中之戏，在冲锋与后退、对外和对内之间有了自保的余地。突击队每次进村，村干部们故意显山露水，做出清白清亮的样子，该饮驴的饮驴，该酣睡的酣睡，该晒日头的晒日头，该抓虱子的抓虱子，一副事不关己高高挂起的姿态。给村民们放出的口风，隐含自我证明："听说夜里个那帮狗日的又来了，都扎了谁流了谁啊？是凤珍还是巧云？是如花还是喜莲……"终极意味其实是站队，父老乡亲们看好了，我胳膊肘朝里，在咱邻里乡亲一边。

会议如期进行，邱敦仁的导语却先从老娘开始："首先感谢同志们对我老娘的关心，病情大家都知道了，小事一桩，不足挂齿，算是一场虚惊吧。当然，我也非常感谢老家邱家湾的农民，跋山涉水给我捎来了口信，哈哈，说明我在老家那边，还算有点威信和人缘吧。"

都以为要打雷下雨刮风呢，没想到邱敦仁一开场居然是逗乐子的调侃。有董爱翠这块大石头压着，谁也没心情乐出声来。

"我知道大家的心情都很沉重，我这个当班长的和大家的心情一样。"邱敦仁把话题转过来，也不像备足火力开枪打炮的意思，"同志们都知道，尖山村的线人和我是单线联系，这次攻坚战失利，对线人打击很大，经过我了解，线人提供的情报是准确无误的，他是眼看着董爱翠从外地回来的，眼看着董爱翠进家门的，眼看着董爱翠家的大门关了整整两天，也就是说，在你们进入她家院子前，董爱翠是睡在家里的。"

"可是，事实是，睡在那里的是赵国花。"甄塬良说。

史建川说："既然董爱翠是在家里，那么，有没有这种可能，我们进攻前，您的线人突然反水泄了密，于是，有人故意放出狗来，董爱翠和赵国花立即耍了个调包计。"

史建川的判断不是没有先例，据说另有一位副乡长的线人，被窝里忍不住给老婆透露了身份，老婆在几十里外的咀头乡转娘家时，就给当娘的显摆："还是当线人好，成一次一百元，各村摸几遍，几千元就有了，顶我娃上大学一年的学费哩！"当娘的又透露给了娃他舅，舅就觉得自己有些窝囊，说："那活儿是看不见的战线，久经考验才能被乡上看上，我从来没有和乡干部沾过边儿，找谁考验我呢？"本来是关起门来贴心连肺的自家话儿，满以为天衣无缝，神鬼不知，万万没想到突击队夜袭时，目标早已逃之夭夭。线人自知理亏，不但乖乖退还了到手的情报费，在村里也是老鼠过街人人喊打，只好拖家带口躲进城里去打工，从此不再回乡。据说线人高中文化程度，平日喜欢看点文学书，所在企业有次搞职工文化活动，他泪眼婆婆地朗诵了一首诗，是台湾诗人余光中的《乡愁》："后来啊，乡愁是一方矮矮的坟墓，我在外头，母亲在里头……"

史建川的这番话，分明戳到邱敦仁的软肋了。

"史建川同志，我尊重你的质疑。可是你想想，我尽管资历不如甄塬良同志深，但也是咱九十里铺乡的半个老兵了，一路干过来，先先后后发展过十多个线人，哪次马失前蹄过？这次是你们几位带的队，偏偏就失败了，这是为什么？"

还真有点民主生活会的意思，我是听出来了，"你们几位带的队"，绵里藏针，针头软软的，那也是针头，所指当然是甄塬良。

派出所所长赶紧深挖自己："我作为派出所负责人，感到十分痛心，归根到底是存在轻敌思想，对村外的狗掉以轻心了，满以为扫清了，做梦也没想到又冒出一只来，使我们过早暴露目标……"

"先不谈狗事儿，谈人事儿。"邱敦仁把所长拦了回去。

我隐隐觉得味道有点不大对路。"一个桩上的叫驴动蹄子，一个单位的领导掰手腕。"老话了。论本事，邱敦仁和甄塬良不相上下，在地缘上都属于为全县守边疆的封疆大吏，没功劳也有苦劳。平时都传，二人的关系像哥们儿似的，但党政一把手越像哥们儿，越就不是哥们儿。邱敦仁只有四十出头，进城和提升的空间很大，而甄塬良马上就要拎着行李打道回府了，各自拥有怎样的内心世界，只有当事人心明如镜。两个月来的观察，我也不敢轻易断定他俩是好还是不好。工作组在名义上有监督、检查他们的职能，反而让我们沟通的渠道淤泥阻塞，真正的人心隔肚皮。

甄塬良吸掉了足有一包香烟，一张过早苍老的脸涨得通红："邱书记的心情我十分理解，您的意思我也是明白的，我也完全相信，您的线人一定是守纪律的，我也不能轻易怀疑线人的可靠性。但是，我也相信我带领的每一位突击队员，他们没有任何透露消息的理由。当然，我也相信我自己。这一点，可以拿党性做保证。只是，谁能相信那只狗呢？"

　　邱敦仁说："甄乡长，咱俩一起搭班子同甘共苦多年，心有灵犀，对外，包括对组织上，我始终坦言，只有和塬良同志搭班子，我邱敦仁创业干事，才是最痛快的。"

　　一句话，会议的气氛慢慢缓和了起来。甄塬良长叹一声："邱书记也说到我心里去了，可是这次攻坚失利，我真是汗颜啊！狗，那只他妈的狗啊！"

　　"没关系，大家已经很辛苦了，我不能因为这个对大家穷追猛打，雪上加霜。再说了，跑了和尚跑不了庙，全县方圆两千多平方公里，董爱翠怀胎三月，料想也不敢跑多远，各乡协查围堵就是了。到时候逮着，流不了，就引，受罪的是她自己。"

　　让我感到意外的是，会议开得并不像想象得那么长，也不像预期的剑拔弩张，雷声大雨点小地结束了，像走了一次雷厉风行的过场。说是要水落石出，其实水也没有落，石头也没有出来，反而让大家莫名其妙。在邱敦仁这里，攻坚战失利这么大的事件，他始终把握在热处理和冷处理之间，这不像他平时开会的路数。

　　有人就怀疑，邱敦仁是不是真的理亏呢？十有八九是他的线人出了问题。晚上，有人看到邱敦仁专门去甄塬良房间压惊，他手里拎的是从老家带来的上等黄酒，这种礼贤下士的姿态，再次成为大家质疑的佐料。

　　几天过后，县里突然传来消息，乡上送到县计生委的那根头发，经专业机构进行鉴定，与全县育龄妇女档案中董爱翠的生物检材信息完全吻合。那个年代，拐卖妇女儿童犯罪活动非常猖獗，抛弃女婴、代孕、违法收养、换婴等现象屡禁不止，成为计划生育工作面临的新情况、新问题和新挑战，为此，各县对育龄妇女普遍建立健全了以指纹、毛发、血液等生物检材为主要样本的个人档案。董爱翠的那根头发，显然把云遮雾罩撕开了一个大口子，也就是说，那天被窝儿里跑了的不是赵国花，千真万确是董爱翠。这个消息以铁的证据证明了线人情报的真实性。面对这个对邱敦仁非常有利的消息，邱敦仁并不显得多么喜不自胜，该开会时开会，该下棋时下棋。他越是这样，反而越让大家丈二和尚摸不着头脑。那么，是谁惊着了那只率先叫响的狗？哦哦，又回到人的问题上来了。

现在回想，当时半路杀出一个程咬金赵国花，为啥要舍着个人名誉为董爱翠打掩护？而平时是否和董爱翠的男人睡觉，根本不重要了。根本上讲，董爱翠和赵国花两家人联合起来，包括赵国花家那个三年级的小学生，不！是全村人联合起来，把突击队给耍了。这一耍，的确耍得不轻。一起耍的，还有尖山村的狗。

邱敦仁和甄塬良下棋时，几招过后，甄塬良的万般思绪又回到尖山了，说："所谓上有政策下有对策，老百姓玩对策，真是玩得出神入化，炉火纯青。面对群众，我们的战略稍有不慎，就会陷入群众的汪洋大海。"

"是啊！"邱敦仁附和了一声，"老哥，您的棋路不错。"

我被甄塬良念念不忘董爱翠的忧患情怀所感染。他的感慨，让我突然想到小学教材里狮子和蚊子的故事。狮子不可谓不强大，却往往被蚊子叮得体无完肤，遍体鳞伤，一筹莫展。

四

话说回来，拿董爱翠的头发去县里做鉴定，很多人感到匪夷所思，也出乎我的意料，就像检查感冒时意外动用了CT那一关。史建川从柜子里随手摸出并甩出去的那根女人头发，有人居然会颇费心机地捡起来收藏，收藏也就罢了，还会献给邱敦仁，献给邱敦仁也就罢了，还……为还原真相花费代价做鉴定，据说是全乡首例。把事情调过来看，也可以上升到对计划生育工作高度负责的态度上来，只能说明九十里铺乡的干部查摆问题的决心、立场更加坚定，坏事摇身一变成了亮点。无论怎样，亮点在邱敦仁那边，丢分的必然是突击队，算是一丢到底了。事实摆在那里了，邱敦仁拱手相让给我们的一次良好战机，有一万个理由瓮中捉鳖手到擒来，但瓮在，鳖没了。

对于鉴定结果这个热点，我没听到干部公开议论，但从大家的交头接耳里，我能感受到那种于无声处的暗流涌动。董爱翠的头发毫无疑问是邱敦仁悄悄派人送到县里去的，至于谁送去的，却成了谜。为这事赶一趟城里，巴结一个人打击一大片，谁送谁小人。从逻辑上判断，送头发的，极有可能也是捡头发的那个内鬼，可是那几天里，没有任何一位干部离开过九十里铺半步啊！"做鉴定，绝不是为了否定大家一夜的辛苦，更不是和同志们过不去，我作为计划生育工作第一责任人，只是想进一步弄清线人是否真的可靠，大家知道，线人，是我们搞好计划生育工作的生命线。"邱敦仁说。

邱敦仁的解释完全从自身出发，自查自纠的意思。这么一解释，大家或多或少理解了邱敦仁因何披着那位与头发有关的干部。计划生育嘛，该保密的事项多了，只是又冒出个新秘密罢了，姑且如此理解吧。只是那个送头发的干部，也真是太精了。

史建川曾私下感慨："我操！没想到突击队里有这么山高海深、高屋建瓴的干部，脑瓜子比我这个副乡长强一万倍，我如果是总书记，非得提拔他当国务院总理不可！"有位资深老同志就回应了一句："恐怕人家当总理时，你还窝在副乡长位子没动静哩。总理来视察时，还轮不到你提鞋哩！"

我突然一激灵，是不是小雷呢？小雷每天中午常去镇子中街的乡农技站下象棋，民主生活会结束后的傍晚，我刚进店，就看到小雷的影子在农技站的门口闪了一下。农技站是驻乡"七站八所"中最牛皮的，拥有一辆吉普车，那根头发，完全可以由农技站的干部代劳跑一趟。

假如真是他，我真有点"不识庐山真面目，只缘身在此山中"了。

要说我对小雷的了解，完全限于团的工作。偏远乡各方面条件有限，广大农民青年思想工作不好开展，可小雷却能坚持有条件要上、没有条件创造条件也要上的工作态度，干得有声有色，几乎年年都会受到我们团县委的表彰奖励，头上戴着几顶优秀青年思想工作者之类的花环。九十里铺乡的青年思想和宣传工作，一度成为我们了解农村共青团工作的重要窗口。计划生育的主要对象是青年育龄妇女，共青团如何在宣传攻势上密切配合乡党委、乡妇联发挥优势和作用，历来是整体工作的重中之重，小雷就做得很有成效。仅标语宣传这一项，小雷的创意就令人刮目相看，他把计划生育的宣传标语分成两大类，用截然不同的内容分门别类进行张贴，这种形式不仅得到了县里的认可和好评，并在各乡得到大力推广和广泛应用。

比如每逢县领导、县计生委领导来九十里铺视察，每逢全县计划生育工作现场会在九十里铺召开，每逢计划生育突击月活动，各村沿街的墙壁上、门板上、树干上、过街横幅上的标语大多是："上吊不夺绳子，喝药不夺瓶子""一胎生，二胎扎，三胎四胎刮！刮！刮！一胎环，二胎扎，三胎四胎杀！杀！杀""宁添十座坟，不添一个人""该扎不扎，上房揭瓦；该流不流，赶猪牵牛""跑了和尚跑不了庙，躲了初一躲不过十五""通不通，三分钟；再不通，龙卷风"……

尽管这些标语不完全是小雷的发明，但当年小雷在团县委给我绘声绘色地汇报这些招法时，依然听得我头皮发麻，浑身起鸡皮疙瘩。

有位团干部忍不住咨询："怎样理解'上吊不夺瓶子，喝药不夺瓶子'？我想不明白。"

"是这样的，如果结扎对象攥着麻绳儿、毒药瓶子，以上吊、服毒相要挟，可以不吃她那一套。"

"啊！真是太……"团干部下意识地把话咽了进去。不能不咽，再不咽，只能说明自己对基层工作艰巨性、挑战性、复杂性、现实性的认识不够，调研不深入。

"各位领导想一想，农村人普遍文化程度低，思想认识上不去，不可能听得进去大道理，但他们懂得刮刮刮，杀杀杀。"

可是，每当省市领导来视察时，宣传标语的内容就完全变了，换成了"计划生育是我国长期坚持的一项基本国策""控制人口数量，提高人口素质""少生快富奔小康，致力建设新农村""严禁溺弃虐待女婴，依法保护妇女儿童权益""时代已经不同前，如今女儿赛过男"……

小雷的解释是，省市领导下基层，各级电视台、报社、报道组的记者前呼后拥，宣传标语是要上荧屏、上镜头、上报纸的，务必要中规中矩，讲个体面，太血腥太俗气太扎眼了，影响新闻质量不说，给领导难堪，就不好收场了。再说，记者中难免有脚踩两只船的货色，明里唯唯诺诺大力配合，暗里搞个内参啥的，谁的日子也别好过。捅娄子放水的事情，也不是没有过。事情往往就是这样，光鲜的桌子底下烂透了，谁也不会在乎，可是一旦摆到桌面上来，谁也躲不了。

小雷给我讲过一个故事，有次省领导来突击检查，一眼瞄见一张没有来得及撤换的标语，那条标语是"宁可血流成河，不能超生一个"。领导的脸立刻就拉了很长，厉声呵斥陪同的县乡领导："真没人性，你们在基层搞计划生育，讲点最起码的人道主义好不好！农村的广大妇女同志，都是我们的同胞。"

县乡领导噤若寒蝉，亲自上阵把标语撕了。当时小雷就在现场，赶紧补台："谢谢领导批评，其实这幅标语是我们团干部贴的，乡党委并不知情。"邱敦仁立即接了茬："你们这些小屁孩子，真不懂事，计划生育是为人民造福，你们把我们的人民想成什么啦，你们懂不懂人民内部矛盾和敌我矛盾之间的辩证关系？"小雷表态："都怪我们缺乏群众意识，没有走群众路线。"两人的双簧玩得炉火纯青、滴水不漏。

晚上在县城招待所就餐。省领导的秘书悄悄给县长透露："平时，那样的标语还可以再多一些嘛，多多益善嘛，当然，是我个人意见。"什么个人意见，秘书的意思，八成就是领导的意思。果然，那天的饭局杯盏齐鸣，祥和美满，大家谈笑风生，说不尽的家长里短，像久别重逢的一家人在祝寿迎亲庆高堂。

从那时起，我萌生了调小雷来团县委工作的想法。团县委干部多是毕业不久的大学生，有的对农村工作一知半解，有的甚至百屁不通，比如我这次带来的两个干部，一开始走村串户，总是一惊一乍："哇！原来驴子可以生马啊，原来骡子是马和驴爱情的结晶啊！"

"天哪！原来洋芋、土豆、马铃薯是同一种蔬菜啊。"

"哦哦哦，原来母鸡可以帮母鸭孵出小鸭子啊！"

"小麦套种，啥叫套种？种田怎么也要使用避孕套呢？"

……

我当场让两个家伙闭了嘴，我给他们提出的工作信条是：多干事，少张嘴；往前冲，别装怂；勤动脑，勿清高。

我们团县委非常需要小雷这样的农村青年干部。可是这次来九十里铺，小雷给我的印象反而复杂起来，说不上好，也说不上不好，至少面目不再清晰了。比如夜袭那天，他居然会把笤帚递到我手上，也许是一种随意或无意，但客观上逼我就范打了人，尽管我举得重落得轻，但毕竟是打了。这不像他的脑子，可也不像别人的脑子，别人怎么就没想到给我递笤帚呢？而且像做贼似的，不知情的，以为给我进贡了一个金元宝呢！

晚上我正和老板娘、粉儿在炕上打扑克，小雷来了说："秦书记，您来乡上都快两个月了，我都没时间过来陪您，作为基层团口的一员，于情于理，都是说不过去的。"

"咱俩都是一个行当，还客气啥。"我不卑不亢地说。

原以为小雷要陪我打扑克，他却邀请我去东街一家饭馆里喝酒，这使我稍感意外。乡上的酒风我是见识过了，个个是公斤量。所谓"八两才开头，一斤才上头，斤半才晃头，二斤才混头""工作好不好，酒上见分晓""酒壮英雄胆，催粮要款大满贯；划拳出好汉，结扎引产全兑现"。这些诠释的就是乡上的酒文化。乡上四五十号人，副科以上的领导干部有八九位，私下的酒场不在少数，桌上有谁没有谁，多了谁少了谁，背后都是大文章。作为工作组负责人，对于乡上班子的酒，我自然会责无旁贷奉陪全场，私底下的酒局，我一般会装怂谢绝，我也摸不清谁对我们是真提防，谁是假提防，这就避免了不少飞短流长。

按理说，小雷私下请我喝酒，有共青团这面大旗遮挡，一个战壕里的弟兄，料想谁也不会嚼舌头，可是，他请我太晚了。

"小雷，最近我不怎么喝酒，你不是不知道。"

我甩出去的这句话不冷不热，够小雷思量一阵子的。他果然在门口怔了一瞬，说："知道知道，秦书记，那您忙。"临走不忘朝老板娘、粉儿招呼："嫂子、妹子，有事吭声啊！对了，我刚刚买了一副新扑克，你们玩儿吧。"说着从怀里摸出一盒新扑克。我和老板娘面对面坐，粉儿靠炕沿儿，但小雷舍近求远，伸臂弯腰，双手把扑克呈给老板娘。

那样子，像极了给领导呈送文件。这让我暗吃一惊。

五

在后来的几天里，关于狗叫的问题像是划了个句号，很少有人提及，客观上大家也累得一塌糊涂。那天邱敦仁去城里参加全县计划生育阶段性汇报会，就董爱翠事件做了深刻的检讨，第二天就马不停蹄赶回来了，亲自带领突击队和工作组，白天殚精竭虑研究方案，晚上集中行动，南征北战，东奔西走，结扎、引产、人流、取放环一起上，不仅一举拿下了廖家崖的廖芳芳、王家沟的王绣春、北坡村的郑杏杏、脊梁村的孙美娟、盼水村的黄蜜菊等十多个难缠户，沿村发放了八百多盒避孕套、避孕药，还顺手牵羊、将计就计逮住了两个藏匿在本乡的逃跑户，是从邻乡跑来的。一般说来，截住逃跑户非常不容易，县上的额外奖励是拿定了，逃跑户所在的乡镇至少要送来锦旗什么的。

照这个阵势，全乡"平茬"、扛红旗都不在话下。所谓"平茬"，就是像割麦子一样，镰刀到处，不留一根杂毛；所谓红旗，专指全县唯一的一面计划生育流动红旗，各乡流动，视为至荣，谁强谁扛走。如果不是那一声狗叫，红旗早就被九十里铺扛定了。

"同志们，我给大家敬酒了。"邱敦仁率先端起杯，一饮而尽。

拿下一个，一场庆功酒，每次都放倒一大片。好几次，我是被抬进店里的，一觉醒来，发现炕沿下一片潮湿，显然用清水冲洗过。

"秦大哥，你昨夜又吐了。"粉儿说。

我吐出来的秽物每次都被粉儿打扫得干干净净，残存的潮湿里，隐隐散发着淡淡酒精、胃液的酸腐味儿。

"又给你添麻烦了。"

"听说秦大哥每次才喝四五两就趴了。"

我只好笑笑，说："人和人的量不一样。"其实我岂止四五两的量啊！"秘书行不行，端杯见英雄。"当年陪同县长下部门奔乡镇、走街道、进企业乃至跨省市考察学习，我早就锻炼成铁胃钢嗓铜肠子了。我为什么会醉呢？我在心里问自己。还用问吗？"酒不醉人人自醉。"心里压着董爱翠这个大石头，我纵是张飞、李逵、杨五郎，岂能咽下邱敦仁敬过来的酒？

我摆脱不了狗叫，一如我摆脱不了几天前的那次民主生活会。

我这个青年领袖的口才，乡上是领教过的，但细想起来，我在那天的民主生活会上反而什么意见也无法表达，也无从表达。邱敦仁自始至终就没有主动征求过我的想法和意见，不大可能仅仅顾忌我当过县长秘书的经历。"秦组长给县长当过笔杆子，在古代就是师爷啊！"对大家的这句口头禅，我是有自知之明的，基层对我们这种人的忌惮，全因为我们头上有县领导的影子笼着罩着，世俗地讲，如今我和乡领导的彼此相处是热乎还是冰冷，是默契还是疏离，那影子既可以成为他们命运的祥云，也可以成为不祥之兆。在乡上，我时时刻刻在淡化这一点，一方面表明我绝不是凭耍心眼玩花活儿而是凭本事上来的，另一面也希望和大家肝胆相照平起平坐。影子是影子，我是我，如果动不动扯起虎皮当大旗，活在别人的影子里，也实在太没有尊严了。

我没想到，我的方寸还是乱了。这几天计划生育的工作形势一片大好，反而更加让我坐卧不宁，一种莫名的恐惧像狗叫一样弥漫了我的心头。试想，既然线人没问题，带路人没问题，突击队也没问题，那么，我作为尖山村攻坚战领导者之一，有没有人怀疑我们工作组呢？只有我们三人住在机关院外，进出自由，与老百姓摩肩接踵，随时有传递信息的可能。现在看来，把工作组安排在院外，避免了与干部更多地接触，是不是有设防的故意呢？不会有人把对工作组的质疑摆到桌面，但完全有可能绕开我直接捅到县里去，据说上次邱敦仁进城开会，照例到县上头头脑脑那里走了一遍。如果种种可能中还有我不希望的可能，这个屎盆子无论如何也摘不掉了，因为你无法确定屎盆子从何而来，又该找谁一起冲洗。

就是说，是工作组私下串通尖山人骚扰了那只要命的狗？

这是个让我不寒而栗的问题。前些年各乡上搞计划生育，最不放心的恰恰就是工作组，有的工作组为了凸显自己的身价和尊严，不顾自身半斤八两的分量，监督多于配合，检查多于协助，正面沟通不了，就背地里给县计生委打小报告，弄得乡上敢怒而不敢言；有的工作组大事做不了小事又不做，光顾笑纳村里的土特产，隔三岔五开小差溜进城窝几天，乡上还得违心替他们评功买好；有的工作组男男女女好几位，不久关系发展得柳暗花明，把山高皇帝远当成了逍遥宫，"每当山花烂漫时，她在丛中笑"；还有的工作组——比如组织部部长给我谈话时提到的龚安娜那一组，搞得九十里铺天怒人怨，负面影响至今阴云不散……当年的龚安娜是县妇联主席。她留在九十里铺的故事，谁也不曾当着我的面提起。

龚安娜带领的那个工作组，组员都是妇女同志，工作开展起来还是蛮泼辣的，善于和农村育龄妇女面对面做工作，理论上也是一套一套，一开口就是"我们只有一个地球""生男生女都一样"。还能和群众打成一片，吃住都在群众家里。工作点子也不少，比如在村小的操场上和小朋友们一起玩游戏时，他们就会问："小妹妹，你家几个孩子呢？"

小妹妹斩钉截铁地说："一个，就一个。"

"真棒！那你回去后把这个游戏教给你姐姐好吗？"

"她在城里当保姆哩!"

"教给弟弟也行啊。"

"弟弟在山后的外婆那边上学呢,我一年才见一次。"

"嘻嘻,小朋友真乖!"

"城里来的阿姨,您真好!"

啧啧!厉害不?不是说"摸排之难难于上青天"吗?但在龚安娜那里,蹦一蹦,跳一跳,一番春风化雨,到手的全是真金纯银。

可是一进入实质性的攻坚现场,龚安娜就完全成了银样镴枪头。有次全县"严厉打击拐卖妇女儿童犯罪专项工作现场会"在九十里铺召开,五花大绑的人贩子们站在台子上低头认罪,从全国各地解救回来的妇女一个个与亲人抱头痛哭,有个妇女代表被请上台来,一把鼻涕一把泪,指着人贩子大骂:"你个千刀杀万刀剐的,我十七岁那年,被你卖给了山东打鱼的,和比我大十岁的陌生男人生了三个娃儿……"血淋淋的事实和悲壮气氛,催下了龚安娜同情的泪水,她自告奋勇地提出要给妇女们做安慰工作。"知道吗?这叫心理危机干预。"她翻山越岭,挨家挨户与妇女们促膝谈心。"姐妹们历尽了千辛万苦,终于和亲人团聚了,今后好好过日子,一切从零开始。"六天工夫居然齐刷刷做了一遍。妇女们用半土半洋的普通话诚恳表示:"龚主席放心,我们懂零,会从零开始的。"几天后,她又做重访巩固工作,发现那些妇女早已跑了个精光,山东的去了山东,安徽的去了安徽,江苏的去了江苏,福建的去了福建。伫立在村口的龚安娜,像一段惨遭雷击的断崖,飞卷的山风把漂亮的披肩发扒拉成了墙头草。

龚安娜请求乡上报警。甄塬良说:"且慢。"龚安娜急了,说:"那是我的姐妹们……"

"那也是我的姐妹们啊!"

"乡上这是见死不救。"

"追回来可以，你要去山东安徽福建给娃儿们喂奶吗？"

龚安娜被噎得哑口无言。晚上洗衣服，龚安娜发现口袋里多了一张纸条，上书："姓龚的，你以为你是女人吗？我懂你，你才是个零。"落款是：原九十里铺乡脊梁村农民周笨媛，现雷州半岛渔民周丽媛。

一到"四术"现场，龚安娜一行更傻眼了。有次突击队堵住了一位引产对象，女人"扑通"一声就跪下了，双手紧紧呵护着隆起的大肚子。龚安娜赶紧拽她，女人就是不起来，泪珠滚滚地说："龚组长，问您几个问题可以吗？"

"啥问题都可以问嘛！咱都是姐妹，你不该这样子。"

"听说您的娃是独生女？"

"是啊！我很爱她，女儿是妈妈的小棉袄呢！"龚安娜进而开导，"传宗接代的思想要不得，那是传统的、陈旧的封建思想和流毒，如今都市场经济了，女人也是半边天嘛！"

"如果光为了传宗接代，说明你太小看咱乡下人了。"女人切换了话题，"假如您生活在咱这穷山沟里，您女儿能帮您扛麻袋、赶牲口、打土坯吗？能学木匠、泥水匠、铁匠给家里挣钱吗？能上房修梁，下井掏泥吗？"

"呃……呃……"

"这样行不行？咱换一下，我搬到您家里，您搬到我家里，您是人民公仆，全心全意为人民嘛！"

"呃……呃……"

"您说'只生一个好，政府来养老'，可是老人们七八十岁了还在庄稼地里玩命儿，您见过哪个乡下老人退休了拿退休金了？"

"呃……呃……"

　　龚安娜被逼得上气接不上下气，但仍然搬出了撒手锏："其实……哎，女儿长大后，还可以招个上门女婿的，俗话说，一个女婿半个儿嘛！"

　　女人突然"呼"地起来了，指着龚安娜的鼻子骂："你简直放狗屁，你还像五谷杂粮喂大的婆娘吗？如今土地不养人，女娃长大后只能往南方跑，跑哪嫁哪，男娃长大后都去打工了，连自己家的门都顶不起来，还能给别人家顶门立户？"

　　"……可是，要服从大局……"

　　"咱的大局就是过日子，你有这样的日子吗？"

　　……

　　据说女人的那一跪和一番连珠炮，让龚安娜脸上的表情变成了风霜雨雪，黄色的风衣包不住浑身浮泛而起的惊惧和寒战，水珠子沿着鬓角往高挺的领子里扑，不知是泪滴还是汗水。后来的事情就变得扑朔迷离起来。全乡在开展春季、秋季计划生育攻势的时候，有几场战役屡战屡败，乡上不仅被县里夺走了红旗，挂了黄牌，干部的工资被扣了一半儿，连甄源良即将要调动进城的事情也黄了。乡上痛定思痛，从内部悄悄开展了摸排，发现罪魁祸首恰恰出在工作组那里。原来，每次战略计划，均被龚安娜他们偷偷送了出去。

　　组织上对龚安娜的处理也是严肃的，不仅给予严重警告的处分，还将她调离了妇联主席岗位，调整到县文明办当了主任。文明办属于县委宣传部下面的二级部门。同样的正科，分量却缩水了不少。一名仕途看好的妇女领导干部一旦背上这样的黑锅，一辈子也揭不开甩不掉的，未来的进步也就必然打了折扣。不久，龚安娜永远在县里消失了，确切的消息是请了半年假陪夫君在美国读博，却从此与组织彻底失联了……

　　龚安娜当然是龚安娜，我当然是我；我不是龚安娜，龚安娜也不是我。即便有十个女人给我下跪，向我诉说，我的立场和决心也丝毫不会动摇。人心都是肉做的，我不是没有情怀、良心和同情心。可我认准了一条，现实归现实，工作归工作，我不会因为现实而影响工作，工作是我的职责，也是我的本分。

　　心情，是糟透了。在乡政府吃过晚饭，真想回到店里抱头大睡，却又担心被老板娘和粉儿看笑话，只好脱鞋上炕，铺开棉被，强打精神打扑克。我沮丧的心情没有躲过粉儿的眼睛，她幽幽地说："哥哥，尖山的事情全乡都传遍了，没关系，大不了扣点工资，又不是天塌下来了。"

　　"哈，你都知道啦。"

　　"事情又不是发生在埃及古巴西班牙，咋能不知道呢？啧啧，哥哥怎么又出错牌啦！"说着话，粉儿的脚趾在棉被下轻轻挠我的小腿肚儿。

　　我不好意思动弹，任其所挠。粉儿见我没有反应，就说："哥哥，怎么才能让你高兴起来呢？"

　　"这些天真是有些疲惫了，要不，都早点睡吧。"

　　睡到半夜，我被一泡尿憋醒。我像往常一样悄悄摸下炕，摸准尿盆，气沉丹田，把手中攥着的家伙死死贴紧盆口，让飞流沿内壁而下，尽量让糟糕的音量削减到最小，最最小。

　　"嘻嘻嘻"伴着粉儿的笑声，大灯泡突然亮了，突如其来的强光刺得我睁不开眼睛，一半儿的尿在肚子里像是突然断电关闸。我条件反射似的提起裤子，却发现对面炕上只剩粉儿一人，老板娘又不见了。粉儿蹲在炕上，披着被子。她的蹲姿有些夸张，水红色的蕾丝睡衣如雾似帘，缥缥缈缈，乳白色的文胸和粉色内裤忽明忽暗……

　　说真的，那一刻我还真是想了很多，被质疑的压力和破败的心情，加上噩梦的缠绕和夜晚的混沌，让我发胀的脑袋迷糊了许多，我使劲吞咽了一口唾液，忍不住多瞄了粉儿一眼，我听见自己在说："粉儿……"

"哥哥。"

"我……"

"哥。"

"……别……别着凉了。"

粉儿"哇"的一声哭了。被子和身体同时坍塌下去，趴成了一堆凋零的花瓣儿。我把灌了铅似的身体连根拔起，摇摇晃晃地爬到自己炕上。灯就那么亮着，一夜未关。

六

乡上收到县委组织部寄来的关于计划生育工作组负责同志开展工作情况调查表，明确要求组长亲自填写并签名，然后由乡党委签署意见并盖章，再寄回组织部。邱敦仁笑着征求我的意见："秦组长，你看，是你自己填写，还是让办公室的秘书代劳呢？"

我说："还是我自己填写吧，这次工作没做好，我会实事求是，把成绩和不足区别开来，特别是尖山攻坚战的重大失误，工作组是有责任的，教训很深刻。"

"哈哈，话不能这么说，工作组的表现大家是有目共睹的，你不该背这个包袱，填表的事儿不着急，到时寄往县里就行了。"邱敦仁说着吩咐秘书："通知党委委员开会，研究全乡党员干部群众给手术对象送温暖、献爱心的事。"

我赶紧把钱包里仅有的三百元掏了出来。那个年代，三百元等于我一个半月的工资。邱敦仁笑了，说："秦书记可别这么大方啊！你这可是大老板的手笔，当领导的这么捐，以为搜刮了民脂民膏又放血卖乖呢！乡上有老规矩，正科二十元，副科十元，一般科员五元，普通党员两元。你是工作组，可以不参与。"

"书记，我作为团干部，坚决不能落下，那就二十元吧，我再给工作组其他同志动员一下。"我惊讶于我的口气我的姿态我的诚恳，此时此刻，我面对的只不过是一位平级的领导干部，却像面对我的老上司、面对组织部部长、面对某个有利害关系的人。"为人不做亏心事，半夜敲门心不惊。"我何来的心虚？我稍稍挺起腰板，换了口气说："哈哈哈，送温暖送爱心，邱书记绕过我们工作组，就是故意打击我们了。"

几天后，调查表却由秘书填好了，公章也盖了，只等我签字。我发现"工作表现"一栏的内容，既有概括性又有条理性，不仅高度总结了我的突出表现，还特别强调我密切配合突击队全面完成了各项任务。在"深入群众"一栏，特别强调我能够克服困难，每天住在群众家中，和群众打成一片，赢得了群众的高度信任。"基层党组织意见"一栏是邱敦仁亲自签署的："秦岭同志在九十里铺乡工作期间，能够充分发挥党联系青年的桥梁和纽带作用，全面调动全乡广大青年干部的积极性和创造性，特别是在计划生育工作中，不仅给予了我们大力指导、检查和帮助，还亲力亲为，不畏困难，直接参与了所有突击活动，取得了优异成绩。"而"存在问题"一栏，除了思想有待进一步解放、有时有急躁情绪等心照不宣、大而无当的文字外，没有一个字涉及尖山，涉及董爱翠。

如果让我自己填，又该怎样？秘书替我填写调查表，毫无疑问得到了邱敦仁的授意和把关，这样的做法，这样的结论，这样的面子，反而将我和乡上之间的这堵高墙越垒越高。

如何才能穿越这堵墙，成了我的局限和短板。

关于我对计划生育工作的认识和态度，其实从进入九十里铺的那天起，就或多或少地与乡党委班子成员做过交流，我不是高谈阔论，也没有引经据典，而是更多地交流了我从政以来涉足计划生育工作的一些经历，目的当然有为我的计划生育阅历和经验争分的意思，我不能让大家把我看作是第二个龚安娜，我带领的工作组有备而来，不是冒失鬼、愣头青。我带来的两个家伙还算为我争气，几番折腾，适应了虱子，习惯了不洗衣服，关键时刻还敢上房揭瓦，赶猪牵牛。

最好的表达莫过于证明，我曾让乡领导们看过我的五道伤疤。这五道伤疤隐藏在我后脖子上的发梢里。在机关那么多年，我非常清醒自己该保持什么样的仪表、姿态和发型。没有伤疤之前，我的发型始终是中规中矩的运动式，耳鬓、脑后以下始终光洁清爽，纤尘不留。自从后脖子上有了伤疤，头发只好稍留长了些，每次修剪以能够覆盖伤疤为基本原则。县文联的同志就和我开玩笑："秦书记，你当个青年领袖还不知足，想当艺术家啊！"我也回之玩笑："如果留点长发就是艺术家，下次换届，你们文联主席是不是得请山羊、狮子、卷毛狗来接任啊！"

五道伤疤是一位女人给我留下的。当时我只是县政府办的一般秘书，跟的是分管科教文卫的窦副县长，那年夏天，我在县委党校参加了为期三个月的全县中青年干部理论培训班，组织上对我们这期学员的培养非常重视，最后半个月专门安排了社会实践锻炼，主要任务是分赴各乡协助抓计划生育工作，我被安排到了金鹿乡。几个战役下来，我遭遇了那个叫马金环的女人。马金环已经有了二胎，属于结扎对象。她在娘家躲了十多天，满以为风头过去了，刚潜回家，没想到我们会杀个"回马枪"。

夜幕下，我是第一个冲进院子、冲进屋子、冲到炕边的。当时，被窝里的马金环用薄被捂住脑袋，像个起伏的山峦。

"马金环，请跟我们走！"我先礼貌地说。

"你敢动我一指头，我和你拼了。"

马金环掀开被子，一骨碌翻身起来，居然一丝不挂。

吓呆的反而是我，这是我第一次大尺度看到女人的身体。当时我还没结婚，和女朋友搞对象也不如社会青年那样把个卿卿我我搞得风生水起，翻江倒海。拉手有过，亲嘴有过，有次忍不住把手伸到对象的裙子里去，被人家一个兰花指"嘚儿"一声弹了回来，只好退而求其次摸了摸人家领子以上裸露的部分，算是勉强过瘾了。可这个马金环却让我始料未及地、事与愿违地、歪打正着地、无心插柳地发现了女人身体的全部。我立时被马金环的这种抵抗方式击穿了，马金环白花花的身体像飓风一样，让我跟跟跄跄直往后退。"咣啷"一声响，后背与门框的撞击让我倏然清醒过来，作为组织的重点培养对象，一种巨大的庄严感迅速让我恢复了决心和定力，我一定神，立即动手。

我从小练就的武术基本功终于派上了用场，我一个鹞子翻身上炕，先是一个白鹤亮翅，再来一个倒背金人，背着马金环飞身下炕。这时，突击队员们也蜂拥而至，簇拥着我和战利品一起朝外挣。

毕竟是第一次上战场，我忽视了马金环的力气和自我设防。慌乱中，我的臂膀呈环形揽着马金环的屁股，丝毫没有感受到异性的肌肤和体温带给我的异样。马金环在我背上踢踢打打，大喊大叫："你个臭不要脸的，放我下来！你个臭不要脸的，放我下来！"

她越折腾，我的臂膀箍得越紧。

"秦秘书，你的肩膀流血了。"乡干部提醒我。

我这才感觉到后脖子位置火辣辣的疼，那种疼很怪很特殊，像伤口上洒了辣椒水，火中还有点儿炸。是马金环在抓挠我，她不是随抓随挠，而是瞅准位置后，指甲使劲儿往皮肉里抠。事后我才知道，马金环是乡皮毛厂的技术能手，凭着一双有力、灵活的巧手，一天能干两天的活儿，一人能抵两人的任务，年年都是全县乡镇企业标兵和劳动模范。一个成天翻弄猪皮、牛皮的女人，把我这点人皮抠出五个血道道儿，岂不是抓了一坨泥巴、抠了一把棉花。

那天的血流了不少。干部误以为我肩膀上出血了，其实血早已漫过肩膀，染了个满胸满怀，连裤裆里都黏糊了。干部惊呼："啧啧，这到底是马金环的爪，还是梅超风的九阴白骨爪啊！"

马金环被成功实施了结扎手术。我不幸的伤口成为我荣幸的事迹，事迹被乡上报到县里，我一跃成为中青年理论学习班的优秀学员。县委报道组要采访我，我嫌丢人，千方百计婉言谢绝。可这一婉拒，又被理解为青年干部难得的虚怀若谷、高尚境界和成熟低调。不久任命书就下来了。人们称呼我的时候，不再是秦秘书，而是秦科，实际上是秘书前面多了个"副"字：副科级秘书。我的工作岗位随之调整，由跟窦副县长上升到跟一把手，两年后我被提拔为团县委书记，就是从这个台阶跨上来的。

我给九十里铺乡的同志讲这番经历的时候，有意低头撩起后脑勺的头发，同志们好奇地围过来，像探究一个刚刚出土的文物。那里荟萃着丰碑一样的事迹，绽放着花儿一样的光荣，吐露着无与伦比的异香。那是惊艳，是证明，也是象征。

甄塬良带头鼓了掌，说："秦组长是经过沙场的人，这样的工作组到我们乡，是组织上对我们最大的支持、关心和爱护，我们更有理由把全乡的计划生育工作做好，不辜负县里对我们的信任。"

可是，我这样的经历这样的心迹，能证明我在尖山攻坚战失利问题上的清白吗？调查表是乡上填写的，但调查表中的我又能说明什么？调查表，只不过是一张表，横七竖八的线段构成了大小不等的格，装进去的，是一大堆点横竖撇捺，我如果真是那一点一横一竖一撇一捺，还算个大活人？邱敦仁会横竖撇捺，我也会，人家董爱翠也会，要说谁不会，只有那条狗不会。狗，只会叫。

七

好久没回家了。那时候还没有实行双休日制度，唯一的星期天基本都配合突击队坚持在了火线。有次强攻穆集寨，没想到进村的几条路被人连夜挖断了，突击队只好鸣金收兵。我利用村民修路的空隙，这才匆匆返城探亲。邱书记给了我政策："好不容易回一次家，多待几天，放心去吧！"没有我的日子里，家里的现实困难比我预想的还要糟糕，家里家外、上老下小、柴米油盐把丰满玉润的妻子累成了乡村才有的蒿草秆儿，我只有用赎罪的态度连轴转：换煤气罐儿、扛米面儿、买奶粉、给孩子洗尿布……然后匆匆去拜望岳父母：往返医院请医生、换药、捶背……又去爸妈那里，爸妈啥都不让我干，母亲一看我脸颊塌陷，连大肚子都没了，就故意逗我："搞计划生育不错，自己的大肚子也没啦，苗条了好哇！"

知道母亲是穷开心，"知母莫过儿"。老人家的心酸，我知道。

这次悄然返城，为的就是不打草惊蛇平添忙乱，但还是被政府办、团县委的一些同事嗅着了，大半夜堵上门来，嚷嚷着要猛喝一次。团委的一位副书记诡秘地告诉我："有一位客人，来县里好几天了，一再表示非常想见你。"我问："谁？"那副书记神秘地说："先不告诉你，到时候您准会大吃一惊。"我故意拉下了脸说："对我，还卖啥关子呢？"副书记这才神秘兮兮地透露："是龚安娜，她探亲来了。"

我这才弄清楚，龚安娜不仅在美国领到了绿卡，而且在一所大学当了副教授。据同事们讲，龚安娜这次衣锦归乡，与亲朋故交小范围聚了几次。聊起往事，有闺蜜问她："那件事儿，你后悔吗？"一身洋味儿的龚安娜"咯咯咯"地乐了，像大明星麦当娜似的耸耸肩："你说呢？"

我能猜到，我和龚安娜彼此渴望见面的心情、心境中，积蓄着许多有意思的、不为人知的话题。可是这般火候，龚安娜成了我最不该见的人。我本来想请同事以计划生育工作太忙为由，向龚安娜转告我的歉意，但我突然意识到这个理由对龚安娜来说是多么滑稽，也许不值半根鸡毛的分量。我只好编了一个理由："周一，也就是明天，乡上有个重要会议，由我和书记共同主持，实在不敢久留。"

这个谎言也把我逼得没有了退路。我担心同事们第二天又堵上门来——龚安娜亲自前来也未可知，天未亮，我就匆匆向妻子告别。妻子说："不是说好多待几天吗？"我只好又把那个谎言重申了一遍。妻子的泪就下来了："我以为，你那个理由是哄同事用的，想腾出时间给家里干点活儿呢，没想到是真的。"我已感到自己的泪也在眼眶里打旋儿，赶紧转身，披着漫天大雾匆匆赶往长途汽车站。那时候，从县城发往九十里铺方向的长途班车两天才有一趟，一趟沿途串五六个乡。时不我待，九十里铺像一根钢丝，紧紧牵着我凌乱的脚步。

我怕错过班车，早点只好选择了车站一隅小摊上的肉夹馍。一桌之隔的另一个小摊上，几位等车的农民工正在夜色和大雾的包围中边吃边吹牛，话题多是结扎引产云云。我下意识地瞥了一眼，隐约发现其中高谈阔论的一条汉子，非常像那天突击队的带路人邓友奎。我刚要绕过去打招呼，但他们的话题却让我把屁股死死钉在了板凳上。

"对付突击队，就得像我这样，牵着他们的鼻子走，让他们满大山白折腾，他们自以为兵强马壮，滴水不漏，但咱农民也不是吃素的。"

"难道真是你给董爱翠报的信儿？"

"我当然想报信儿，但没报成。他们只给了我十分钟回家的时间，我争取到了二十分钟，我算计好了，不光要翻董爱翠家的墙，还要翻我家的墙。但他妈的董爱翠家的墙又高又滑，墙头还是软土，没个抓手。我扑腾了十多分钟都不行，正急得猫抓心哩，狗叫了。"

"看来最终还是狗的功劳。"

"我一直闹不清那只狗，听叫声，像铲锅底儿似的，还有点破，有点闷，像一条老病狗，咱村好像还没有这样的狗。可是别村的狗为啥要跑到我们村来呢？这才是我非常纳闷的，除非是二郎神的哮天犬。哈哈，如果真是哮天犬救了董爱翠，那董爱翠说不定是王母娘娘转世的哩！"

"哈哈哈，看来咱要防着你们九十里铺的狗，咬一口，不得了。"

"各位老哥如果不是外乡的，我还真不想吹这个牛。我的想法只有一个，乡上如果请各位带个路、当个线人啥的，一定要满口答应，然后……"

……

我怕不留神暴露给邓友奎，把肉夹馍用油纸一卷，赶紧结账溜走。上车后，我坐车尾，邓友奎坐车头，中间全是拥挤的脑袋。两个小时的颠簸之后，邓友奎在毗邻尖山村的一个小站下了车，我这才抻了抻腰身。蜷缩了一路，我的腰腿骨节百般酸麻，不由想起了麻醉枪。中了麻醉枪的狗，再麻，能麻得过我今天的滋味儿吗？

太吃惊了！我非常需要找一个人聊聊，第一人选当然是小雷，可是思来想去，我选择了副乡长史建川。史建川也曾多次请我喝酒，我通通谢绝了。我嫌他嘴贱，比如有几次他就笑嘻嘻地问我："店里，你们是谁摸谁的炕沿儿？谁进谁的被窝儿？"我只好轻松应对："史乡长太小看我了吧，你以为我在城里啥都没见过？"史乡长说："哈哈哈，我是开玩笑哩！"我笑着说："这么说，你史乡长也不是省油的灯啊！"史建川不屑地说："哼！那是叫驴干的活儿，我史建川才不好那一口。"

史建川这个人，我是看出来了，敢说敢干，脾气耿直，有嘛说嘛。比如董爱翠那次，在甄塬良拉屎不在岗的情况下，狗一叫，他果断地组织大家发起冲锋。再比如民主生活会那次，他毫不隐讳地对上司邱敦仁的线人提出质疑。我非常相信，像他这种秉性的人，在组织上考核、鉴定领导干部综合素质的表格里，一定白纸黑字写满了诸如实事求是、雷厉风行、光明磊落这样的文字——我又想到我的那张调查表了。但这样的干部往往是二百五，谁都想用你，谁都忌讳你。

从史建川举步维艰的仕途路径就看得出来。十年前，他本来是从县城郊区的东郊镇起身当的副镇长。有个说法，距离县城越近，计划生育工作越是灯下黑，突击队还在摩拳擦掌呢，钉子户们早已大摇大摆在城里的七大姑八大姨家捧个录音机玩胎教了，这其中就有镇长的侄女。那些年，城里的农村流动人口剧增，摆摊的，设点的，刷锅的，洗碗的，其中少不了超生游击队，漏网之鱼如过江之鲫，多了去了，成为县城流动人口计划生育工作的一大顽症。对镇长的这点隐情，同志们睁一只眼闭一只眼，大家搅的是一锅饭，再说当下属的谁没少受领导的照顾，没人好意思揭这个短。万没想到有那么一天，史建川却私下带人把镇长侄女给拎了回来，镇长被逼上梁山，来了个六亲不认，下令手术队把侄女一刀子引了。镇长拍拍史建川的肩膀说："老弟干得好！咱当领导的，就得讲民主，以身作则，发挥模范作用。"

镇长侄女的落网，一石激起千层浪。有人就说了："凭身份，镇长侄女该是游击队队长的料，但冒出个内鬼史建川，这女娃连个队员都没当成。"

都明白镇长这是挥泪斩马谡，斩马谡也是斩，这一刀下去，上感动组织，下示范人民，镇长提拔当了书记。史建川却差点被唾沫星子掩埋了。有次酒过三巡，武装部长忍不住数落史建川："哥们儿，你知不知道这叫恩将仇报，如果没有镇长推荐，你还能当上副镇长？"史建川一拳过去，对方的鼻梁骨立即换了位置。史建川的拳头和语言同一时间出膛："那是我辛辛苦苦干出来的。"这一拳的代价够难受的，史建川被平级远调到了山区的一个乡，至于后来为何又被平级调整到九十里铺来，我就不知道了。

这种在各乡平级转圈子的领导干部，应该不在少数。从良心上讲，面对史建川这样的人，我内心是有愧的。多年前，我有个大学毕业的农村亲戚薛长贵在一所偏远中学当语文教师，自以为天之骄子，不安心农村教育事业，一门心思想往城里调，做梦都想在城里找个对象做"双职工"。眼看进城无望，他只好退而求其次顺手牵羊找了个高三毕业的女学生当了老婆，给老婆在集镇上争取了个理发店。按理说这样的小家庭在农村算得上准贵族了，可他就是不死心，工作吊儿郎当，屡屡被处分，从带高中贬到带初中。老婆生了女儿后，薛长贵每天借酒浇愁，破罐子破摔。

后来一连串的变化非常有戏剧性，薛长贵不仅当了校长，成为全省优秀园丁奖获得者，还破例调进城当了教育局副局长。究其原因，非常搞笑。超生二胎，反而成了他命运转折的强大引擎。

那时候乡属学校、卫生院的工作人员都算干部，干部和城镇居民一样都属于非农业户口，必须一视同仁严格执行独生子女政策。对干部顶风违反计划生育纪律的处理是非常严肃的，各乡或多或少都有教师、医生被开除党籍、公职的情况。某一年寒假，几个关系不错的教师去薛长贵的老家薛家山喝酒，发现炕上有个活蹦乱跳的小男孩。"这是我妹妹的孩子。"薛长贵的解释没有逃过大家的火眼金睛，小男孩的眉眼身段，分明就是薛长贵的浓缩版。事情明摆着，小男孩没来得及转移，就被同事们撞上了。"怎么样？我妹妹的孩子像我吧。俗话说：生儿像娘舅，养女似家姑。"薛长贵的进一步澄清像画蛇添足。大家附和着："是啊是啊！"临走，每个人手里多了两瓶薛长贵送的好酒。

"气短出英雄。"薛长贵从此变了个人，尊重领导，团结同志，废寝忘食地投入教学工作，通宵达旦地撰写教育理论，一丝不苟地帮助同事干这干那，逢年过节，都要登门拜望领导和同事，逢着谁家的红白事情，他随份子大放血，弄得上上下下都感激涕零。谁也不好意思质疑他违纪超生的严重事实。有些教师不但照葫芦画瓢，还吸取教训，超生二胎，立即转移，打一枪换一个地方，神也不知，鬼也不觉。有些教师做得更绝，生下第一胎，托关系给孩子弄个先天性心脏病之类的证明，于是便按政策落实了二胎指标，小玩意儿就明火执仗、理直气壮、大义凛然地来到人间，"呱呱"一声响，举家同庆，山欢水笑。

那些年，薛长贵常常进城参加全县优秀教师表彰大会，表彰材料里有这样的话：教师的领路人，学科的带头人，学生的贴心人。

其实我很早就听说薛长贵超生的事儿了，母亲偷偷告诉我的。薛长贵进城任职后，常领着已经在县城重点中学读书的大女儿雯雯到我家来做客。雯雯嘴甜，对我左一口"伯伯"，右一口"伯伯"，我的思绪就有些晃悠。应该还有一位叫我伯伯的小晚辈，他在哪儿呢？薛长贵走后，母亲告诉我："男孩子改名换姓，在千里之外的省城上学，私立贵族学校，有出息极了，代表中国学生队，澳大利亚都去三趟了。"

假如我是史建川，或者史建川是我，会怎样？我无法面对这个命题，事实上我自始至终没有举报过这位亲戚，当上领导干部以来，这样的念头也不是没动过，但那几乎只是一个闪念，就像投入湖面的一粒石子儿，打个旋儿，没影儿了。我不好意思拿原则拷问自己，我想到了人性，想到了骨头缝儿里剔除不尽的私心。

面对史建川，我还想到了两个字：可怜。我不知道是他可怜，还是我可怜。论魄力，史建川比我强；论境界，他比薛长贵高。但他只能是史建川。

"秦组长能和我一起喝酒，说明真是看得起我史建川啊！请了几次没请动，老以为你瞧不起我们这些乡棒呢！"

我和史建川终于坐到了临街一家餐馆里。我有意多夹了几口凉菜，底儿垫足了，就能多应付一阵子酒。有了定力，史建川稀里哗啦吐出来的信息，我就有了足够的把握去分辨。

"史乡长，狗叫那件事，不仅突击队跑了冤枉路，连人家带路人邓友奎也受累了，他一个村民，为咱们服务，也很不容易的。"我有意主题先行，把邓友奎带进了我渴望的话题中心。

"没事儿，乡上给邓友奎多发了一份补助。他是个老实人，你也看出来了，专门来乡上大哭了一场，把许多同志的眼泪都带出来了，男儿有泪不轻弹啊！"

"……"我反而无法接茬儿了。

"你可能也猜得出来，现在乡上有人怀疑你们工作组，但我史建川是不会怀疑你的。你那天也打了人，这一点，我们都看在眼里，你应该和我们一条船、一颗心。在这种一荣俱荣一损俱损的关键问题上，动了手，那就是自己人。"

我猛然想起小雷递给我的笤帚。天哪！小雷啊小雷，我现在真不知怎样认识你了。我赶紧使用了乡村语境："有蒸馍一起吃，有黑锅一起背嘛！"

"不过，你如果和粉儿睡了，那你的命运就和乡上结结实实捆绑在一起了。我倒是希望你和粉儿没有睡过，其实，唉！我还是同情粉儿的。山里的凤凰都往外飞，可是粉儿却对一个植物人不离不弃，够意思了。你可能不知道，她有个外号叫'李师师'，啥意思？就是说不是谁想上她的炕就能上的，据说附近的矿贩子们有上过她炕的，派出所也是睁一只眼闭一只眼，但是，如果有地痞流氓想欺负她，乡上准不答应。你想想，粉儿男人是为咱的工作吃的冷亏，上上下下又没有一个正规的说法，咱再不保护她，谁来保护呢？这一点，咱不明说，谱，在心里。邱书记和粉儿不是一般关系，外边传得五眉三道。你一旦睡了，你就只有被邱书记牵着鼻子走，只要你裤裆里有那四两半的事儿，就别指望和乡上分开。乡上有法子治你，阴事明治，明事阴治，一治一准……唉！乡上工作干到这份上，我觉得真没意思了。"

我额头渗出了一层冷汗，暗自庆幸，心有余悸。只是，与史建川这样的人扯到粉儿，扯到邱敦仁，我突然觉得话题不能再发展下去了。我渴望他的口无遮拦，又担心他的口无遮拦。我俩今天的私下谈话，极有可能成为第二天乡干部们的谈资，必然百弊而无一益。

"听说史乡长在好几个乡干过？"我切换了主题，希望潦潦草草扯一扯，就赶紧散摊儿走人。

"嗨！你可能不信，我一连干了五个乡，还是个副科级。"

不由让我想到土门乡的一个副乡长，好像也是轮了几个乡的。我给窦副县长当秘书那阵子，经常跟随窦副县长奔赴各乡检查计划生育工作。那时县政府领导配车比较紧张，跑城区安排伏尔加、拉达、老上海，跑乡下安排吉普车，考虑到分管计划生育的领导经常要在崎岖不平的黄土路上翻山越岭，就破例把唯一的一辆日产巡洋舰牌越野车配给了窦副县长。那天我们的目标是白云乡，巡洋舰在蛇形的盘山公路上卷起的土雾，像平地而起的旋风。田野里挖野菜、捡麦穗儿、打猪草、找药材的妇女们，老远一见是巡洋舰，顿时四散奔逃。巡洋舰进入土门乡境内时，看到一帮干部正在拆房子。刚绕过一片玉米地，就见一位乡干部怀里抱着一台电视机斜刺里追过来："窦县长——停一停，窦县长——停一停——"

司机经验丰富，扭头对窦副县长嘀咕："又撞上一个没脑子的。"

本来一路给我们大谈"当年我是'文革'前的老牌大学生"的窦副县长，此时耷拉着眼皮子，像是突然睡着了。司机加大油门爬坡，佯装没有听见。没想到那位干部抄捷径翻过地埂，把我们迎头拦住了。

"窦县长，我是土门乡的，我们把逃跑户的房拆了，也就这台黑白电视机值点银子，押在乡政府，引逃跑户上门。我们雇不来民工，麻烦您的车往乡政府送一趟。"干部气喘吁吁，满脸的尘土被汗珠冲成了泥石流。干部自报家门，是土门乡的一位副乡长。

窦副县长赶紧下车，热情地和副乡长握了手，说："你们辛苦了，我代表县政府感谢你们。"一回头朝我们说："怎么还不动手？赶紧给乡上的同志配合一下。"

我和司机连忙把电视塞进后备厢里。替土门乡政府送完电视机，赶到白云乡的时候，乡上为我们准备的羊肉泡馍早已透凉透凉了。窦副县长亲力亲为义务为土门乡转移电视机的感人事迹，立即传遍全县。那年评选全县计划生育先进个人，计生委把名单报到政府，窦副县长大笔一挥，立即把自己的名字一笔勾销，却把那位副乡长的名字挪到了最前面。以后下乡，窦副县长的巡洋舰换成了普通型的吉普车。

多年过去，据说那位副乡长也挪了好几个窝，他叫啥名字，长得啥模样儿，我早已记不得了。

"秦组长，想啥呢?"史建川已经有些微醉，"唉! 大半辈子过来，没想到和计划生育拼上了。我认为，计划生育政策绝对是正确的，咱国家可耕地面积少，人口众多，在咱这一代如果不把人口指数降下去，那就是对子孙的犯罪。我这人记性不行，只记得最荣耀的一件事，也就是在土门乡当副乡长的时候，老弟愿意听吗?"

我脑中"轰然"一声，思维体系仿佛顿然崩塌，眼泪夺眶而出。我端起酒杯，泣不成声地说:"老哥，小弟我敬您了。"我真的不想失态，却无法控制失态。

"啊啊啊，哭啥呢?"史建川有些吃惊，"你，难道醉了?"

"老哥不是不知道，有的人醉了骂人，有的人醉了耍疯，有的人醉了哭丧。"

"你说出一连串有的人，让我想起我娃当年朗诵过的一首什么诗，说是有的人活着，他已经死了;有的人死了，他还活着。这破玩意儿也算诗啊!"

我哭得更厉害了，使劲儿掐大腿根，居然也没有平静下来。

"老弟好像真的醉了，咱收场吧。"

"没事，大哥，你好好讲吧，我听。"

他只是讲，我只是听。

八

太晚了。轻轻敲响店门时，已经子夜一点了。粉儿为我开的门，老板娘鼾声如雷。灯显然为我亮着。粉儿这次穿的是圆领纯白长袖睡衣和睡裤，该露的地方一点都没露，像一棵装在兜子里的白菜。一钻进被窝，我才忘记上茅坑了，腹胀难忍，只好重新裹了防寒服，又下了炕。

对面炕上说："是大手吗？"

"真不好意思，喝得迷迷瞪瞪，忘记了。"

"外边这么大的风，秦组长喝成这样，不经刮的。离乡背井的，生病了，咋办呀。"她不叫我哥，叫秦组长了。"在屋里吧，没事。"说着"吧嗒"一声拉灭了灯。

我只好摸索到尿盆。先是吐了一通，然后又……天哪！这大手解的。我抬起身子，头晕目眩。粉儿扶我上炕的时候，我感觉她已经套上了羽绒服。

门"吱扭"一声，粉儿双手端着尿盆——不！屎盆，匆匆出了门。

我心里像打翻了五味瓶，各种味儿搅和在一起，用被子捂了脑袋，却像进入了另一个世界。吐过了解过了，我懵懂中有了些许的清晰，眩晕也有所缓解。温暖和安静并没有发酵我的睡意，我紧闭双眼，全身像长了眼睛似的感受着被子外边的动静。我感觉粉儿轻轻回来了，门被轻轻关上了，盆子被轻轻搁到了远处，对面炕上的被子和枕头窸窸窣窣了片刻。也许，她睡着了吧。我真想道一声"粉儿辛苦你了"，但觉得这样的客气已经没有了分量。

怎么能睡着呢？和史建川聊了半晚上酒话，许多话题闪闪烁烁，剪不断，理还乱。比如粉儿和邱敦仁到底是啥关系呢？是干女儿，还是被包养了？似乎都像，似乎又都不像。有一点是肯定的了，从事情发展的逻辑看，假如我和粉儿腻乎在一起，邱敦仁要捏我这个工作组负责人，比捏一只苍蝇还容易。

想了起来，史建川还多次提到过甄塬良。我这才知道，甄塬良的从政之路并不平坦，论资历论本事论为人，他本来有两次进城任职的机会，却都栽在了计划生育上，一次因为当年的龚安娜事件，还有一次是因为背了一个处分，如今只能等着告老还乡了。史建川给我讲这段的时候，特别强调："老甄这辈子够倒霉的了，我真不愿给外人揭他这个疤，咱俩说说吧。"大概是几年前的事了吧。某个午后，突击队喝完庆功宴，听说邻村正在唱秦腔戏，乡党委就放了半天假让大家放松一下。邱敦仁、甄塬良、小雷一行看完戏，一路说说笑笑往回走，迎面走来一位女人。谁也没注意到女人的肚子，工作之外谁还会走这脑子呢？女人走得忘乎所以，安详得意，即便肚子里有货，料想也不可能是计划外怀孕。

但邱敦仁却开了腔："站住，我们是来堵你的。"

女人立马就吓傻了。乡干部未必记得所有妇女，但在妇女们眼里，乡干部即便煮成一堆骨头，也能辨得清张三李四王二麻子。邱敦仁一句投石问路的阴招，竟成了无心插柳的意外收获。女人怯怯地表白："听说你们放假了，我这才从娘家出来遛遛肚子，没想到……"

大家领着女人往乡政府走。邱敦仁当前卫，甄塬良和小雷在后面压阵。夹在中间的女人，抽抽搭搭，哼哼唧唧，不停地抹眼泪。道路两边的地埂后面，时不时有人影儿闪过，准是打草惊蛇了。

路过一片玉米地时，甄塬良朝女人说："喔，想解手啊。可以，玉米秆子太稠了，你别钻太深，我们无法找。"

女人回头，一脸疑惑地说："我没说要解手啊。"

"啊？我耳背，听错了。走！"

一行人就继续往前走。前面路旁是一片杂草丛生的残垣断壁，里面隐隐有被山羊、野猪踩出的小道。甄塬良又朝女人说："噢，你选的地儿不错。同意，去解吧！千万别跑。"

女人又回头说："我还是没说要解手啊，刚才在院里早解过了的。"

"那你别哼哼唧唧了好不好？"甄塬良火了，"总听见你在说解手解手解手的。"

女人委屈了："当领导的，连老百姓的话都不会听。我即便想解手，也张不开口呀。"

"你这个女同志，想解手还装，那走吧走吧。"

走在前面的邱敦仁，也许听到后边的博弈了，也许啥也没听到，自始至终就没回过头。就这样到了乡政府，突击队们见钓到一条大鱼，都乐了："领导就是领导，看一场戏就能带来逃跑户，太神奇了，今后干脆撤销突击队，成立一个戏班子，咱挨村挨户演。"当时的工作组组长是县水利局局长王明，大会小会都爱绷着脸给乡上的同志来个"我再严肃地强调几句"，干部私下就说："长征时期的王明连投胎也不懂，当组长了。"那天王明双手叉腰，夸了邱敦仁和甄塬良两句："干计划生育就得有顺手牵羊的本领，眼观六路，耳听八方，功夫不负有心人嘛！不错！很不错嘛！"

女人被安排在会议室，由联防队员轮流看守，但最终还是不翼而飞了。工作组立即责令乡上彻查，调查的结果是：晚上甄塬良催着看守人员去食堂喝酒，尾随而来的女人娘家人乘虚而入，把女人给劫走了。县委组织部给甄塬良的处分是严重警告，理由是关键时刻玩忽职守，被不法分子钻了空子，对计划生育工作造成了难以挽回的严重后果。干部私下的议论则有多个版本，一种说法是甄塬良不存在主观上放跑女人的故意，只是为了犒劳大家喝酒，思想上麻痹大意了，乃至酿成大错；另一种说法是甄塬良有可能出于故意，作为一位富有经验的老计生，完全应该预料到有劫人的可能，有意放虎归山。还有一种说法则在民间流传甚欢，由女人的牢骚引起的："那个破乡长，真不要脸，一路上让我去解手，还赖到我头上。"村民就犯迷糊，那不是有意要放人吗？可是捉贼的人不可能放贼的，但那又是为啥呢？有人就找小雷证实："当时，你和甄乡长都在后面，你听到女人说啥了吗？"

小雷说："听到了。"

"啥？"

"……解手。"

一连串的疑问，像一个个难以组接的镜头，让我应接不暇。解手解手解手，让我联想到了那个凌晨攻坚战的现场，当时与甄塬良有关的，也是解手。如果不是小雷拽住我，我摸上去，会看到什么呢？哦，小雷为什么要拽我呢？炕太热了，我像烙饼一样翻来覆去，这么一翻，邓友奎再一次跳进了我的脑海，既然邓友奎争取来的二十分钟是缓兵之计，那么，甄塬良解手的真正目的何在？既然邓友奎描述的狗不像尖山村的，甚至把狗的身份问题上升到了二郎神的哮天犬的高度，可是，人间会有那样的狗吗？那只狗，是不是本来就不是狗，难道是人——是甄塬良？他在玩"半夜鸡叫"？

不！决不能这样胡思乱想。把甄塬良和狗联系在一起，于情于理是不道德的。我想，包括工作组和突击队在内的所有当事人，大概只有我这么胡思乱想了。假如不曾在小吃摊上撞上邓友奎，假如没有今夜与史建川的酒场，假如没有那么多的假如，我的思维不会像长了翅膀一样乱飞。我必须要说服自己：那只狗，百分之百不是甄塬良，真的只是一只狗。

早上起来——这算起来吗？根本就没有睡着。老板娘去集镇上卖毛衣去了。粉儿照例给我打好了洗脸水，说："秦组长是不是快要走了？"

"是啊，一晃快三个月了。"

"如果秦组长不嫌弃，这条围巾，你一定带上，算个留念吧，我织了好多天了。"

这是那个时代非常流行的对折缝合式双层马海毛男式围巾，纯手工，银色，款式新颖大方，两头带细毛流苏。毛质轻盈蓬松，柔软丰满，垂感如瀑。粉儿的双手就那么捧着围巾，一双大眼睛清澈得像玉米秧子上滚动的露珠儿。我像泥塑一样立在那里，一句话都说不出来，实在不敢接，但我努力让自己接了。

"回城以后系吧，与您的身材、皮肤蛮配的。这是我第二次给男人织围巾，第一次是给我男人，第二次是给你。这世上，没有多少男人配我亲自织的围巾。当然，如果你要扔，也没关系。"

"我……我怎么会扔呢？"

"还有一条呢，是给嫂子的。"

这是一条酒红色双面流苏的马海毛女式围巾，席子花款式，棒针蕾丝绕边儿，飘逸柔软。妻子一年四季爱臭美，这样的纯手工围巾，一定是她求之不得的，西安兰州那样的商场也未必能买到。可是此刻，我的语言已经山穷水尽。我最终说出的是："多少钱？我给。"

"不要钱的。"

……

是兴冲冲赶来的小阎救了我，他来通知我去乡上开会。去乡政府的路上，经小阎念叨，我才搞清这次会议是关于董爱翠的最新情况的通报会。原来，昨天晚上我和史建川喝酒那阵，乡上接到土门乡打来的长途电话，他们在本乡鸡鸣村妇女杨云鸽家里堵住了董爱翠。二人是初中同学。突击队冲进去时，董爱翠正在灯下给杨云鸽的儿子辅导"三角形两边之和大于第三边"呢！小阎喜不自胜地告诉我："土门这次给我们九十里铺张大脸了。"我有意引蛇出洞："史乡长当年在土门分管过计划生育，人走情义在，那边一定给史乡长面子喽！"小阎却摇摇头说："史乡长在土门时人缘并不好，人家土门的大礼，是冲邱书记来的。"我就觉得有意思了，故意轻描淡写地说："此话怎讲？"小阎的口气诡秘起来："邱书记进城的呼声很高，人家土门拿下董爱翠，等于把邱书记往前推了一把。人在江湖，将来邱书记进城了，也是个大面子。"

通报会上，邱敦仁对土门的协作精神给予了高度评价，并特别指出，路遥知马力，日久见人心，土门这次是真正地危难时刻拔刀相助，而这一切，离不开史乡长当年在土门打下的良好基础，也离不开史乡长在兄弟乡之间的桥梁和纽带作用。他同时强调，为了避免节外生枝，夜长梦多，按照双方电话约定，决定委派一名九十里铺的领导同志前往土门，配合那边的卫生院对董爱翠就地实施手术。

"我去吧！董爱翠是在我手里跑掉的……"甄塬良说。

"我理解塬良同志的心情，老同志，总想站好最后一班岗啊！这点，值得我们年轻些的同志学习。"邱敦仁说："还是请建川同志辛苦一趟，那边的情况，他熟。"

"没问题，一直想看看土门的弟兄们，这机会来得漂亮。"史建川表完态度，又情不自禁地乐了，"哈哈哈，大家瞧瞧，连土门的狗也憷我哩，土门那边的行动，就没听说有狗叫。"

会后，小阎按捺不住激动的心情，悄悄把我拉到一边说："秦组长，您还记得您给我指导的那条信息吧，只有上半部分，没有下半部分。如今，这下半部分不但有了，而且还出人意料的精彩，简直是山重水复疑无路，柳暗花明又一村啊！您看是不是……"

"哈哈哈哈。"我忍不住仰天大笑。

"哗啦"一声响，是什么东西掉下了。我以为是小阎手里的文件夹——的确是文件夹，不是小阎的，而是小雷的。小雷呆呆地伫立在几步开外，在风中一动也不动，散落的文件像受伤的蝙蝠一样在地上扑腾。"秦书记……"小雷说，"过几天，您就要离开了。我……还能去团县委看您吗？"

返城后的相当一段日子，我脖子上始终系的是那条马海毛围巾，同事和朋友们艳羡不已，都说从来没有见过这么漂亮的围巾。围巾第一次在家里亮相的时候，妻子的眼睛立马放出光来，那是时尚女性突然发现精美钻戒、服饰才有的蓄满全方位审美信息的眼神。"哪买的？多少钱？"我只好说："是……集镇上买的，多少钱来着……唉，看我这脑子。"妻子提到钱，一下让我措手不及。

"有女款吗？"分明是迫不及待的口气。妻子亲自为我系好围巾，左端祥右审视，手指一遍遍从围巾上滑过，这里轻轻抚一抚，那里轻轻抻一抻，像疼惜一朵刚刚出苞的花儿。

我当时的果断决策完全出乎我的意料，原计划给妻子的那条围巾始终没有拿出来，第二天就悄悄带到了单位，掖进我办公室的抽屉里。可这样一来，提心吊胆、如坐针毡的日子也接踵而至。堂堂一位领导干部，掖着一条女性意味太过明显、太过浓郁的围巾，与恋物癖有什么区别？这样的教训在机关不是没有过，某部门有位青年干部不幸在车祸中身亡，领导和亲属在清理他的办公桌和柜子时，发现了大量女人的贴身用品：内裤、睡衣、乳罩、丝袜……没有一件是他妻子的。

后来，薛长贵的女儿雯雯成了这条围巾的主人。雯雯考上了澳大利亚的一所著名大学，给她那位计划外超生的弟弟打前站去了。临行前，当我把围巾送给她的时候，她"哇"一声合不拢嘴："太漂亮了！伯母有吗？"伯母，就是我妻子。我赶紧提醒她："你伯母的围巾已经很多了，不过，唉，这事你不要告诉她。我只是觉得，在澳大利亚，这条围巾更显得有民族特色一些。"雯雯立即激动地给了我一个拥抱："一直以为，您对我们这样的超生家庭有偏见呢！伯伯真好！"这一茬的孩子真是太势利了，我们全家设宴欢送她的时候，她只顾往我的碟子里夹菜，对我妻子，只是偶尔表示一下两下。还没走向社会呢，已经懂得姿态了。

围巾终于眼不见心不烦地漂了洋，过了海。可我内心始终没有消停下来的意思，每当夜深人静，我常常被狗叫声惊醒，我无法复原梦中的那只狗到底是什么模样，姑且是邓友奎描述的那种样子吧，但那叫声太真切了："汪汪——汪汪汪——"

我非常希望小雷真的能来一趟，但他始终没有来。

选自《长城》2016年第4期

村长没有小蜜

王新军

　　沙河村的冬天，在癞蛤蟆的叫声里一个蹦子就撂远了。紧跟着播种栽树、修渠护路、养鸡养牛，一气儿忙活下来，就到春天尾巴上了。

　　这阵子，村上总算能闲一闲了。说闲，其实也就是乡上催村上要办的事儿少了，村上一班头头脑脑们相对地闲了。村民们这会儿是不能闲下来的，这会儿要是闲了，别说奔小康，就是过个平常庄稼人的日子，也不会十分宽裕。村长吕长年骑着摩托车从沙湖那边刚回来，进了村委会办公室，屁股还没有坐稳哩，腰里的手机就嘟嘟嘟地山响。吕长年竟然被这突如其来的声响吓了一跳，他往椅背上靠了靠，又一拧，把双腿潇洒地搭在了面前的桌角上。

　　吕长年抹了一把额头上渗出的汗水，决定不马上接，他甚至想把手机关上算了。就在一个小时前，他刚刚在沙湖那边约了一场麻将，准备养足了精神今晚鏖战通宵。开春这两三个月以来，乡上事事催得

117

贼紧，一件一件地落实完了，他妈的小夏天也就到了。早上的时候，几个月没摸麻将的手突然就痒痒地难受起来，一翻眼前的台历，噢，明天星期天，索性也就休息两天吧。乡长怕也过双休日去了。于是他灵机一动，想起了沙湖。现在天暖了，湖开了，水绿了，何不去消遣消遣放松放松？给承包沙湖的于老板打了电话，里面却说，您所呼叫的用户已关机，请稍后再拨。稍后吕长年又拨了一次，结果仍旧重复着原来那句话。他本来已经有些心灰意冷了，可又不那么甘心，就一脚蹬着摩托车，直奔沙湖，心里多多少少还有一些兴师问罪的意思。

沙湖是沙河下游的一个小湖泊，前几年上面鼓动着叫丝路沿线大搞旅游项目开发。吕长年围着芦苇丛生的沙湖走了几圈，回去就给乡上报了开发沙湖生态旅游的项目。乡上又报到县上，县上又报到地区，地区又报到省上。一年后，沙湖生态旅游项目终于有资金下来了。先从省上下拨到地区，再从地区下拨到县上，又从县上下拨到乡上。一块唐僧肉，谁见了不眼馋？还是乡长说得在理：水从门前过，焉有不舀一勺之理？反正省上下拨的沙湖生态旅游专项资金，到了沙河村账上，只有三万元了。

吕长年用其中的两万元修了一排砖土木结构的房子，打了几条水泥小径，又弄了两只塑料脚踏船拴在沙湖边上。剩下的一万元，他拿出五千在通往沙湖的入口处弄了块名叫沙湖旅游度假村的大型砖碑，剩下的五千他买了辆摩托。快到秋天的时候，他才搞了个沙湖生态旅游区的剪彩仪式，上上下下来了不少人，大大小小的头头讲了一些话，就完了。

完了，冬天就到了。

没有想到来年一开春，从县城来了一个叫于明的中年人，说要承包沙湖旅游度假村。吕长年跟村上一班人一合计，说只要一年能给村出五千块，就包出去算了。和于老板谈判的时候，吕长年亮出了五万元的底价，于明没有答应，吕长年也知道他不会答应。吕长年接过于明递过来的香烟时说，那于老板开个价吧。于明长长地吐了一口烟，艰难地说，三万，就这。妈的，你要知道，三万对于沙河这样的穷村意味着什么？吕长年在心里大笑了一阵，脸上的表情弄得于明莫名其妙。于明连说，不能再高了，我还要投资呢，就你们修那两间狗洞子，能有谁来度假？

就这么，第三天于明的三万元就到了沙河村账上。那一段时间，沙河村一下子显得财大气粗了，又买了两辆摩托车，支书副村长一人一辆。村委会也换了容颜，窗户大了，地面平了，桌椅新了。于老板果然是个想干事的人，沙湖周围又起了几排房子，更重要的是又增加了塑料船，新开了垂钓项目和沙湖浴场。一而再，再而三地在县电视台和广播里做广告，到了夏天的双休日，沙湖总是人满为患。也难怪，偌大的戈壁沙漠，仅有的这么一片绿地，仅有的这么一汪清水，能不稀罕么？这样一两年过去，沙湖还真成了丝绸之路上一颗什么闪光的珠子了。乡上来人，总要弄到沙湖去接待。当然，那里的确方便，那里有吃有住有的玩儿，领导省心，客人满意。乡长说了，现在接待方面也要倡导环保。这句话，吕长年倒没有听出多大意思。

吕长年到了沙湖，还是没见到于老板的面，心里就觉得老于这家伙是不是太不把他这个村长放在眼里了。他想勃然大怒又觉得没有缘由，就去问了另一个管事的，那人说于老板去县城了，晚上才能回来。老吕没好气地说，去县城干吗把手机关了哇？小伙子笑了笑说，吕村长，人家兴许正在和小蜜亲热哩，不关机哪能行？

小伙子引吕长年在一张阳伞下的长椅上坐定，递给老吕一支烟。老吕一边点烟一边说，我看狗日的亲热完没有，说着掏出手机按下了重拨键。

这一次，果然就通了，结果就约下了晚上一聚的事。完了，小伙子又陪老吕吃了一条沙湖鲜鱼，吕长年的心里才稍微平顺了一些。

回来的路上，吕长年在心里狠狠地想，在我沙河村这片土地上，狗日的你不尿我，看我怎么收拾你。

手机响了一阵，停了，吕长年刚靠到椅背上点了一支烟，长长地吁出一口，手机又响了。这一次响得似乎比刚才更为急促，老吕从腰上取下手机，显示屏上是一串熟悉的号码，电话是郝乡长打来的，老吕手指轻轻一点就接通了。

郝乡长很不高兴地说，老吕，怎么不接电话呀，不方便吗？

吕长年说，没有呀郝乡长，刚才出去了，机子在抽屉里。

这样一说，郝乡长的口气就变了，声音听上去也温和了许多。他开门见山地说，明天要带个朋友去沙湖玩玩，问老吕有没有时间。老吕知道郝乡长是想叫他接待一下，就问，几个人，几男几女。郝乡长说，就一个，是我一个女同学，从外地来的，好几年不见了。最后又叫老吕不要声张，老吕说知道了，知道了。

和乡长通完电话，吕长年又通知了支书老陈和副村长安海晚上在沙湖一聚的事，就倒在床上迷糊过去了。

支书是五十多岁的人了，也觉出没几天蹦跶，村上的事大多不管，只顾着自己家那三亩半。老吕叫吃他就吃，叫喝他就喝，一任事儿由着吕长年干。老吕也是实在人，凡是自己有的，支书副村长都有，一来二去，老吕就成了沙河村拿大事的老橹了。靠着有这个沙湖，沙河村一班人手机啥的都有了，东面沿海一带也转过了，除了没有小车，沙河村他娘的基本上也跟东部沿海地区接轨了。和全乡那么多村一比，他们几个没有人觉得不满意。

八点钟，他们就在沙湖一间屋子的圆桌旁围成一圈。于明已经准备好了，四人一桌，一直吃到十点钟，支书老陈和副村长安海都有些高了，要回去。老吕劝他们搓几圈再走，于明却说不急，先给各位醒醒酒，说完就出去了。不一会，中午老吕见过的那个小伙子引着三个穿着短裙的姑娘进来，要扶他们去醒酒。老吕指了指老陈和安海他们说，先给他俩醒，说完自己先走了出来。

夜不怎么黑，一丝凉风掠过，湖面上波光粼粼，更远处的湖面上似有雾岚游荡，眼前的沙湖就显得美丽而动人。不一会儿，于明走过来悄声说，吕村长，小姐醒酒是我今年开展的新服务项目，你还是去醒一醒吧。吕长年说，我没有喝醉哇。于明说，真要是喝醉了，要小姐醒酒怕也就没有什么意思了。吕长年说，咱们还是搓两把吧。

于明说，好好好，那就搓麻将、搓麻将。

结果这一晚上吕长年赢了小二百。老吕觉得玩麻将，意思倒不在输输赢赢上，关键在不和牌时的紧张和和牌后身心通透的舒爽上。日上三竿回家，老婆正要出门去麦地里拔草，老吕只说昨儿乡里有事，喝高没回来。老婆冯玉香瞅了瞅他熬得红分分的眼睛，哼了一声走了。走不多远又回过头说，早饭在锅里，还热着呢。老吕兴奋地哎了一声，其实他在于明那里已经吃过早饭了。

老吕倒在床上眯了一阵，呼地就跳了起来。乖乖，差一点把郝乡长要去沙湖的事给忘了，他慌慌张张用凉水擦了把脸，就折身去了沙湖。

十二点，一辆红色小汽车缓缓开进了沙湖，在一处绿柳丛中停下了，车上下来一男一女，男的肚皮微腆，戴着太阳镜，一看就知道是郝乡长，女的一身乳白色的长裙，看上去身材修长，年龄自然也要比郝乡长小出许多。她自然就是郝乡长说的那位女同学了。

饭菜安排在一处僻静的房子里，不是那种大圆桌，而是透着几分雅致的小圆儿。吕长年对这样的安排有点纳闷，于明却说只能这样安排。老吕说那咱们就不陪啦？于明说，你想当电灯泡是不是？

老吕有些不懂地瞪着于老板，于明却说，你是真看不出来还是装傻？你以为老郝说是女同学就真是人家女同学？傻了吧老吕，那是人家的小蜜。你想陪人家，人家不给你脸色看才怪哩！

果然，老吕将郝乡长和他的女同学安顿好后，郝乡长就非常热情地招呼老吕去忙自己的事，老吕就只好谦卑地嘿嘿两声，悻悻然出来了。站在湖边上的于明见老吕灰着脸从房间里走出来，竟然嘎嘎嘎地笑出了声音。

今天天气特别好，可以用万里无云或者晴空万里这样一类的词来形容。老吕的心情却很灰。多少年了，乡上下来头头脑脑到村里吃饭，哪有他村长不作陪的道理？他的这些变化，都让于老板从他脸上捕捉到了。于明笑笑说，怎么，乡长没让你作陪，你生气啦？

老吕埋头看了看脚尖，对于明说，我应该没有什么地方做得不对吧？我跟老郝关系一直挺好的。

于明笑笑说，早跟你说了，人家郝乡长今天是陪小蜜来玩的。嗨，老吕，我跟你也越来越说不清了，这么说吧，假如你跟你老婆要亲热，旁边有个外人，你心里咋想？

老吕皱皱鼻子说，这是哪跟哪呀，扯得到一块吗这？

于明哈哈大笑着说，这不一回事儿嘛，老吕，你是不是真的老了哇？东南沿海你白溜了，西部大开发不就是要跟那边接轨吗？你村长都当老了。

老吕在于明腰眼处擂了一拳说，我他妈还没老哩！

于明说，哎哎哎，别打别打，你知道你打的地方是哪不？那是肾，肾知道不？现在这世道，哪儿不行都可以，要是肾不行了，那可真就没啥活头啦！

老吕又举起拳头朝于明比画着说，我他妈偏打你的肾，打坏了叫你当太监。

于明双手护住腰部，笑着离老吕远了一些。

今天来沙湖游玩的人还真不少，还不到一点钟，停车场上已经停了十好几辆车了。于明的几个手下忙过来忙过去，脸上一副发了小财的样子。来到一处柳荫里，于明对老吕说，吕村长，你要不要也带个小蜜一块玩玩，也开个单间摆张小儿？这可是潮流。

吕长年没好气地说，妈的，我只有老婆，没有小蜜。

于明又说，你活得没有那么枯燥吧，就知道搓两把，都啥年代啦？二十一世纪了知道不？没有小蜜，情人总该有一个吧？

老吕望着于明那张胖脸说，情人是什么人？

于明说，吕村长哎，情人，就是除了你老婆以外跟你情投意合的那种女人呗！你有吧？

老吕叹了一口，说，还是没有。

于明佯装生气地说，走了走了，不跟你这种没有情调的男人玩了，再玩我也没有情调了。

于明走后，吕长年的心思还集中在小蜜和情人这两个字眼上。他顺着湖边的小径慢慢地走着，心底悠悠然生出一丝说不出的悲凉来。论学历，吕长年并不高，初中。论能力，他也不怎么强。可有一样东西支撑着老吕在村长这个位子上干了近十年，上上下下都放心都满意，那就是他办事的认真劲儿。老吕在部队上混过几年，退伍回乡那股认真劲儿就养成了。先被支书看中当了村民组长，后来村长嫌村里穷，进城做生意去了，他就当了村长。十几年下来，认真就成了吕长年的看家本领。对于今天的事，老吕还是不大想得开，刚才郝乡长的那些话，分明就是赶他走的意思嘛。我该不是有哪些地方做得不对吧？如果真如于明那小子说的，郝乡长是带情人小蜜来玩的，也就罢了，如果不是，那肯定就是有什么麻烦了。

吕长年在离郝乡长他们包房不远处的湖边上踟蹰，不知不觉，一包烟就抽完了。烟抽完了事儿却没有想透，老吕就忿忿然去找于明，结果于明没有找到，却觉得眼睛一阵发涩，身子发困发软，就顺势倒在于明床上睡着了。

直到太阳快落山的时候，于明在他屁股上狠狠拍了一把，他才一骨碌翻了起来。

于明说，吕村长，郝乡长要走了，你不去送一送？

吕长年嗨了一声说，你他妈咋不早点叫我，你成心要我好看是不是？说着慌乱地抻了抻衣服就奔出门去。郝乡长的小汽车已经发动了，老吕追上去不好意思地说，郝乡长，招呼不周呵，真是对不起。

郝乡长摘下太阳镜说，老吕，今天打扰你了。说着从车座上拿起一条烟递到吕长年手里，再一句话也没有说，小汽车就呜一声开走了。老吕清楚地看到郝乡长的那位女同学不知什么时候又换上了一条短裙子，半截雪白的大腿从裙摆下面露出来。刚到车旁的时候，老吕发现郝乡长的一只手好像就是从那条雪白的大腿上取下来的。

老吕出神地望着那辆红色的小汽车在夕阳里远去，心里有种说不出的滋味。

于明走过来问老吕，今晚要不要再搓两把？

老吕却答非所问地说，嗨，老郝啥时候学会开车的？我怎么没见他开过车呀！

于明双手叉腰说，现在领导开车正时髦，你说带上情人小蜜出来玩，要个司机有多碍眼？吕村长，你要有小蜜什么的，你也就学会开车了。

老吕轻轻支吾了一句，声音小得连自己也没有听见。

星期一村上点卯，支书老陈和副村长安海都来了。支书特意把头发也理过了，进来的时候还哼着歌。安海更是不同凡响地打起了领带，头发也比老陈光亮了不少。二位看上去精神都很好，老陈最先掏出了白沙烟给大家散。三人在会议室里抽了一阵烟，文书和妇女主任才到。这就是沙河村班子全套人马，老陈很快安排文书去搞一项统计，叫妇女主任去各组摸一摸，春忙过后这一段，有没有出现计划外的肚子。不一会，会议室就剩下他们仨了。

老陈乐呵呵地说，老吕呀，昨儿哪去啦？又在沙湖潇洒了一天呀！

安海也咧着大嘴说，老吕是不是也有小蜜啦，前儿晚上愣是把咱们灌醉了，连小姐的模样也没有看清楚。

吕长年惊奇地张大眼睛说，你们前天晚上要小姐啦？这可不是咱们当干部的作风。

老陈弹了弹烟灰说，算了吧，要小姐？醉成那样我们还能要小姐，老吕你快算了吧你。

安海又不无揶揄地说，老吕，谁不知道你昨儿又在沙湖独个玩了一天。不会是搓了一天麻将吧，要不怎么会开单间包房呢？

老吕突然想把昨天的事情原原本本地说出来，昨天是为郝乡长和他的女同学开的房。可他想了想，还是没有说。就改口对老陈和安海说，我昨儿的确在沙湖搓了一天麻将，不信你们问问于老板就知道了。

听到老吕这么说，老陈和安海就相互对看了一眼，哈哈地笑着回到各自屋里去了。

到了要吃午饭的时候，吕长年听见老陈和安海的摩托车相继出去了，自己却一点也觉不出肚子饿，就重新点上一支烟，坐在桌前抽了起来。他心里憋了一团火，却没有办法泄出来，明明是为郝乡长包的房，到头来这笔账却记到他吕长年头上了。还他妈造谣说我有小蜜，我吕长年有了小蜜我自己怎么不知道？谁是我的小蜜我怎么不知道？要真有小蜜你们说说我也无所谓，可是我没有，你们却说我有。你们把我吕长年当成什么人了？他就这样想着，心底便有一丝愤然之气油然而生。

就在这时候，妇女主任王小芹骑着女式小车进来了，一进门就说，吕村长，二才的媳妇出事了，前几天有人发现她吃饭的时候吐了，可能是怀孕的迹象。

老吕慢腾腾地说，该不会吧？她已经生了一男一女两个啦。

王小芹笑笑说，不过她已经做了人流，没事啦。

说着话，王小芹就把一条腿跨在了老吕面前的老板桌上，随手拿起一本杂志扇着凉。王小芹三十刚出头，脸儿虽然不怎么白，但身条儿仍透着几分窈窕。今天她穿了一条乳白色女裤，衬衣下襟在小腹上打了一个宽松的结，腿那样随意地在桌角上一跨，竟然露出几丝风骚的样子。其实王小芹早就这样大大咧咧惯了，以前老吕从来没有这种感觉。老吕在扔烟头的时候，那只手就落在了王小芹被裤子绷紧的大腿上。老吕竟然经历了短时间的纷乱和昏迷，等他清醒过来之后，却不知道自己的那只手是马上拿开，还是继续停留在原处。吕长年僵了一般呆坐着，他甚至不敢看王小芹那张满是汗珠的圆脸。

不料王小芹却笑着从腿上拿开他的手说，吕村长，我可不是你的小蜜。

吕长年惊奇地瞪大眼睛望着王小芹的脸，好一会才说，你……也知道我有小蜜了？

王小芹对老吕笑了笑，又掩口不语了。

吕长年双手一拳一掌地对击了一下说，我其实没有小蜜，我怎么会有小蜜呢，我真的没有小蜜。

王小芹笑着对吕长年说，就知道骗我这种老实人，谁不知道你在沙湖玩了一天一夜，还包了房间。

老吕口气涩涩地说，我是玩了一天麻将，真的。

王小芹说，不会是一个人玩麻将吧，那可没意思。谁不知道这几年你吕村长财大气粗，有小蜜就有小蜜嘛，用得着这么躲躲闪闪的。

吕长年真是有口难辩了，他低下头说，我……真的没有小蜜，你应该相信我，王小芹。王小芹调皮地在老吕额头上拍了一把说，走吧，回家吃饭吧，我相信你，你肯定不会是一个人打了一天一夜麻将。

吕长年刚刚从椅子里站起来，听王小芹这么说，又颓然地跌坐下去。他对王小芹说，你还是不相信我呀！

王小芹说完就把那条丰满的大腿从桌子上取了下来，她出门的时候，老吕看见她落了一层灰尘的黑色皮鞋上面，那双裹在乳白色裤子里的腿，在他眼前显出亭亭玉立的样子来。

一连两天，吕长年都觉得吃饭不香，睡觉睡不踏实。一照镜子，里面那个男人脸上胡子拉碴不说，面色中还有几分憔悴。老吕都不敢相信那就是自己，去村上的时候，他由不得精心地收拾了一番。洗了头刮了脸，又把前年去苏杭时带来的那条珍珠领带也戴上了。

村上没有人，老陈和安海都不在，这几乎都是老传统了。村上什么事儿都是他吕长年拍板，在这样一个相对闲一些的时节里，能少来村上一趟，他们绝不会多来。看上去他们对村上的事已流露出淡漠了，想到这时，老吕突然问自己，这几年我是不是太专横了？老陈、安海明里看都对他没有什么意见，但暗里老吕却总觉得他们跟他尿不到一个壶里，不说是离心离德吧，起码也可以说是貌合神离。这样一想，老吕的心里不免产生一些紧张，他觉得在他面前正有一张看不见的大网在向他张开，或者说在他前进的路途上，正有人在奋力制造陷阱。

乡上来人的时候老吕都没有觉察，直到来人在他支棱着脑袋的手臂上拍了两下，他才回过神来。来人是乡政府办公室主任石万兴，大家都叫他小石。小石说，干吗呢，是不是又在想着和小蜜亲热呢？

老吕起身示意小石坐下，从沙发旁的小柜里取出一瓶纯净水递过去，说，石主任，找小蜜可是你们大干部的事，跟我们村上的土包子可是两不沾边呀！

小石拧开瓶盖仰脖子喝了一口，说，当我是傻子呵，谁不知道你吕大村长的能耐，在沙湖包房间包了一天一夜。

老吕突然感到胸口那儿腾地堵了一下，脸上热辣辣地发起烫来。老吕在心里为自己的变化惊诧不已，嘴里却说不出一句话来。他突然想，那天真不应该去接那个电话，更不应该为郝乡长包什么房，还替他保密。为别人办了好事，却不知不觉地把屎盆子扣到了自己的头上。弄到这会，黄泥抹到裤裆里，不是屎也是屎了。

老吕想对小石实话实说，思忖再三，还是觉得这样做不妥。你想，要是传出去，郝乡长的形象会受到多大影响？人家可是一乡之长呵！所以他只能对小石说，我只是搓了一天麻将，再没干什么，我真的没有小蜜，真的。

小石又仰头喝下一口水，笑着说，你打麻将还是玩小蜜，我都管不了那么多，我是来通知明天全县要搞农业生产观摩一事的，乡上定了你们沙河村一个点，还点名要去沙湖，一共三十来人，你准备一下吧。当然，最好能在沙湖吃饭和午休，这是郝乡长的意思。

这样说了一阵，老吕心里就顺畅多了，觉得郝乡长还没有将他们沙河村忘掉。小石起身要走的时候，老吕还象征性地问小石要不要到沙湖转转。

小石对这样的邀请自然是推辞了。

小石走后，老吕的心绪却没办法安宁下来。他没有想到在沙湖待了一天，却传出了绯闻。这么多年来，自己为沙河村修了学校，铺了公路，还修了自来水塔，这些事怎么没有人传来传去呢？况且自己还没有小蜜呢，这个子虚乌有的绯闻传起来比流行感冒还要快。可要是真有小蜜，传也就传了，自己是真的没有，却传得让自己脸红心跳。郝乡长呵，你风流一回，可让我把黑锅给背上了。

不知不觉，吕长年的一盒烟已经见了底。

吕长年给于老板打了电话，说了在沙湖接待全县农业观摩团的事。老于在电话那头说，要不要每人配一个小姐，吕村长？

老吕狠狠地说，你再弄那号下三烂的事，小心我涨你的承包费。

事儿很快谈完了，关了手机，老吕突然想起开春植的防风林是不是该浇水了，这事是安海分管的，可老吕还是有点不太放心，就骑着摩托车去了林带。结果林带已经浇过二水了，树苗大多已经抽了新枝发了新芽，这使老吕心里好受了一些。回来的时候，他看见有几个村民在麦田里除草，见到他都冲他笑了笑。他发现那是一种古怪的笑，他从来没有发现他们对他那样笑过。老吕心里就把这种笑和小蜜这件莫须有的事联系在了一起，身体深处便无端地冒出许多虚虚晃晃的泡泡来。应该说，老吕这几天心情都不是很好，有一团说不出的阴影总是笼罩在他的头顶上，叫他无法看到明媚的阳光。

中午回到家，媳妇蔫蔫地坐在桌前，连饭都没有做。老吕肚子饿得咕咕叫，顺便问了一声，媳妇就将一只空盘子撂在了地上，红着眼睛对他说，你不是外面养了女人么，你去找你的野女人给你做饭吃吧！

老吕对女人说，玉香，你听谁胡说的，没有的事嘛！

女人的眼泪疙瘩就骨碌碌滚下来了，她又把一双筷子扔在了地上。她说，没有的事别人会说出来吗？怎么没有人说我冯玉香在沙湖包了房跟野男人胡搞了一天一夜？

老吕辩解说，我是在玩麻将，你不要想到别处去了。

冯玉香说，我是不想往别处想，你说一说，你跟谁玩麻将了？

老吕说，是跟老陈安海他们。

冯玉香一听哭声就出来了，她说，姓吕的，你这匹披着羊皮的狼，我现在才把你的真面目看清楚。你在说谎，我已经不知道你对我说了多少谎了，我后悔为什么没有早点看透你。

老吕一想老陈安海他们那晚是醉了，就改口说，他们喝醉了，我是跟于老板他们一起玩的，我刚才记错了。

冯玉香一扭身就扑倒在床上号啕大哭，她一边哭一边说，吕长年你这个不要脸的，你还在骗我，到现在你还在骗我，你去找你的野女人吧，我们离婚算了，这日子没法过啦，我没法活啦我，呜呜，呜……

媳妇这样一闹，吕长年连饭也没有吃到，从柜子里捞出一瓶酒，咕嘟了两口就到另一间屋子里睡下了。儿子从学校回来，看见他们都躺在床上，锅里没有饭，就走到吕长年跟前说，爸，我饿了。吕长年头也没有抬，从口袋里摸出一张纸币递给儿子说，你去弄包方便面吃吧，你妈今天有点不舒服，我头疼。

儿子见父亲递过来的纸币面额挺大，哇地叫了一声，又忙把后半声咽回去，一个急转身冲出门去。

全县农业观摩这一天，郝乡长在饭前找到了吕长年。他们来到沙湖边的一个僻静处，郝乡长给老吕递了一支烟说，最近传出你有生活作风问题，这可不大好，你搞小蜜快搞成咱们全乡的焦点访谈了，现在正在抓政治学习哩，你这是顶风违纪呀！

老吕心里怦怦跳着，好一会才嗫嚅着说，郝乡长，你误会了，像我这个样子，哪里有什么小蜜呀，你是误会了。

郝乡长回过头来看了老吕一眼说，老吕，我可不喜欢说谎的人，无风不起浪嘛，群众的眼睛是雪亮的。我误会你，群众应该不会误会你吧，你不是早就说你跟沙河村群众心连心嘛！

吕长年冤枉得都快掉出眼泪了，他想对郝乡长说这事是因为那天为他来沙湖包房引起的，但他又开不了口，嘴里只能不停地发出啧啧的声音。

走了一段，郝乡长又说，听说你老婆都在跟你闹离婚了，是吧！你看你，搞成什么样子了，以后还怎么开展工作呢？老吕呵，沙河村可是乡上的王牌，我现在却为它捏着一把汗。

这时候吕长年的脑袋低低地垂了下去，面对倒抄着双手的郝乡长，他竟然说不出一句辩解的话了。他的身体如同一座将要垮塌的大厦，任何支撑都显得无能为力。老吕用手搌着额头，想尽量使自己站得稳一些。

郝乡长说完话就径自走了，把老吕撂在了后面。吕长年感觉自己心里空落落的，一点力气也没有，两腿一软，就坐在了软绵绵的沙地上。

中午回到家，媳妇冷冰冰地对他说，麦地该喷除草剂了，你是去搞女人还是去喷药，自己看着办吧。

听到媳妇这样对他说，他就提上药瓶背着喷雾器转身出去了。拐过村街，上了田间道，他听见身后几个闲逛的村民突然爆出一团哄笑来，笑声像苍蝇一样嗡嗡地在他头顶上盘旋，心头也萦绕着一丝抹不去的阴影。来到自家麦地上的时候，吕长年的脚步已经踉踉跄跄站立不住了。他倚着一棵小杨树慢慢坐下来，整个身体虚得像一包新棉花。

麦子刚刚灌了头水不久，黑绿的麦苗在阳光下如一块望不到头的绿色地毯，生机和活力从每一片麦叶上流溢出来，喷吐出一个生机盎然的世界。吕长年缓缓地拧开农药瓶，很快他就尝到了一种奇异的味道。一股滑腻腻的液体顺着他的喉咙滑了下去，使他产生了从未有过的流畅的快感。后来吕长年就听到自己的肠胃唱歌一样地叫了起来，他的嘴里不断地冒出白色的泡泡，他看到那些泡泡升到空中又叽叽喳喳地相互碰撞着炸开了。接下来他就感到自己的身体也变成了一只巨大的泡泡，刚刚升到麦地上空，就轰一声炸开了……

人们发现吕长年的时候，他的身体蜷作一团，已经变硬了。在他的上衣兜里，有人发现了一张干净的白纸，上面用圆珠笔写着一行整齐的小字：

　　郝乡长：
　　　我以党员的名义保证，我真的没有小蜜。

　　　　　　　　　　　　吕长年

选自《飞天》2002年第6期，原名《罪恶沙湖》。本文略有改动。

乡间排球赛

李铭

刘秘书接电话的时候，正好李乡长从门口路过。

电话是从市体委打来的。刘秘书这两天心情不好，李乡长快要调到县里的经贸委当主任去了。李乡长一走，刘秘书的靠山就没了。李乡长在任期间，刘秘书跟李乡长处得不错。李乡长跟吴乡长向来不和，这在乡政府大院里谁都知道。刘秘书旗帜鲜明地站在了李乡长这一边，自然得罪了当副乡长的吴乡长。

李乡长的调令还没下来，不过，心可早就飞到县里去了。李乡长这些天，总尽量去接近刘秘书。李乡长想，自己不能过河拆桥，临走得给刘秘书吃颗定心丸。只要自己在县里站稳了脚跟，马上想办法把刘秘书调过去。要说小刘这人，工作素质、为人处世都没说的，就是有一样，说话有时候欠考虑，不分场合，容易毛躁。不过，小刘还年轻，脑瓜又好使，接受新事物快。李乡长想过了，在自己临走的这段时间里，工作不能有丝毫的大意和马虎，一定得紧张起来才行，不能让人看出来，自己心毛了，坐不住金銮殿，乱了阵脚了。

这样，李乡长就注意了刘秘书接的那个电话。

电话的内容很简短。那个自称是体委副主任的家伙在电话里说，感谢三道湾人民政府给我们输送了这么好的学苗。刘秘书听糊涂了，什么苗？那人也不解释，只顾说下去。说省运会下礼拜就开始进行排球比赛了，下礼拜五有许红丫的比赛，请您通知一下她的父母，到时候好收看电视台的现场直播。刘秘书听得不耐烦了，没好气地说：我操，谁是许红丫啊？我上哪找许红丫她家去？电话那边打个奔，李乡长就已经把电话抓在手里了。李乡长说：您好，我是三道湾乡的乡长，我叫李德林，有什么事情您跟我讲，我一定会认真办好的。

幸亏李乡长把台阶给刘秘书接下来了。刘秘书站在一边尴尬地看李乡长接电话。李乡长放下电话就说：小刘，你看你，怎么能把情绪带到工作中来呢。我都跟县里的张书记打好招呼了，你跟我去县经贸委是迟早的事。刘秘书的脸腾地一下红了，说：李乡长，我看你要走，觉着跟别人干工作没有意思。李乡长瞅瞅门外，递给刘秘书一根香烟，态度和蔼地说：好了，跟谁干工作，习惯了就好了。电话里的事你落实一下，该你露脸的机会来了。

电话的内容其实挺出乎人意料的。缸碗沟许昆仑的女儿这次要代表市里参加省运会的女子排球比赛。李乡长觉得乡里应该引起足够的重视来。办这样跑腿的事情，自然还是人家刘秘书内行。不过，这个刘秘书是属毛驴脾气的，得顺着毛摩挲才行。

下礼拜五，时间紧急，乡里得抓紧部署。山沟沟出了金凤凰，咱得好好扑腾扑腾，闹嚓闹嚓。以前没经历过这样的事情，三道湾一直沉默着，历史上没出过名人，现在更是屁大的动静也没有三道湾人啥事。李乡长其实早就查过县志，想在三道湾找点光彩，挖掘点亮色，为发展经济找突破口。查阅的结果让李乡长失望了，三道湾仅仅在一九三几年出过一个少尉军官，可惜的是，少尉军官是国民党那伙的，现在早跑台湾去了。

刘秘书对这事很快积极主动起来。李乡长的暗示叫刘秘书心里有了底。这回的工作，应该是李乡长在三道湾最后一次了，一定得做好。连兔子不拉屎的缸碗沟出了为乡里争光的运动员，应该是大事。照这样发展下去，下届奥运会，还兴许有咱输送的女排姑娘呢！那个时候，别的乡不服也不好使。刘秘书在大脑里飞快地思考，应该怎样把这次工作做到位。刘秘书把脑子里的初步打算一说出来，立刻得到了李乡长的赞赏。

刘秘书认为咱没吃过猪肉，还没看过猪跑吗？电视上演的咱看过，奥运会召开的时候，运动员家里都有当地政府的领导和家属一起去看比赛。那叫啥？叫慰问，充分体现了领导的关怀。下礼拜五，李乡长要去缸碗沟跟许昆仑一家共同观看女排比赛，那场比赛，将有许昆仑的女儿许红丫参加。这是三道湾乡迄今为止第一件在外边露脸的事情，应该大书特书。

刘秘书礼拜一早上进了缸碗沟。走在路上，刘秘书就发现了问题。缸碗沟路难走，别说是车，人走都窄巴。羊肠路在大河套里伸展，石头尖朝上硌脚心。刘秘书跑到高处往乡里打电话，低处信号不好，电话打不出去。刘秘书及时向李乡长报告了路况，认为车进来有困难，当务之急应该赶快抢修。李乡长在电话里说：好，我马上组织全乡老百姓去修路，争取在礼拜五把路修得能走车。

缸碗沟的村长见到刘秘书风风火火而来，脸色就变了。缸碗沟的农民集体上访，前几天大闹了乡政府。村长卖了山上的刺槐林子，引起了农民们的不满。村长满肚子委屈，他刚上任，前任村委会班子欠下的饥荒留下了尾巴，不卖林子真不知道拿啥顶债。刘秘书来了，村长以为是为追查这件事来的，借着尿道就溜了。刘秘书找不着村长，修路的事就少了缸碗沟人参加。修路不去就不去吧，那许昆仑家得找到吧。刘秘书气得骂开了娘，打听不到许昆仑，索性就住进了村长家。

村长耗不过刘秘书，到底从柜子里面猫不住了，拱出来，哭丧着脸说：刘秘书，这官我不当了还不行吗？刘秘书扑哧一声气笑了，说不当哪行，你还得帮我找许昆仑家呢。礼拜五，李乡长要亲自来跟咱们一起收看电视。村长瞅了刘秘书半天，才看明白了刘秘书确实不是为林子的事来的。村长说：你看这扯不扯，你咋不早说，把我吓得屁湿了。

村长出去转了几圈皱着眉头回来了，说缸碗沟没有叫许昆仑的。刘秘书眼睛瞪老大，说：你别整差壶了，我这名姓都全的，咋还没有了呢？村长说：我是村长，缸碗沟的人我没有不认识的。老许家一大户，没有叫许昆仑的。刘秘书盯着村长说：这可是大事，你别顺嘴胡咧咧，耽误了大事你负得起责？

村长跑到村委会把村民名单搬了来，仔细又查了一遍，真没有许昆仑这个人。刘秘书跑外边去打手机，总掉线。村长就找来木头梯子戳房顶上说：上去打去，那上面豁亮。刘秘书上房顶把情况一说，征求李乡长是不是把修路的群众撤回去。李乡长停了一会儿说：小刘，你得稳住，这事先别张扬，你再查查，看是不是咱们听错了，谐音啥的？不搞明白之前，修路的事不能停下来。刘秘书在房顶上坐了一会，大声问仰着脖子瞅上面的村长：你们这有没有姓徐的？村长说：有啊，缸碗沟分上沟下沟，咱待的地方叫缸沟，姓许的多；上沟叫碗沟，姓徐的多。刘秘书一听乐了，准是李乡长听错了，把徐听成了许。刘秘书下梯子的时候，因为心里激动，一脚踩空，从第三道梯子格上掉了下来。刘秘书的身体好，块头大，正砸中窗子下的狗窝。狗窝上面棚了木头，苫着塑料，里面正有一公一母两只狗在谈恋爱。被刘秘书砰的一砸，沉醉在爱情甜蜜中的狗受了惊吓，叫着跑了。刘秘书嘴里骂了一声耍流氓，瘸着腿去找村民名单。

结果还是令人沮丧，碗沟姓徐的也没有叫徐昆仑的。倒是村长老婆提供了一条有价值的线索。碗沟徐轱辘的四丫头在山外念书，听说去年让体校老师给选去打塑料球了。刘秘书仔细看了徐轱辘的名字，白纸黑字真那么写的。咋叫这么个名？刘秘书提出疑问。村长说：徐轱辘年轻的时候是赶大车拉脚的车老板，大家伙都这么轱辘轱辘的叫，没人知道他到底叫啥大号了。

刘秘书眼睛一亮，这回错不了，徐轱辘一定是徐昆仑。村长怕再整差壶，挨呲，特意派娘儿们去打听。这次千真万确，四丫大号就叫徐红丫，真是在市里打塑料球。刘秘书赶到徐昆仑家，拉住徐昆仑的糙手大声说：老人家，你让我找得好苦啊！听得旁边的村长鼻子酸酸的。刘秘书说：你还在这卖啥呆，赶紧着把村民名单改了，叫什么鸡巴轱辘轱辘的，多难听啊！

刘秘书给李乡长打电话报喜，说：徐昆仑找到了，其他的事情由我来协调，您就尽管放心吧。今天是礼拜二了，还有三白天两晚上，要办的事情很多。村长负责现场布置，包括条幅标语啥的。村长说：买条幅得要钱啊，村里没钱，办不了事啊。刘秘书沉了脸：没有钱？卖林子的钱都哪去了？村长说：钱没到手，就让催债的给半道要跑了。刘秘书不高兴地说道：三十几万呢，都要跑了？村长说：先给了十万，还李麻子饭店的招待费了。刘秘书不吱声了，李麻子是李乡长的侄子，他开的饭店有李乡长的股。刘秘书不言语了，村长感觉事就不好办了。

村长喜欢领导办事嘎巴脆，是死是活一身汗，别烟不出火不进的蔫揉。一蔫揉，你还得把事当事去办，这就有难度了。

村长找过去叫徐轱辘现在叫徐昆仑的商量，把钱先垫上，过后村里再补偿给你。徐昆仑乐得找不着北，回屋就从柜子里掏出八百块钱来。家底都在这呢，你看着去张罗吧。村长乐颠颠地把事情办妥了，刘秘书的脸上就有了笑模样。这还差不多，让谁听村里没钱谁也不信。关键是得施加压力，一压钱就有了。村长从小学校弄来一个班的桌椅板凳，这些都是给领导和客人坐的。村长告诉村民，都上老徐家帮忙来。开始大家还以为徐昆仑的哪个姑娘出嫁，到这一打听才知道，敢情是人家的老丫头打塑料球有出息了。

刘秘书几次更正了村民们说打塑料球的错误。他对众人说：那是排球。排球懂不懂？村民们说排球是不是排成一排一排的，四丫头和一帮姑娘也排成排打。谁有劲打得远谁就算赢？刘秘书见说不明白，让村长去小学校借排球。校长说：学校哪来的排球？村长就说：没排球拿别的啥球对付一下也行。校长笑了，咱这学校除了孩子们弹的玻璃球外，没别的球了。

刘秘书往乡里打电话要排球，说：去年乡里举行过排球比赛，新买的排球，一共是三个。乡里回电话说：找不着了。刘秘书就发了火：咋就找不着了呢？问管后勤的老王太太，咋鸡巴整的？刘秘书只要一生气，就好说鸡巴。电话里回答：我就是老王，你嘴别骚得哄的。刘秘书一听，自己真是急乱了套，连老王太太的男人调都没听出来。刘秘书赶紧说：王姨，我是小刘，张书记让我找排球，挺急的。刘秘书在中午得到通知，不但李乡长要来，就是乡党委张书记也要来呢！老王太太是张书记的小姨子，她最怕她姐夫。老王太太赶忙说：我这就给你要去！都让我们家那死孩崽子拿着给别人了。

　　这两天乡里忙得很，礼拜二下午乡里集中学习了排球比赛的知识。由县里体校的老师做讲解。排球很快就要回来了，虽然旧了点，可毕竟有两个，对付着用吧。徐昆仑家的院子还算宽敞，摆俩排球绰绰有余。礼拜二晚上，刘秘书接到电话，说规模又有所扩大，市县的新闻媒体已经进驻乡政府招待所了，比赛当天也要来。刘秘书顿时感觉肩上的担子又重了一层。

　　礼拜三上午，刘秘书带领人布置会场，领导坐的地方都排了座次。让小学的老师写了领导的名字，李乡长突然来电话说，他在现场讲话的稿子一定要在礼拜四上午拿出来，他要亲自看看，不能打无把握之仗。

　　排球场地就在院子里，都是照着书上给的尺寸画的。能代表市里参加比赛的英雄，一定是受家庭的影响和熏陶才走上排球之路的。按照这样的推断，临时建一个排球场地就很有必要了。画完场地后，遇到了一个小小的麻烦，没有排球网。书上明白地写着呢，排球场地中间得有一张网，人才能站在两边打。那张网就相当于地里的界石，往那一立，才分得清楚是老张家还是老李家的庄稼，要不收割的时候非得整乱套了。没有网，村长就把自己家的两张蚊帐挂上了。蚊帐改做的挺合适，就是比实际的排球网窟窿眼小点。

　　徐昆仑家从礼拜三中午开始准备了伙食。乡亲们跟着忙活，咋也得吃顿饭。村长叫徐昆仑去小卖店赊大米，豆腐房送两板豆腐，一菜一饭大家伙吃得不错。刘秘书中午吃完饭就开始动手写李乡长的讲话稿子。刘秘书是乡里出名的笔杆子，这次更得认真把稿子写好。还没写完，村长就来汇报情况了。村长这几天工作卖力气，一切准备就绪，就差领导光临指导了。

　　刘秘书头也不抬地说：叫人把电视摆一下，别到时候现摆抓瞎。

村长一愣说：徐昆仑家没有电视。刘秘书的笔就粘在了纸上，说：你逗我呢？电视整哪去了？村长肯定地说：轱辘家根本就没有电视。刘秘书摔了笔，说：这整的啥鸡巴事啊？没有电视看啥比赛？咱这不是傻老婆等那虎逼汉子吗，赶紧淘弄去。

村长回家不顾老婆的反对，把自己家的黑白电视机搬了来。晚上，刘秘书到现场一看就翻了。村长家的黑白电视机只有窗户格子大，效果不好，一会儿重影，一会儿没人了。村长一直在电视机后面等着，重影了，就使劲晃荡天线；没人了，就用大手丫子拍电视机壳子。刘秘书说：再上别人家借一台去。村长苦笑，咱缸碗沟就我们家有电视机，还是黑白的。

刘秘书给李乡长把没有电视机的情况汇报了，李乡长当机立断，指示说：没有电视机明天马上去买。先让徐昆仑家把钱垫上，买台彩电，过后乡里还兴许奖他们家一台呢！

刘秘书把李乡长的话一说，村长就去找了徐昆仑。徐昆仑答应是答应了，就是手头没有买电视机的钱。村长在院子里转了一圈，看见圈里的老母猪了，想起一个事来。缸沟有人出两千块钱要买这头老母猪，徐昆仑一直没答应。村长让徐昆仑干脆答应人家，连夜赶猪拿钱，明天上午好去买电视机，要彩色的，反正乡里的李乡长答应奖励你一台彩色电视机了。乡长说的话还能出错？人李乡长说了，他出一条子，乡里马上给报了。徐昆仑还在犹豫着，村长已经去缸沟联系了，不大一会儿钱就拿回来了。徐昆仑狠狠心，接了钱。丫头将来有出息了，挣了大钱，先拿钱买猪，一下子买两头，一头公猪、一头母猪，还省下了配种钱了呢！

彩色电视机拉回来了，缸碗沟沸腾了。乡里派来了演出队，给缸碗沟演了节目。村长张罗的伙食，演员们嫌徐昆仑家的吃喝不济，村长一高兴就掏腰包出了血。演员们演的都是计划生育节目，因为时间太紧，没有别的节目，正在排练计划生育好，就临时拿来演了。演什么没有关系，只要热闹就成。徐昆仑得到了群众足够的重视，他被安排到最前排，观看计划生育节目。大家伙都打趣，逗徐昆仑说：当初咋没好好计划计划，让四个丫头都成为为乡里争光的运动员。徐昆仑说：老娘儿们那玩意哪有把门的，生下啥就算啥了呗！

李乡长一行浩浩荡荡开进了缸碗沟，李乡长紧走几步，握住徐昆仑的手，激动地说：我代表人民谢谢您，您为我们培育了一个好女儿。徐昆仑彻底被弄晕了，领导们对他都是笑脸，都是感谢。感谢啥啊，生这丫头也没费啥劲。拍照的，采访的，讲话的，鼓掌的，这一切都是令缸碗沟人新奇的，开眼界的。要用词语来形容缸碗沟人的喜悦，徐昆仑的那句话非常贴切。徐昆仑老泪纵横，说：赶上做梦了。

缸碗沟像过了年一样热闹，到了晚上比赛正式开始了。领导的酒劲也上来了，不过，以李乡长为首的领导都坚持坐在那里收看比赛。队员上场了，没有徐红丫。直到市队 0 比 1 落后，也没看见徐红丫出场。刘秘书给大家鼓劲说：别忙，一定是教练把徐红丫藏起来了，关键时刻才派上场。上去几下子就赢了。大家耐心地等，李乡长为了配合电视台的拍摄，跟徐昆仑唠家常，主要是打听徐红丫的事情。大家这才知道，徐红丫从小就是爱学习的孩子，听话懂事。放学就帮家里干活，有新衣服让给姐姐们穿。姐几个她长得最好看，身体也好，平时干活也有劲，手长，个高，能蹦能跳。家里困难，念不起书，她哭了三天三夜，眼睛哭成了桃，终于去县高中上学了。伙食费时常凑不上，营养不好，学习就下来了。正想不念，市体校来人相中了她，带走了去学打球。据说，徐红丫扣的球又狠又快，像闪电，咔嚓一声就过来了，有点像郎平。就这么说吧，好几个人来接她的球，都被砸了一溜跟头。

李乡长点头夸奖，嘱咐记者们都记下来。采访结束了，市队以0比2落后。大家就着急了，徐红丫哪去了？怎么还不让她冲上去，砸对方一溜跟头。刘秘书也哑了，偷眼看李乡长，李乡长已经打起了瞌睡。徐昆仑开始坐不住了，心想这死丫头咋还不露面呢？想着就使劲瞅电视，徐昆仑突然喊了一嗓子，出来了！

大家都被吓了一跳，几个迷糊过去的领导都睁开了眼睛。教练叫暂停，徐红丫从镜头里面出现了。她就坐在教练的旁边，穿着一身运动服，短头发，大眼睛，长得有点像赵蕊蕊。大家这回都看到了，尽管教练在咧着嘴丫子喊，急得像尿憋的一样。大家都没跟着着急，大家都在看徐红丫。可惜的是，嘟的一声哨响，暂停时间到。镜头里马上没有了徐红丫。

直到比赛以0比3结束，再也没有看见徐红丫的影子。大家还要等等，电视上又出来那个老头，说腿脚灵便的事。电视机买来两天，这老爷子说补钙的事，一天八十遍地说，乡亲们都嫌他麻烦。比赛没有大家期待的人，又以0比3输了，刘秘书不知道该不该像预期安排的那样燃放焰火。他请示李乡长，李乡长打着呵欠说：我困了，回乡里了。你安排好这里的事情，明天上午来车接你。李乡长上车的时候，没忘了跟徐昆仑握手。徐昆仑的眼泪都掉下来了，心里骂老丫头咋就那么懒，为了咱乡长，多少也得上去打几下子啊。

不知道是哪个调皮的孩子把鞭炮点着了，噼里啪啦的一响，刘秘书就有点烦了，冲村长说：赶紧把鞭炮都拿出去放了得了，就当欢送领导了。

一个礼拜后的市县报纸报道了以下几条新闻：一是三道湾乡的李乡长在乡财政紧缺的情况下，发动群众，发扬不怕苦不怕累的精神，为缸碗沟人民义务修路；二是三道湾乡计划生育工作搞得有声有色，经常组织演出队到边远落后地区进行义务宣传演出，深受当地育龄妇女的称赞。图为演出队在缸碗沟演出时的情景；三是刘秘书获得劳动模范的光荣称号，受到了县里的表彰。

缸碗沟也有大事发生，徐昆仑损失了一大笔钱，弄了一屁股拐弯饥荒。先是村里的小卖店来催债，一共是六百三十七块四毛八。徐昆仑说：我只买了五袋大米，哪来那么多的账。小卖店的主人有账本，都是徐昆仑家的人或是亲戚来赊的账。徐昆仑回家就骂：赊那么多好烟干吗，成心败家啊！家人说：都是乡里的干部要的，一会儿要烟一会儿要矿泉水。他们自己不去拿，每次都打发家里人去。大家还以为乡里给报销，就去拿了。

徐昆仑去找村长要那剩下的钱，村长说，哪还有了，我还给你垫上六十多呢。徐昆仑的脑袋嗡的一下，说道：买两副条幅要八百块钱。你可捞着别人的钱，花着不心疼了。这人咋都这样啊，就知道扳着别人的牙可劲晃荡，自己反正也不疼。村长说：轱辘你别红眼，我没花你一分钱，我这有账，我就怕你跟我整这手。账本在这摆着呢，烟钱水果钱矿泉水钱，那帮记者就花了五百来块。徐昆仑一笔一笔掰扯，说道：这烟钱咋这么多，我家里人都买了。村长说：这是给领导司机的，给硬盒石林人家都不愿意要，人家领导的司机都抽十好几块钱一盒的烟，不是大中华就是小熊猫。咱小卖店没有贵烟，硬盒石林是最好的了。一个车一条，你算吧，得几条？徐昆仑说：水果不是他们自己带来的吗？村长说：人家带的不假，可那是咱掏的钱，咱这哪里来的好水果，大把黄香蕉、菠萝荔枝，都是托乡里的小罗开车去城里买的。人小罗没跟咱要汽油钱就不错了。徐昆仑不问了，接着找村长，叫报了这八百块钱。村长的脸拉成了丝瓜长，村长说：村里哪来的钱，给你们家办事，你不掏钱谁掏钱？村里掏钱，村里掏的哪门子钱啊？徐昆仑急了，说道：这么大的人不能说话不算数，拉屎往回坐吧，你说过给我补偿的。村长说：我搭的那六十多块补偿得还不够吗？还让我倾家荡产啊？徐昆仑说：我不是让你掏钱，村里的钱又不是你的。村长甩下一句：村里的钱也不是我一个人说了算，那得看全体老百姓答应不答应这事。明天我就开个会，讨论这事，老百姓都答应帮你掏这钱，我当村长的没二话。

徐昆仑蔫了。

豆腐房来人要豆腐账。三天吃了二十板豆腐，一板豆腐十七块，一共是三百四十块钱。没有钱给黄豆也行。还有，老母猪被人家也赶走了。只剩下一台彩色电视机摆在那。电视机的效果开始模糊了，只能收一个台，却老串出别的台来。徐昆仑拿去城里换，人家一试啥毛病没有。可电视机一拿回来就模糊，明白人都说是缸碗沟的山头给遮的，想要多收台，效果好，除非把山头削下来。徐昆仑没有那样的气力，徐昆仑现在唯一的指望就是让乡里把买彩色电视机的钱给报了。

徐昆仑在乡政府大院很顺利就找到了刘秘书。徐昆仑拉住刘秘书的手，声音就哽咽了。刘秘书说：我还有事，你谁啊？徐昆仑想，当官的忘性咋这么快啊。他就提醒刘秘书。刘秘书想起来徐昆仑是谁了，紧紧拉着徐昆仑的手说：老人家，你还好吗？一句话，徐昆仑的眼泪就掉下来了。徐昆仑说明了来意，刘秘书奇怪地问：彩电的事还没解决吗？徐昆仑满肚子委屈，哪有给解决的啊？刘秘书就说：这样吧，你找找乡长，我再帮你说说话。

徐昆仑进了乡长的办公室，刘秘书就忙着办别的事去了。乡长是吴乡长，李乡长走了，吴乡长就成了正的。他态度十分和蔼，听徐昆仑讲完，就说：这事我还真不知道，据我所知，乡里也没有过这样的承诺。你还是找找原来的李乡长吧，他要是说有这事，出个条，我一定给你解决了。

从乡政府大院出来，徐昆仑就笑了。逢人就说，彩电钱能报了，只要乡长出个条。

三年后，县经贸委的李主任正在办公室里办公，有人敲门。进来一个高个的农村女人，她穿着朴素，抱着一个刚出生的孩子。李主任诧异地问：你找谁？那女人说：我是徐红丫。李主任说：徐红丫？我不认识你啊？徐红丫说：我是缸碗沟的，三年前你到过我家去看我打排球比赛。李主任还是想不起来，打电话给秘书。刘秘书刚调上来不久，听李主任在电话里这么说，骂了句：整的这是啥鸡巴事啊，这老农民咋还拿着鸡毛当令箭啊。都过去三年了，非要这俩破钱。我去帮你把她哄出去！

李主任经刘秘书的提醒，想起来了。他问徐红丫：现在干什么，还打排球吗？徐红丫低头瞅怀里的孩子，自嘲地笑笑说：不打了，乡里去我家一闹腾，我家没有钱供我在体校呆了，去年我结婚了，嫁出去了。李主任说：你来有什么事吧？是不是生活上有什么困难了？徐红丫说：你给我开张条，我爸得了病，疯疯癫癫的，嘴里直劲说李乡长答应给报了彩电钱的，还要等这钱供我念书呢。你给我们开张条，剩下的事情我去办。

李主任愣了愣，心想这条咋开啊，这跟勒索没啥区别了。正犹豫着想等刘秘书赶回来处理这棘手的事，徐红丫从包里摸出一个大信封，递了过来。李主任打开，竟然是厚厚的一沓钱，都是一百元的。徐红丫说：这是我和丈夫的一点心意，五千块。我和丈夫办了养猪场，钱有，可我爸的病去不了根。他老实巴交一辈子，就相信别人的话是真的。求求你，就帮帮他写张条子，我去乡里盖上戳。两千块钱我给他。

李主任把钱推给徐红丫，说：我写，我写，我答应的事我得写。徐红丫说：就写看排球比赛买彩电钱乡里报销证明吧。

李主任拿笔的手颤抖了，一张条子写了好几遍，写了撕，撕了写，尽管很认真，可每次落款都要错，他已经不习惯写乡长李德林了。

选自《四川文学》2008 年第 12 期

大年夜

鬼子

　　往日的莫高粱是很少早起的。他能睡，他儿子也能睡，父子俩一大一小是两条懒虫，时常一动不动地睡在床上，一直可以睡到中午，睡到饿得受不了的时候。可今天不一样，今天是旧历年底的最后一天，莫高粱想在中午前的时间里，把他的家也上上下下地打扫打扫。再不扫就过年了。在瓦镇，没有不扫家就过年的。别的人家早在前些天就都打扫得干干净净的了，扫得他儿子都急了起来，一进门就开口问：爸，你还没扫家呀？但莫高粱不忙。他说：想扫你就扫呗。儿子说：我扫了你干什么？莫高粱没干什么。莫高粱在床上躺着，他就是想睡。老婆离婚之后，他整天想睡，想到了骨头里，不知为什么。

　　莫高粱起来的时候，儿子还在床上睡着，他没有动他，他让他睡。他拿了一把扫把，并把扫把绑在一根竹竿上。扫把太短，扫不到头上的一些地方，他得给它加长。他刚刚把扫把和竹竿绑好，儿子下床来了。儿子的脚步声很急，但走过爸爸的身边时，他停了一下。

他说：爸，你干吗？

莫高粱说：你睡你的。

儿子紧紧地箍着自己的小东西，他说：我要尿尿。

莫高粱说：你尿你的，我把屋子扫一扫。

儿子说：要扫你买把新的扫把回来吧，别老用旧的。

说完急急地撒尿去了。

儿子的撒尿声很响。他一跨出后门，撒尿声就传了过来。他撒尿从来不上厕所，总是一跨出后门就撒在眼前的阴沟里。一股寒风呼叫着卷进了屋里，把尿臊也卷了进来。莫高粱被呛了一口，一直呛到了胃里。

他说：干吗要买新的，旧的我一样扫。

儿子撒完尿就急急地跑回被窝里去了。

儿子说：人家用的都是新的。

莫高粱没有听到心上去，他说：我去年用的就是旧的。

儿子的声音突然就高了起来，他说：前年你用的就是旧的了！

莫高粱说：对呀，前年我用的也是旧的。

可是没过年呢，你和我妈就离了，你忘了？

莫高粱猛地一愣，两眼呆了。他匆匆地想了想，然后沉沉地嗨了一声，他说：那事跟扫把没关系，是她要和我离的，又不是我把她扫了出去。

儿子不管他。儿子继续说着：去年你也用了旧的扫把，今年你霉了一年吧？人家给你找了那么多女的来？你怎么一个都没有留住？

瞎说！

莫高粱愤怒了。

他说：你在谁的嘴上听到的？

儿子没有告诉他。

儿子说：反正人家用的都是新的，就你，老是舍不得买。

其实不是舍不得买，而是莫高粱从来就没有想过要买。要的不就是一个干净吗？新的旧的有什么不同呢？

但他却怎么也举不起那把绑好的扫把了。

他在地上愣愣地又蹲了一会，最后竟慢慢地把扫把解开了。

他收起了扫把和竹竿，悻悻地出门而去。

不就一把扫把吗！

莫高粱决定给儿子一份好心情，当然也想给自己一份好心情，毕竟，明天就是新年了。

莫高粱走到一家日用土产商店的门前时，商店正好刚刚开门。莫高粱一眼就看到了好大的一堆扫把，堆放在店里的一面墙脚下。但莫高粱却站住了。他站在商店的门外没有进去，是扫把的价格把他给拦住了。那是一块纸板，就挂在一把扫把的上边，上边歪歪地写着：每把三元。太贵了！莫高粱心里随即就尖叫道，一把扫把怎么可以卖三块呢？太贵了！他觉得一把扫把一块五就差不多了，顶多也就两块。但他不愿进去说价。这一家人是从来不爱跟别人说价的。这一点莫高粱知道，全瓦镇的人都知道。他要是进去说价，那家人的任何一个都会斜着眼睛对他说，一把扫把三块钱贵什么贵？你看见谁家的质量有我的这么好吗？我这种扫把你买了回去至少可以用一年吧？一年是多少天？只算你是三百天吧，三百天扫了三块钱，一天才花多少呀？还有六十五天呢？一天都花不到一分钱，你也跟我说价呀？这家人头脑都精得要命，精得令人讨厌。莫高粱于是对自己说，算了，还是等街上热闹的时候再看一看吧，也许今天的街上还会有卖扫把的。穷人多着呢！别以为大年夜了就没人卖扫把了。街上卖的才多少钱一把？是一块钱一把吧？当然，实在买不到了再回来吧，反正眼下他不愿意多掏那两块钱。

两块钱他可以吃好大的一碗米粉！

他从身上掏出了两块钱，就吃米粉去了。

今天的莫高粱，除了扫家，做年夜饭，还有一个很重要的活，那就是上街收钱。那要等到街上成了街，等到快热闹的时候。这一份活是李所长请他帮忙的，已经帮了好几个节日了。因为快过年了，李所长他们的人手一时忙不过来，看见他在街上闲逛，远远地就把他叫住了。

他说：莫高粱，找你呢，给我帮个忙。

李所长总是这样对他说话。

就是让莫高粱去帮他们所里淘厕所，李所长也是这样对他说的。就那一个给字，莫高粱的心里也曾时常琢磨，觉得这姓李的是明里欺负人呢！可再一想，觉得人与人之间不就是他妈的不一样吗？有什么办法呢？人家是谁，你是谁。明摆着那淘厕所的事就是给你的，你能怎么样？人家要是不高兴要是不肯给你，你就是想帮，还帮不上呢！好在莫高粱的表情总是一脸的乐意接受，这也就没有什么了。

但当时的莫高粱却愣了一下，站在了街上，心里一时想不出他要给他帮个什么忙？心想不会又是淘厕所吧？我可是刚刚给你们淘的，才几天呢？你们不会吃得那么凶了吧，又不是什么吉尼斯大赛？莫高粱心里不由笑了笑。一辆大卡车从大街上飞驰过后，他发现李所长没有朝他走来。李所长只是原地站在对面的街边不动。他心里忽然就明白了。他明白李所长不是让他帮淘厕所了。李所长的嘴里虽然都是一个给字，但不同的给，莫高粱还是能像医生把脉一样，把出不同的内容来的。有的给，是真的给；有的给，却是真的求他莫高粱帮忙的，只是嘴里不肯给你说出那个求字就是了。如果李所长自己朝他莫高粱走来，那这样的给，就是有求于他莫高粱了。每次让他帮他们淘厕所就都是这样。但如果是真的给，真的让莫高粱得点什么好处，他李所长就会远远地站着不动，他让你莫高粱自己朝他走去。莫高粱知道是碰着了好事了，脸上便笑笑地朝李所长走去了。李所长先是给他递了一支烟。不管给他帮什么，李所长总会先给他递上一支香烟，这一点，莫高粱觉得这李所长为人还是不错的。李所长的烟都是好烟，莫高粱还没有点着，就吸着了一股很香很香的烟味了。那烟味让他有点心花怒放。他脸上笑笑的，看着李所长跟他说话。李所长开口就说：这次找你是好事呢，给你帮我收钱，收那些在地摊上摆卖的，不管他们卖什么。听说往年也都是你给帮的。莫高粱说：是，往年他们都是我给帮的。

往年的所长不姓李。

李所长是今年才从外地回来的。

李所长说：那好，往年你怎么收，今年你也跟着怎么收吧，劳务费跟往年一样，收得越多，给你的提成就越多。只要心细一点，最好不要放过任何一摊。莫高粱说：这好办，他们不听我的，他们总不敢不听你的吧，你只要给我那个红袖套，我把它套在胳膊上，谁要是不给我交钱，我就把他拉到所里去，我让他们跟你说去。李所长笑了笑，并没有说什么。莫高粱说：其实也没几个敢让我拉的，我只要那么一说，人家就自己软了，他们不怕我，还能不怕所长吗？李所长的脸上便堆满了笑，堆了一层又一层。莫高粱知道，那些笑都是他给堆上去的。

今天是莫高粱帮李所长收钱的最后一天了，过完年，买卖就没有这么盛了，就用不着他再帮忙了。所以每一年的这一天，莫高粱总是在心里暗暗地吩咐自己：今天要多收一点。不就是让脸皮厚一点吗？脸皮是什么呢？能厚就厚吧，你别放不下。

吃完了一碗两块钱的米粉，莫高粱给床上的儿子买了两个热乎乎的大馒头，左手握一个，右手握一个，很张扬地走在回家的路上。今天的午饭他不打算给儿子煮了，他就让他吃这两个大馒头。

床上的儿子依旧睡着，睡得香香的，闻到馒头味的时候，才懒懒地动了动身子，把眼睛睁开了一条缝，但随即又闭上了。那两个馒头离他很近，就丢在床头的桌子上，他胳膊一伸就可以抓到了。

今天的街与往常不一样，谁都是赶早来的，街一热闹，但也很快就会散去了，没有人会像往常那样逛来逛去的。卖的是赶早地卖，买的也是赶早地买，完了就会纷纷地赶早上路，回家宰鱼杀鸡，做各自的年夜饭。

趁着街上还没有热闹的时候，莫高粱先到街上走了一圈。他怕扫把一来就被人买走了。等着新扫把扫家的人，或许还有。瓦镇不大，可瓦镇也不小，他不相信就他莫高粱一人是喜欢懒的。

但哪里都没有看到卖扫把的。

可能还在路上吧，他想。

那些卖扫把的一般都是山里的，路要远一些。

于是，莫高粱只好先收费去了。

他是从卖鸡卖鸭的那里开始收费的，那里距离往时卖扫把的地方不是太远，一边收费，一边可以把眼光不时地扫过去。可收完了卖鸡卖鸭的，还是没有看到有卖扫把的。

这时的街，慢慢地就热闹起来了。

他只好往卖菜的地方走过去。

那卖菜的最前头，是一个脑袋剃得光秃秃的小子。

莫高粱一边把票递上去，一边禁不住嘴里嘀咕道：他妈的怪了，大年夜是不是只有卖菜的，没人卖扫把了？

那光头当然不明白莫高粱的意思，以为是骂了他们卖菜的，一边站起来懒懒地给莫高粱掏钱，一边便将目光从莫高粱的头顶往远处扫去，很不屑与莫高粱正视的样子，嘴里跟着也骂道：你他妈的瞎了眼了，那不是扫把是什么？

莫高粱心想怎么骂人呢，抬头一看，光头的神情挺认真的，跟着便把目光转了过去。

果然，有人扛着扫把，正在不远处的街上走着。

莫高粱忽然就兴奋了，转身就朝那扫把奔了过去，走了几步才回头对光头笑了笑，但后边的光头却不理睬他的笑脸，光头看了看掏出的钱，嘴里禁不住又骂道，你他妈的不要了？

莫高粱远远地就掏出了一块钱，他要尽快地买回家，然后让儿子帮他扫一扫，否则等他收完钱回去，时间怕是不够了。可他看了看手里的钱，心想人家可能一块不肯卖，那也只能给人家一块五，人家一定要卖两块，那他就要压一压，能压五毛是五毛吧。可他正要再掏出五毛钱的时候，他突然站住了。

因为，他认出了那个人。

那是一位老阿婆。

三天前，也就是上一街，她也到镇上来卖扫把，可他却没有收到她一分钱。头一次他是因为可怜她，他给她递上票的时候，她的脸上刷地就变颜色了。她说，我才刚刚摆下呢，我一把都还没有卖出去，你待会再来吧，好吗？他于是点点头就走开了。第二次他还是因为可怜她，因为他还没有撕票递上去，她的老脸就一下拉长了。她说实在是对不起，我还是一把都没有卖掉呢，不信你看一看，刚才是不是这几把？一边说，一边就把扫把散开来。莫高粱不知道说什么好，他也不知道那几把是不是原来的那几把。原先他没有留心过，转身就又走开了。这一次，他回头说了句，我待会儿再来。一边说还一边偷偷数了数，这一次他的脑子真的记下了，一共是五把。他想等我再来的时候，你只要少一把，我就不会再这么好说了。可是第三次他扑空了，老阿婆连影子都不见了。

没想到，她竟又自己回来了！

莫高粱的眼睛紧紧地盯着她，他要等着她回头，他要让她像是自己撞上了他，他要好好地看着她，看她的嘴巴怎么张开她的老舌头。

而且，他把手里的钱也收起来了。

他想这真是老天有眼呀，老子今天需要一把新扫把，这扫把就自己跑来了，而且连钱都可以不用再掏了！

他想我干吗还给她掏钱呢？上一街她不是逃了收费吗？

老子今天让她补！

她有钱吗？

有钱还会大年夜的到镇上来卖扫把吗？

没钱怎么办？只好白白地送他一把扫把啦！

老阿婆却没有注意到莫高粱正在后边等着她，她正急着找一个地方尽快把扫把放下，可哪里都是摆得满满的，哪里都是买卖的人。有个卖篮子的一旁，好像有一点点空地，可她刚刚走上去，肩上的扫把还没有放下，那卖篮的就抬头用眼光把她给拦住了。他说：阿婆，这里不是卖扫把的，你到那头去吧。说着就用眼光往她的身后指了一个方向。老阿婆不知道说什么，毫无办法地只好慢慢地转过了身。

这一转，就与莫高粱的眼光撞着了。

她吓得忽然一愣就心慌了，她似乎想转身避开，但莫高粱已经笑笑地朝她走来，她只好战战兢兢地把扫把从肩上放了下来。

怎么？是不是又要说，我是刚到的？

莫高粱说着就把手伸进了她的扫把中，他有点等不住了。

老阿婆让他拿，她也不知道他要干什么，只是嚅嚅的，嘴里不知道跟他说什么好。倒是身后那卖篮的，突然帮了她一句，说：是呀，她是刚刚到，她还没找到地方放下呢。老阿婆这才乘机开口了，她说：是呀，是是是，我是刚刚才到的。一边说一边胡乱地点着头。

我知道你现在是刚到的，可我说的是上一街。

莫高粱的这一句好像一只手，突然就把她的脖子给揿住了，揿得她脸也变了，气也喘了，嘴里的话也顿时慌乱起来。她说：上一街……上一街……上一街我只卖了一把……我只卖了一块钱……那一块钱……我那天花掉了……我买了一包盐……一包盐刚好一块钱……我想买少一点的，可卖盐的说，只有一块的……那包盐……我放在家里……

莫高粱说：你别慌，我不要你的盐。

她说：我知道，你不要我的盐，你要盐干什么？但她没有想到莫高粱想要的是她的扫把。她说着脸又拉长了，她说：那你先让我拿去卖吧。等我卖掉了，我一起给你，我把上街的也给你，好吗？

她看见莫高粱已经拿走了她的一把扫把，她希望他还给她。

可莫高粱的手已经抓得紧紧的。那一把他是要定了！

他说：上一街，你也是这么说的，你还记得吗？

老阿婆的脸忽然就低了下去了，好久都不敢抬起来。

上一街……上一街你说了你会再来的，可后来你没来……我就拿去买盐了……老阿婆吭吭吱吱的，好不容易才说出这么一两句，可她好像还没说完，对面的莫高粱就猛地愤怒了：

你怎么知道我没去？

我告诉你！

我去了！

可是你？

你溜了！

莫高粱的声音很大，一声一声的，每一声都像一个巴掌，一下一下地打在老阿婆的脸上，打得她身子一颤一颤的。老阿婆的脸面顿时就红遍了，她想抬起头来看看他，但她怎么也抬不起。

她的嘴里跟着就连连地说了好几个对不起。她说：对不起了，对不起，我刚才是跟你说谎了。我那天是看见你来了的……可我怕，我怕你把我那一块钱收了去……我就……我就走了……

你不是走，你那是溜！

好像无意中又得到了什么理，莫高粱的声音更吓人了。

老阿婆只好认罪似的说，是是是，我是溜，我是溜。是我不对，我不该溜。那一块钱，我应该等你来，我应该交给你。

老阿婆说着忽然就软在了自己的脚下。

看那样子，她好后悔，后悔自己真不该跟人家说了谎。人家是谁呢？人家一眼就把你的谎给看穿了！她想人家可是吃国家的，自己怎么可以骗人家呢？你以为你骗得了人家吗？你要是可以骗得了人家，人家还算是吃国家的吗？在她的眼里，那莫高粱也是那吃国家的人，她不知道莫高粱只是被李所长他们叫来帮收费的。

她是真的好后悔！

莫高粱看着蹲在地上的老阿婆，自然就更加得意了。他说：那好，那这把扫把就当是上一街的收费了。完了又补充道，所里正缺扫把扫院子呢。然后看了看左右的人，他似乎担心有人会突然出来帮老阿婆说他什么。

蹲在地上的老阿婆还是没有抬起头。

她说，好，你拿吧。

旁边的人很多，一时都有些看愣了，但谁都没有替老阿婆说话，只让一些隐隐的厌恶和隐隐怜悯的眼光在莫高粱和老阿婆的身上扫来扫去，扫去扫来。

莫高粱心里明白，只要他乐意帮李所长他们干这个活，他就得接受别人的那些眼光。每年这个时候都这样，而且过后了还得继续地承受着。这他想得开，真的。他心里时常对自己说，狗帮别人吃屎，还经常挨别人乱踢呢，你怕什么？

何况，他今天非要这么一把扫把不可。

他不想让他的儿子今天对他产生失望。

不就一把新扫把吗？有什么大不了的呢？你爸爸还省了一块钱呢！一块钱当然不能算什么，可一块钱够他给儿子买一抓嗦嗦炮！他儿子就爱烧嗦嗦炮。嗦嗦炮是一种鞭炮，每年过年，瓦镇的小孩们都满街地烧。嗦嗦炮一抓一块钱，一抓里边有十根，十根可以点十次。嗦嗦炮一点就嗦嗦地响，一边响一边跑，一边可以不停地晃，能晃出许多许多的光来，绿的，黄的，红的，什么都有，天色越黑越好看，尤其是漆黑的大年夜。

他提着扫把，往前边的街上走去了，走得很神气。

莫高粱走了好远，老阿婆才想起要从地上站起来，可是她怎么也站不稳，摇摇晃晃的，好几次刚站到一半就又蹲了下去。

有人看了可怜，便说：阿婆，你怎么啦？伸手要帮她站起来，她却把别人的手一再地推掉了。她说：不要，你不要扶，你让我自己起。说话时也不抬头看人，一副只剩了身骨，却没有了骨力的样子。

慢慢地，她终于自己站了起来，可脑袋刚一升高，眼睛就跟着昏花了起来，脚下仿佛晃了晃险些倒地，她只好把眼睛又紧紧地闭上，她让自己先别动，先靠着扫把的支撑好好地站一站。

有人以为她是被那收费的吓慌了。

有人以为她可能是走累了，她的家可能很远，很偏，而且很穷。

也有人以为可能是她的身体很不好。

就都问她：阿婆，你到底怎么啦？你没事吧？

老阿婆很简单地摇摇头，她说：没事，我只是有点饿。

那你早上没吃吗？

她却不再回答了。

她只是再次地摇摇头，让人想不明白她什么意思。

但人们的同情心却一下子就浓起来了，加上莫高粱已经走开，许多话便一句跟着一句地围了上来。有的说你其实可以不给的，你不是说你只卖了一把扫把吗？一把扫把交什么交？其实你可以不交的。有人跟着也说对对对，说上一街是上一街，上一街他收不着那是他收费的自己的事，你为什么还要给他呢？有人说，你最不该说的是你怕交费，你不说他能拿你怎样呢？于是说，你真傻！有人觉得那一个傻字伤着阿婆了，就帮她说，这不是傻，傻什么傻？傻的人不是这样的，傻什么傻，阿婆是因为太善良了！

老阿婆自己也说不清，自己是因为太善良了或者是真的因为傻，但善良两个字让她多少觉得心里好受些。她慢慢地扬起一只手，在人们的眼前无力地晃了晃，然后说：算了，别说了，不就一把扫把吗？

虽然只是一把扫把，但莫高粱的脸上却得意极了，他没有把扫把提在手里，也没有把扫把扛在肩上，而是朝头上的天空高高地举着，张扬得就像一个从校门走出的小学生。当然，也许他是无意识的。到底是白白拿了人家一把扫把，心里总是有一些藏不住。人嘛，要不怎么会有得意忘形的说法呢？但有人一眼就把他看低了，远远地就朝他讥笑道，哟，买了一把扫把哪！

莫高粱嘻嘻地笑了笑，对，买了一把。

而心里却说买什么买？老子我这是白拿的。这么想时，莫高粱不觉有点飘然起来，接着便是一番由衷的感叹，感叹人的手中有时就是有一点点小小的权力，也真他妈的是一件好事，虽然这小小的权力在他的手中只是一个收费的，而且是一个帮别人收费的。

他于是看了看手中的扫把，那把扫把在他的左手里，他紧紧地握了握，他觉得真的不错；他于是就看了看自己的右手，右手却是空空的，他让右手空空地握了握，突然觉得这只手也应该拿一把。

他因此让自己站住了。

是应该再拿一把的呀！

为什么不拿？

这一把是上一街的，那这一街的呢？

这一街也应该拿一把！

为什么不拿？

不拿白不拿呀！

再说了，就剩这么一街了，下一街人家李所长就不用你帮了，到时候你就是想拿，也许只是一根葱，怕都没人给你拿了。

莫高粱一转身，就往回走了。

159

老阿婆刚刚睁开眼睛，就看到了回头的莫高粱，吓得又是一个冷战，她以为自己是花了眼，再一看，莫高粱已经急急地走到了面前。忽然间，她似乎预感到了什么不测，手臂一软，剩下的三把扫把便从怀里纷纷地倒到了地上。

然后，她惶惶地看着他。

莫高粱也没有说话，他看了看老阿婆，一只脚便踢进了倒在地上的扫把里，轻轻一挑，其中一把便离地飞起，飞进了他的右手中。

他的两只手，随即就都有了扫把了！

莫高粱的心里忽然就满满当当的了，那感觉就像是已经吃饱了年夜饭。他又看了看老阿婆，老阿婆还在愣愣地看着他，眼光很空洞，也很怅惘。显然，她没有想明白这到底怎么啦。

莫高粱只好说话了。

他说：我得拿两把。

老阿婆就看了看地上的扫把，又看了看莫高粱手里的扫把。

她也说话了。

她说：为什么呀？

莫高粱说：一把是上一街的，一把是这一街的。

老阿婆的眼光忽然就散开了。她终于明白了。她知道她拿来的四把扫把，有两把眨眼间就跑到莫高粱的手里了！她猛然就觉得一阵心痛，痛得就像被人突然一刀，把她的心给切下了一半！

她突然就尖叫了起来：我今天的还没有卖呢？你怎么就拿我的啦？

老阿婆的声音很锋利，四周的人又看了过来。

莫高粱却很镇定，他说：我要是等你卖了我还拿什么？

老阿婆说：那你让我先卖吧，我要是能卖了，我会给你交钱的。

莫高粱却摇着头，摇得没有一点商量的余地。

他说：不行，卖完了你又溜了，我到哪里找你去？

她说：不会的，我怎么还会溜呢？我不会再溜的，你让我先卖吧，卖完了我等你，好吗？

老阿婆说着竟哭了起来。

老阿婆的哭声把旁人都给镇住了，人们好像忍不了了，就都纷纷地说话了。有人说：你就让人家先卖吧。有人说：对呀，你就让人家先卖吧，人家还没卖呢，你怎么就先收了人家的呢？人家一共才拿了四把呢，你一下就拿走了两把，人家还卖什么卖？你这样是不是太黑了，你不要这么黑。太黑了会遭老天报应的，你知道吗……

一时间，什么话都有。

莫高粱却突然愤怒了：谁说我黑？谁说我黑？我不黑我怎么办？你不交，他不交，我这收费的我怎么办？

但人们的嘴巴并没有给他停下。

人们说你怎么办关我们什么事，我们只知道，不能黑的事，你就是不能黑！站在老阿婆身后的人，猛地就推了她一把，说：阿婆，别管他，把你的扫把抢回来！老阿婆一直不知道怎么办，心慌慌地就回过了头去，看了看那个推她的人，那人跟着就又推了她一把，这一推，就好像给了她一股力，她回头看了看莫高粱，竟发现莫高粱已经不是原来的莫高粱了，好像莫高粱脸上的那种凶气已经没有了，她于是猛地一扑，就朝自己的扫把扑上去，还真的就把自己的扫把又统统地扑回了自己的怀里。然后，她紧紧地抱着她的扫把，坐到了地上，气喘吁吁的，不知是恨，还是全身突然用完了力气了。

莫高粱看着空空的手，顿时也骇然了。

看着四周的人，他有点恨，也有点怕，当然也有一点后悔。他后悔自己也许不该回来，看着坐在地上的老阿婆，他又不敢上去抢。抢是肯定不行的！可他想，只要她一直地这么坐着不动，弄不好他一把扫把都拿不到。他要是把她给逼急了，她只要说一声我不卖了，然后扛着扫把回家去，那样一来，他可是拿她没有办法的。

他眼下拿她怎么办呢？

总不能那把到了手的扫把就这样丢了？

不，那把扫把一定要拿！

不就想个办法吗？

有什么办法呢？

如果是李所长，他会怎么办？

莫高粱突然就想到了李所长。因为李所长他们也时常碰着一些不肯交费的。莫高粱忽然就说话了。他说：好好好，我不要，我一把都不拿，好了吧？我也不知道再跟你们说什么。他一边说，一边无奈地给人们摊开自己的双手，然后低头对老阿婆说：这样吧，你要是真的不愿给，那就跟我到所里去一趟，我让你跟我去见李所长。他是领导他是头，他也比我懂道理，他要是说阿婆你可以不交，那阿婆你就别交好不好？反正我是他叫来帮他们收费的，除了帮，我没有任何别的权力。

其实在莫高粱的心里，他是刹然间就想好了，他知道所里眼下肯定没有人。所里的人，有的家在村上，有的家在城里，李所长昨天下午就放他们回家去了。就李所长一个人是镇上的，他这个时候肯定也不在，他知道李所长早上一忙完，就转身早早地回家去了。

但没有人知道莫高粱心里的摆布，他们有的说不去，有的说应该去，嘴上一时又热闹了起来。后边的人说去了也没用，天下的乌鸦一般黑，这帮收费的，哪个是好人？但前边的人却说去去去，应该去，不信他们都这样没有了良心了。他们相信人心都是那肉长的，他们说：

老阿婆的情况，会让李所长他们的良心多少有点同情的。

去吧，再不去转个眼就要散街了。

真正让老阿婆动心的却是这一句，老阿婆顿时就有点急坏了，她急急地就要站起来，但她的腰竟怎么也立不起，她不知道身上的力气都跑到哪里去了，她觉得身体就像被掏空了似的，脚是软的，腰是软的，全身的骨头都软软的。莫高粱见势就伸过了手去，他想给她拉一把，但她看了看莫高粱的手却不肯抓，她把自己的手递给了旁边的另一个人。莫高粱只好睁着眼在一旁看着。老阿婆刚刚被人拉起，不觉眼睛又是一阵昏花，好像天也旋，地也转，只好依靠着怀里的扫把，赶紧又闭上了眼睛。

好久，老阿婆才跟在莫高粱的身后，慢慢地往前边的街上走去。

所里果然空空的，一个人影也没有。

老阿婆一走进院子，身子就又软下了，她赶紧靠在一根柱子上，然后让身子靠着柱子往下移，好不容易才坐在了柱子下，像是要随时断气的样子。其实，还走在街上的时候，她就已经走不动了，走着走着，肩上的扫把就自己无力地跌落在了街面上。她于是又一次地蹲下去。她说：我不走了，我走不动了，我不想走了。可莫高粱却不理睬她，他上来就替她把地上的扫把统统抱起，然后自己往前走去，看着自己那走远的扫把，老阿婆又只好咬着牙，死命撑着站起来，看着莫高粱走去的背影，摇摇晃晃地跟随着，生怕莫高粱突然把她的扫把扛跑了。

老阿婆突然觉得自己的咽喉像冒火。

她说：能给我一点水喝吗？

莫高粱说：有，可走到办公室门前时，他却停住了。他想，我怎

163

么能一进来就给她喝水呢？老子得让她熬一熬，让她尝尝拿回扫把所带来的滋味。他说：想喝水呀，先等一下吧。

她说：我像是快要死了，你就让我先喝一口吧，你们的水在哪？

莫高粱说：死什么死，我们还是先说说扫把吧。他顺手在房门边提起了一张破烂的靠椅，离老阿婆不近不远地坐着。老阿婆四处看了看，看不到他们的水到底在哪里，只好又把眼睛闭上了。

她说：所长呢？不是让我见什么所长吗？

见李所长？在这呐！

老阿婆听得出是莫高粱在耍弄她，就很想憎恨地瞪他一眼，但眼睛却沉沉的不想再睁开。她只有默默地听着他说话。莫高粱说：你见过李所长吗？她没见过，可她也没有给他回话，她让自己就先这样歇一歇。她不知道他的所长是不是也在院子里，但她想，他既然让她来见他，到时候他就会出来的。

莫高粱说：我告诉你吧，李所长要是在的话，他现在就是这样跟你说话的。说着在破椅上摇了摇，看那破椅能不能承受他，还好，那椅子只是晃了晃，一时好像是晃不倒的，他便把腰身从破椅上往下溜了溜，溜到一半的时候收住了，他让自己的两条腿长长地踏到前边的台阶上，让身子歪歪地坐着。往时的李所长就是这么坐着的。他在极力地寻找着那样的一种感觉。那样的坐法当然没有什么，可他莫高粱在屋里也曾千百次地这么坐过，但就是坐不出人家李所长的那种派头来。而眼下的莫高粱似乎一下就找着了那样的感觉了，原来你莫高粱在家里不管怎么坐，你永远只是坐在家里的莫高粱，而在这里坐着的才像人家李所长。因为最最重要的是，李所长这么坐着的时候，是坐给他面前的别人看的，那当然都是一些因为各种各样的交费问题，被弄到院子里来的人，那种所长的味道也就自然出来了。莫高粱还发现，这么坐着的李所长，眼光也是很有讲究的，他总是一副对人爱看不看的样子，你别看那个样子的眼色好像有点虚虚的，然而其实厉害呐，对方的眼光一旦撞着，当即就会像电击一样，把对方电了一个心惊胆战。

这就叫人咧，人与人可以说一样，而其实完全不一样，就看你是谁了。莫高粱的心里忽然就又满满当当的了，仿佛自己也终于成了一回李所长了。满足之余，他心底里便隐隐地飘上来一丝沉沉的怅惘，怅惘自己小的时候怎么就没有好好地多读几天书？否则眼下坐着的，或许还真他妈的是莫所长。怅惘之后，他只好让自己又回到原来的状态里，让自己的眼睛也像往常李所长的那一种样子，朝老阿婆阴阴地瞥过去，那样的眼光确实很有穿透力，他觉得他的眼睛顿时就硬硬的，好像会随时飞出去，遗憾的是，老阿婆的眼睛却一直紧紧地闭着，并没有让他的眼光也电一电，这让他多多少少有点失去了一些满足。

躺在椅子上的李所长，往时还有一手绝招，那也是很让莫高粱佩服的，就是对付那些敢在街上跟他顶牛的人，一进院子就把他们关起来，当然是关在办公室里，但那些人马上就明白厉害了，嘴里纷纷地就给李所长认错了，他们希望马上离开，马上回到街上去。但这时的李所长已经不是刚才的李所长，这时的李所长会像什么事都没有发生过一样。他只是不急不躁地对他们说，我现在没有时间考虑是谁的错，也许错的是我，但我得好好想一想，你就先在这里歇歇吧，我有一点急事先忙一忙，等我回来了，我们再好好地聊一聊。说完从椅子上起身，真就往外走去了。

莫高粱觉得这一招他今天也应该用一用，他觉得这个老阿婆也应该尝一尝，何况他得先把扫把拿回去，他得让他的儿子先替他扫一扫，然后他还得上街去再收一点钱，等收得差不多了，再回来放了她，到了那个时候，她还会说只给他一把扫把吗？这么想的时候，莫高粱似乎已经看到了那个被关后的老阿婆，看到她灰溜溜的什么话也不再多说了，只扛着她剩下的扫把，乖乖地就上街去了，也许，到时她还会连连地给他说几声对不起。

莫高粱随即就从破椅上坐起来，不想那破椅却经受不了他这样的激动，只听得哗啦一声，被他压垮在了地上。好在老阿婆的眼睛还一直紧紧地闭着，除了突然响起的声音，她什么都没有看到。

他一边从地上爬起，一边拍了拍手上的灰尘，就推开了办公室的门，对老阿婆喊道：过来！你到这里来！

老阿婆不知道他要干什么，睁了眼睛就慢慢地走过去，她看见办公室里空空的，就开口问，所长呢？他不在吗？莫高粱说：我给你找他去，你在这等着吧。老阿婆在门边的椅子上刚一坐下，就听到外边的莫高粱把门给锁上了。莫高粱锁门的声音很响，他那明显是有意的，他要让里边的老阿婆给他老老实实地待着。但老阿婆却在里边说道：你不用锁的，我不会跑。门外的莫高粱心里便笑了，他想我锁了门，你还怎么跑，你当然跑不了啦。他拿了两把扫把刚要走，里边的老阿婆却又说话了。她说：我是不是真的快要不行了，我的眼睛都看不见了……

后边的话竟没有了。

莫高粱忽然一愣，便站住了。

他说：你说什么？

里边的老阿婆好像急急地又喘息了两下，接着就停下了。

莫高粱的心忽然就有点悬了，关人的事，对他来说毕竟是头一次，他毕竟不是人家李所长。他急忙悄悄地靠到窗户边，贴着脸往里偷偷地看了看。

166

里边的老阿婆，脖子软软地吊着，吊得长长的，一直吊到了膝盖上。莫高粱眨了眨自己的眼睛，他有点不肯相信，也不相信里边的老阿婆怎么会转眼就成了那样了。他举手就敲了敲窗户，他想把她给敲醒。但老阿婆的脖子竟动也不动。他又敲了敲，老阿婆的脖子还是不动。他于是问话了。

你刚才说什么？

老阿婆没有回话，像是没有听见。

哎！你刚才说什么？

这一句刚一说完，自己就急急地掏出钥匙，把门给打开了。

莫高粱用扫把轻轻地推了推，推在老阿婆的肩头上，他怕一不小心就会把她给推倒在地上。老阿婆的身子动了动，又不动了。莫高粱就又推了推，嘴里也跟着连连地哎了她几声。这一次，老阿婆的身子摇了摇，脖子才慢慢地活了过来，慢慢地，又往后坐直了。

但眼睛却是一直闭着，只有嘴巴动了动，说话了：我真的快不行了，眼睛都睁不开了，我什么都看不到了。

她的两只手一直放在她的腹部，她一直紧紧地压着。

但莫高粱没有注意到这一点，也没有去注意过她的手。他只是紧紧地盯着她的脸，他看到她的脸色是有点不太好，可山里的老人又有几个脸色是好看的？莫高粱觉得，这样的脸色是很欺骗人的，其实他们比电视里那些肥肥胖胖的城里人不知要硬朗多少呢！

他拍了拍抱着的扫把问：这是什么？

老阿婆没有睁开眼睛，听声音她就听出来了。

她说：是扫把吧？

你睁开眼睛看看，这是几把？

老阿婆就慢慢地睁开了眼睛，说：两把。

这边呢，这边是几把？

老阿婆的眼睛转了转，说：也是两把。

这一次，是莫高粱的心活过来了，他暗暗地笑了。

他妈的，你这老东西！想吓我是不是？

莫高粱骂完就又出门响响地把门锁上了。

但莫高粱没有马上走，他忽然想，这老女人也许狡猾着呢，等我一走，她要是气疯了，她要是发起火来，她把办公室的东西都给砸了怎么办？我莫高粱还能让她赔？她拿什么赔？她能赔她还会大年夜的来卖扫把吗？而那李所长是肯定不会放过我的，他肯定会让我给他赔，那老子可就倒霉了。这一街可是老子的最后一街了，我总不能天亮了还尿裤子吧？莫高粱于是到处看了看，他想他得给她换一个地方吧，最后，就看到了一个小矮房。

那是上二楼的楼梯脚下。

小矮房的房门正打开着，像一张怪怪的嘴。

他想，老子就应该把她关到那里去。于是，他就过去看了看。小矮房是顺着楼梯而起的，一头高一头低，里边有些黑，而且堆满了乱七八糟的东西，好像纸箱呀，扫把呀，就连鸡笼好像都有。他骂了一声这帮鸟人他妈的混蛋，怎么什么东西都往里边堆，这是你们家的厕所呀？进去就是一顿乱踢，仿佛一脚一脚都踢在了那帮鸟人的屁股上，最后就踢出了一块空地，然后自己蹲下去试了试，觉得好像有点窝窝的，就从纸箱上撕下了一块垫在了地上，再一坐，好像就好受多了，只是在把门关上的时候，小矮房突然就黑了下来，黑得竟什么都看不见，但他很快就发现，这样的黑还是挺暖和的，一点冷风都进不来。他于是闭上眼睛，往后靠了靠，觉得还行，还真是一个关人的好地方，再说了，老子又不是关她一天两天的，顶多也就一个小时吧，或者多一点，会出什么呢？不会的。他劝自己放心吧。

他转身就打开了办公室，把老阿婆提出了门外。他说：你不能待在这里，我要是让你待在这里，李所长来了要骂人的。再一提，就连拖带拉地把老阿婆提到了小矮房里。他没想到老阿婆的身子那么轻，轻得像一只纸糊的大鸟。他说：你就待在这里吧，我马上把李所长给你叫过来。

老阿婆什么话也没有说，只是在被突然提起的时候，似乎想喊一声什么，但莫高粱一提，就把她的声音给提住了，她觉得咽喉一哽，好像有颗炭火掉了进去似的，就出不了声了。听说要给她把李所长尽快叫来，她便缩着身子，坐在了脚下的纸板上。

这一次，莫高粱把门扣扣上后，就直直地离去了。

他想他会很快就回来放了她的，他还会让她赶在散街之前，去把剩下的那两把扫把卖了。他想自己的心再怎么黑，也不能黑得不让人家把另外的两把扫把卖掉，至少不能像以往的李所长那样，有时天都快黑了，才让那些人从关着的办公室里出来，但李所长就是他妈的李所长，他总是有他自己的方法，他总会在放人时很殷勤地给他们一一地点上一支香烟，就那一支香烟，竟把那些人的愤怒好像一一地都给灭了。

莫高粱因此回头喊了一声：先忍一忍吧，等我回来了，我再给你弄点水。

莫高粱的儿子却不在家。

床头柜上的那两个馒头也跟儿子一起不见了。

他想儿子肯定是一边啃着馒头一边玩去了。儿子除了爱睡就是爱玩。莫高粱嘴里不由骂了一句，然后将扫把绑在了竹竿上，最后留了一张字条。字条写得很简单，说是请他帮帮爸爸，请他把家扫一扫，不扫就不给他买鞭炮。他知道，儿子只要看到了鞭炮两个字，就会乖乖地拿起那地上的扫把，至于扫得如何，那是另一码事了。莫高粱心想总比不扫要好一些的。

他得意地笑了笑，就出去了。

他打算回到街上去再收一点钱。为了白拿人家那两把扫把，他把收钱的事都给耽误了不少。他得赶早去把没有收到的钱，尽可能地多收一点回来。而且，他决定还是回到光头小子那里收起。他从身上摸了摸，摸出了那张曾给光头小子递上去的票。

光头的菜已经卖完了。但莫高粱朝他走来的时候，他并没有注意到，他已经站了起来，在收拾自己的担子。他把卖空了的两只菜篓，分别地举起来，把落在篓里的烂菜叶，一一地拍落到地上，然后，就往前边走去，他准备就这样回家了。

莫高粱没有叫住他，他只是往前赶了两步，把一只菜篓抓住了。

光头没有想到是莫高粱，回头一看，脸色就严肃了。

他说：你干吗？

他的声音冷冷的。莫高粱笑了笑，把手松开了。他想光头应该明白他的意思。但光头没有理睬他。光头一转脸，又往前走去了。

莫高粱只好哎哎地叫了几声，又把菜篓给抓住了。

这一次，光头没有马上回头。

他只说：你想干什么？

莫高粱也没有放手，说：干什么？你忘了？

光头知道他说什么，但他愣愣地站了好久才慢慢地转过了身来，眼光冷冷地逼视着莫高粱，突然，伸出一只手，直直地指着他。

你再说一遍：你刚才说什么？

光头的声音很低，低得就像一股冷风，阴阴地从莫高粱的心口上扫过。莫高粱的手，又一次松开了。

他说：钱呀，你刚才还没有给我交钱呢，你忘了？

一边说，一边把原来的那张票给光头递上去。

光头却不理睬他。他说：什么钱？

莫高粱说：卖菜的钱呀，你刚才不是在这里卖菜吗？

我刚才在这里卖菜吗？

光头的脸突然一横，显然是不想给他交钱了。莫高粱心里顿时一愣，心想，今天怎么啦？见了鬼了还是碰上了无赖了？

怎么？你刚才不在这里卖菜吗？

谁说的？谁说我刚才是在这里卖菜的？

莫高粱的眼睛顿时就吓住了，他愣愣地盯在了那颗光秃秃的脑袋上，心想这小子不会是刚刚从牢里放出来的吧？或者是刚刚被哪个女孩给甩了，要不，就是刚刚丢了小媳妇？老子年初被老婆离的时候也是这么剃过光头的。可怎么剃那都是你的事，你不能拿到街上耍无赖呀！

谁说你刚才不是在这里卖菜的？

莫高粱说着就要抓住他的菜篓，他真的有点怕他一横，转身就在街上跑了。不想，那光头却自己直直往回走来，一边走，一边用扁担推着他，把莫高粱推到那些卖菜的面前。

谁说我刚才是在这里卖菜的？

我刚才在这里卖菜吗？

你们，谁看见了？

光头的话很锋利，每说一句停一下，让声音伴着冷冷的眼光，从人们的脸上一一扫过。那些卖菜的，似乎谁都明白他的意思，都一个个地笑着，谁都没有给莫高粱作声。

莫高粱顿时就惊诧了。

你们说：他刚才不是在这里卖菜吗？

人们依旧笑笑的，谁都没有搭理他。

光头原来卖菜的地方已经没有了，就在他起身离开的时候，旁边的人已经挪过来了，把位子给占掉了。但莫高粱记得那个人，他是原来光头旁边的，莫高粱的目光于是落在了他的脸上。

他说：你帮我说句公道话吧，他刚才就在你旁边，我就站在这里，我正要让他交钱，可他还没有给我钱，我就走了，你说是不是？

然而，那人却说不知道。

莫高粱顿时就觉得奇怪了。

你怎么会不知道？你当时在旁边的，你当时看得清清楚楚的！

那人又说了：我没看清楚！我只知道卖我的菜。

但莫高粱却似乎清楚了，他清楚自己再怎么说，也没人帮他说话了，回头要跟光头说什么，却看见光头已经走人了，只留了他傻傻地站着。顿时，那些卖菜的就都大笑起来了，那当然都是在笑他，笑得他莫高粱顿时脸色干干的，好像丢脸丢尽了。他几乎没有多想，就赶紧追了上去，把光头的菜篓又死死地拖住了。

而且，他不再吭声。

他要看看光头怎么办？

光头当然知道是莫高粱，他就那么站住了，他也没有回头，他也没有吭声。两个人一时就像两只当街做爱的野狗，一个想往前走，一个要往后拖，一时间谁也脱不了身。这样的局面当然僵持不了多久。光头知道莫高粱是不会自己放手的，暗暗地咬咬牙，算计着什么，但

172

他依然没有回过头来。他用扁担在身后暗暗地掂了掂，似乎掂着了莫高粱抓住的地方，但他依然没有作声，而是将扁担突然一打，就朝莫高粱的手上打去。莫高粱的眼睛其实一直紧紧地盯着光头的扁担，他的手突然一闪，就把打下的扁担给闪开了。前边的光头以为莫高粱的手被打飞了，随即将扁担往上一挑，准备同时往前边走人，谁知，还是走不动。

后边的菜篓又被莫高粱死死拉住了。

最后急的当然是光头了，因为他要回家。

光头说：你放不放？不放老子不客气了！

莫高粱听得出光头的声音很凶，但他就是不放手。

他说：你先把钱交过来。

你放不放？

光头的声音真的凶了起来了，凶得把附近的人都给震着过来了。但后边的莫高粱还是不怕他，他怕的是自己一放手，自己就算是输掉了。他心里觉得他不能输，于是就死死地抓住了。他想，就算你光头是真的横，但我不信你能横到哪里去，毕竟，这是在瓦镇的街市上。他就还是那一句：我说过，你先把钱交过来。

好，那你就自己看好了！

光头的话音刚落，他肩上的那根扁担果真就飞起来了，然而，似乎谁也看不清楚，那根扁担是怎么飞起来的，就先飞出了莫高粱手里的那只菜篓，然后飞到了一旁的电线杆上，只听得梆的一声，最后从光头的手里给震了出去，飞到了高高的天空中。周围的人都看到了，而且全都看呆了，他们看到那根扁担在他们的头上整整横飞了一个大圆圈，才飞落了下来。那扁担飞在人们头上的时候，把所有的人都给吓慌了，所有的人都抬着头紧紧地注视着，所有的人都高高地抬着双

173

臂，保护着自己的脑袋，好像那扁担会随时就劈到自己的头上似的；就连那光头也吓坏了，他也高高地抬起了双臂，把那一颗光秃秃的脑袋惊恐地护在自己的两只手掌下边。

只有一个人是例外的，那就是莫高粱。

莫高粱的手里依旧紧紧地拿着光头的那一只菜篓，在人们高高地抬起双臂的时候，他并没有把菜篓放下，而是本能地举了起来，应该说，这样的举措是最为安全的，可是，意外却偏偏就落在了他的头上。只听得哧的一声，飞旋而下的扁担，竟突然地横打在了他的太阳穴上，那声音就像有人将筷子猛地一插，插在了一个水分充足的大萝卜上。

光头的扁担上，每一头都有两颗钉子，那是竹子做成的，就像我们平常吃饭用的筷子，很圆，很滑，没有任何的尖利。

莫高粱的眼睛突然就睁大了，他晃了晃，就噗地倒在了地上。

他手里的那只菜篓，早在扁担飞下的时候就被打飞了。

光头的脸色刷地就白了，他往后退了退，又退了退，最后头一扭，就没命地逃走了。

倒在地上的莫高粱，先是觉得眼前一黑，随后是身子一沉，就沉进了一个黑漆漆的深洞，但慢慢地，慢慢地就又清醒起来了，他发现自己从那个黑洞里又慢慢地浮了上来，慢慢地，又浮回到了街面上，浮在了一个巨大的黑压压的花圈之中，不同的是，他发现插在花圈上的竟然都是一些人脸。

他死了！

有人惊叫道。

随着那一声惊叫，那些人脸围成的花圈便惊动起来，像是遇着了狂风似的，所有的嘴巴都胡乱地惊叫成了一片：

死啦!

真的死啦?

有人被打死了!

……

莫高粱在人们的惊叫声中先是蒙了一下,他想动一动自己的身体,他想用动作告诉人们他没事,他还活着,然而他的身子却怎么也不听话。他随即也就恐慌了起来。

他问自己,你真的死了吗?

他摸了摸他的手,他的手是凉的。

他摸了摸他的脚,他的脚也是凉的。

他再摸摸他的心,他的心也是凉的。

他想,自己也许是真的死了,可他就是无法接受这样的事实,他不相信自己就这样真的死去了。

我没死!

他大声地喊叫道。

我没有死!

但没有人听到他的声音,他们只是惊恐万状地议论着他的死,议论得满天都是。莫高粱忽然就惶恐起来了。他想他的死只要这样传开去,马上就会传到他儿子的耳朵里,那可就遭殃了。他儿子怎么能接受呢?他儿子怎么能没有他?他想他得抢在人们的议论声还没有传进儿子的耳里时,先去告诉他的儿子,说你的父亲还活着,你别以为一根扁担从天空飞下来,把我打了一下,我就死掉了,我没死。你别听他们的。

可儿子现在在哪呢?

他回家了吗?

他是不是正在帮他打扫屋子？

莫高粱慌慌张张地就从地上爬了起来，他还没有站好，一个人的尖叫声突然把他给撞了一下，把他撞到了一个女人的脸上，那女人顿时就吓了一跳，像是被一股冷风猛地扑打在脸上，把眉毛和头发都给撞翻了，丢了魂魄似的。莫高粱没有去顾理她，顺势就撞出人群，头也不回地往家里狂奔。

回到家里的莫高粱却没有看到他的儿子，他看到的只是自己出门前绑在竹竿上的那把扫把。那扫把依旧一动不动地放在地面上。

他的儿子到底哪去了呢？

他是一直都没有回过家，还是回来了又跑出去了？

然而，莫高粱却没有来得及想这些，脑子就轰的一声，几乎粉碎了。

他的眼睛突然停在了那把扫把上。

他突然想起了那个漆黑的小矮房。

想起了小矮房里那个被关着的老阿婆！

糟了！

糟了！

他随即就张大了嘴巴，尖叫了起来！

我莫高粱这么一死，那老阿婆她怎么办呢？

她要是回不去，她晚上怎么过呢？

今天晚上可是大年夜啊，我的天！

惊慌之余，他才突然记起那小矮房的房门上，他好像没有上锁。是没有上锁吧？好像是没有。他好像只是把门扣扣了上去而已，真要是那样就好了，那样里边的老阿婆是可以自己把门弄开的。她只要不停地踢门，门扣就会被震下来的。当然，她必须是愤怒了她才会踢的。她会愤怒吗？她等久了，她等不到他回来给她开门，她怎么会不愤怒呢？她会愤怒的！她也应该愤怒。她一愤怒她会先是使劲地摇门，摇不动了她就会用脚踢的，踢一脚不行可以踢两脚，踢两脚不行可以踢三脚，踢多了那门扣肯定就会自己松动的。

但愿是这样了，阿婆！

你现在是不是已经出来了？

你出来了吗？

这么想的时候，莫高粱早已狂奔在了街上。

小矮房的门果然没有上锁。

莫高粱刚一冲进院子就看到了，这让他的脸上随即闪过了一丝欣慰，然而，那门扣却老样地紧扣着。

也许是老阿婆走了之后扣上的？

莫高粱希望是这样。

可他走到门前的时候，才发现里边的老阿婆依旧坐着，一动也不动。莫高粱的眼光是穿过门板往里看到的。他的眼睛先是盯在了那门扣上，他不敢相信那门扣还是他原来扣着的样子，他的眼睛一愣，就突然地睁大了，就那一睁，他发现他的眼睛忽地一亮，竟然就看到了房里去了。虽然不是很清晰，虽然只是迷迷糊糊的，但他的心一下就急起来了。

他猛地就扑在了门扣上，他要将门扣给老阿婆扳开来。可他每一次使劲，那门扣总是一动也不动的，像是没有碰过一样。他拉一次，是空的。再拉一次，还是空的。他发现他的手好像根本就抓不住门扣，他只是感觉着抓着了，可一使劲，他的手就又风一样在门扣上飘了过去。

他惊讶地看了看自己的手，看看这边，又看看那边，他看到自己的两只手都好好的，可怎么会这样呢？他让自己的手相互地拍了拍，这一拍，他才看清楚了，他的手连自己都打不着，打来打去只像是两片树叶的影子，在地上不停地对打，其实什么也没有打着。

人死了之后，难道所有的力气都消失了吗？

那么小的时候，又怎么整天听说，人死了就是变成了鬼了，也是可以在人间找仇人报仇的，尤其是可以死死地掐住那些仇人的脖子，把他们一个一个地掐死！

他们怎么掐呢？

莫高粱看了看自己的十个手指，看看这边，又看看那边，然后让它们慢慢地把门扣掐住，他的眼睛也紧紧地凝视着，他看到了他的手指其实什么都没有掐着，他原来看到的只是掐的样子而已。

这到底是怎么回事呢？

难道我莫高粱眼下连鬼都不如吗？

是不是我死了，但我还没有变成鬼？

那么人要死了多久，才能变成鬼呢？

他看着自己无能的两只手，一脸的无奈，一脸的焦躁。

然而他觉得不对，他突然想起，他在街上爬起来的时候，不是曾经把一个女人的眉毛和头发都给撞翻了吗？那不就是力量吗？他随即让自己的身子扭成一股风，然而从远远的前边，朝门扣狠狠地撞去。

那门扣却依然不动。

他又连连地撞了几次，每一次都是直直地撞过了门板，撞到了里边的老阿婆，一直撞到老阿婆身后的那些废物上。

自然也没有撞翻过老阿婆。

老阿婆总是依旧一动不动地坐着，她其实可以靠一靠身后的那些

178

杂物的，可她却没有靠，而是勾勾地坐着。她那长长的脖子，似乎已经越吊越长，都直直地垂到了她的膝盖的下边去了。

他想她这是怎么啦？

她是不是被他关得昏了过去了？

他在她面前蹲了下来。这时，他终于注意到了她的双手，他看到她的两只手一直一动不动地紧箍着她的肚子。她的肚子看上去已经瘪瘪的了，好像她的手如果不是那么紧紧地箍着，她的腰就会随时折断到前边来。

他的眼睛突然睁大了，他想看看她到底怎么啦。

他想她是不是得了什么要命的病了？

他让自己的目光亮一些，再亮一些。

他的目光终于看透了老阿婆的衣服，他看到衣服里边的老阿婆，竟然是瘦骨伶仃的，就像一块就要晒干了水分的大萝卜。他一下就被吓坏了，吓得他几乎喘不过气来，只好惊恐地把眼睛闭上了。他想怪不得，怪不得他把她从办公室里提出来的时候，她的身子轻飘飘的，像一只纸糊的大鸟！这么一个瘦弱的老人，她是怎么走到镇上来的？她的家在哪里？

他真的不想再睁开眼睛，但又忍不住想再看一看这位瘦弱的老人，她的肚子到底是怎么啦？她的肚子要是没有什么事，她怎么会是这般痛苦难忍的模样呢？

可他的眼睛刚一睁开，他就再一次地被吓慌了。

老阿婆那瘪瘪的肚子里竟是空空的！除了一团鸟蛋大的食物，里边几乎是什么也没有。而那团鸟蛋大的食物，竟然只是一团消化不掉的什么野菜，里边没有一点粮食的影子！

这怎么可能呢？

莫高粱完全不敢相信。

他让自己的眼睛再眨一眨，让目光变得更明亮些。

那确实只是一团消化不掉的野菜！确实没有一点粮食的影子！

莫高粱禁不住就簌簌地战栗起来了。

他为此感到震惊！

他为此感到恐惧！

他迅速地收回了自己的目光，让目光回到了老阿婆的衣服外面。他忧虑地摸了摸她的手，她的手是冷的；他又摸了摸她的脚，她的脚也是冷的；他最后把耳朵紧紧地贴到了她的心胸上，好久，好久，才隐隐地感触到她的心只是在微弱地支撑着她的生命。

莫高粱顿时就恐慌地喊叫了起来：

阿婆，阿婆！

我一定要救你出去！

我一定要救你！

你等着我，我马上给你把李所长叫来。

这一次，我不会再骗你了，你一定要等着。

莫高粱转身就狂奔而去了。

李所长家的年夜饭，已经忙得差不多了。他们家的大阉鸡已经煮在了锅里了；他们家的扣肉也蒸好了；一条长长的大鲤鱼，也从油锅里炸了出来，炸得一身金黄金黄的；就连李所长的老婆，那个在厨房里忙得像穿梭一样的女人，也好像是大年夜的一道什么菜，已经被各种各样的香味几乎给熏透了。

但屋里却看不到李所长的影子。

莫高粱伸长着脖子，在他们的家里到处寻找，都没有看到。他想所长是不是在门外的什么地方干着别的，转身走到门槛上，就被李所长给撞着了，撞得他猛地闪了一下，飘到了门框的边上。而李所长却什么都没有撞着似的，直直地走了过去了。莫高粱还来不及回头，就听到李所长的声音朝厨房里的老婆喊了过去。

他说：真他妈的倒霉呀，那鸟人真他妈的死了！

所长的老婆一听，脸色就变坏了。

她说：他真的死了？

我也以为他们是吓唬我的呢，没想到过去一看，还真他妈的死了。说完深深地嗨了一声，他说：我他妈的让谁帮我收费不好，我怎么就让这么个鸟人帮我呢？真是他妈的倒霉！

说着就要跨进厨房，却被老婆的尖叫声拦住了。

她说：哎，你别进来！

李所长吓了一跳，马上退回到厨房的门外。

他说：怎么啦？

老婆没有回答，她突然抓了一把菜刀就朝他走来，吓得李所长马上站到了一边。他说：你要干吗？

干吗？今天是大年夜，你不知道呀？

说着把菜刀塞进了他的手里。

李所长看着菜刀，一时还是摸不着头脑。

他说：你把刀给我干吗？

老婆说：你不怕呀？你不怕我怕！

怕什么？

怕他跟着你呗，跟着你跑到我们家里找事来了。

李所长这时才注意到，老婆的脸色被吓得白刷刷的。他又看了看手里的菜刀，脸上却现出了好像很可笑的样子。他说：他要跟就跟呗，你把刀给我干吗，让我拿刀劈他呀？

门槛上的莫高粱不由就是一个冷战。

李所长没有等到老婆的回话，就舞了舞手里的菜刀，装模作样地在前边劈了劈，在后边也劈了劈，好像那样就把跟着他的莫高粱给劈掉了，然后笑笑地把刀还给了老婆。

老婆却不接。她说：你这样就可以啦？

他说：那要怎样？说着又舞起菜刀，左边修了修，右边也修了修，就连头顶上也让菜刀过了一遍，但没有等他修完，老婆忽然把刀夺走了。

她提着菜刀，直直地扑到一个鸡笼的跟前，只听得几声鸡的惊叫，一只大公鸡就被她强蛮地揪了出来。李所长看不懂老婆要干什么，只是愣愣地看着。老婆把大公鸡一提就提到了他的身边，嘴里忽然支支吾吾地胡说了一些什么，一边说一边就把那鸡往他的身上乱撞，撞得他就跟那只公鸡一样，在嘴里不停地喊叫着，他说：你干吗，你干吗？老婆却没有理睬他，只让那大公鸡从他的头上一直往下撞，把他的身子整个地撞得干干净净的，就连脚上的鞋子都没有放过，然后，她猛地一蹲，将那大公鸡狠狠地压在了地上，好像她那压着的并不是那只大公鸡，而是一路附在李所长身上的莫高粱，只看见她手里的菜刀突然高高地举起，然后狠狠地就剁了下去。

门槛上的莫高粱吓了一大跳，慌忙退到了门外。与此同时，他看到了那个无辜的鸡头，在李所长老婆的刀前，子弹一样飞到了远处的阴沟里。

李所长的眼睛好像也在跟踪着那个飞出的鸡头，但他竟看不到落在了哪里，他的眼光正四处找寻着，老婆已经站了起来，把那只无头的大公鸡狠狠地塞到了他的手中。

去，把它的血到处滴一滴，然后扔到门外去。

不要了？

还要什么要！

李所长似乎觉得不可理解。

你是说，这么一扔，那死鬼也被扔走了？我怎么没听说过？

你听说过什么呀？快点拿去扔了。

看着那只滴血的大公鸡，李所长还是有点迟疑。

他说：哎，我扔了他就不会再来啦？

再来？再来我就让他再死一次！

她说着就夺过了那只滴血的大公鸡，自己往外提去，吓得门槛外的莫高粱惶惶地往后退，一直退到门外的远处。

他真的有点怕！

他怕自己真的再死一次。

再死一次会是什么滋味呢？

莫高粱无法知道，然而他却是真的怕。

看着地上那些吓人的鸡血，莫高粱不敢再往李所长的家门挪一步，而是往后怯怯地退着身子，一边退一边紧紧地盯着那只被剁了头的大公鸡，好像它还会随时地飞起来，飞扑到他莫高粱的身上，然后把他再一次地弄死，或者，把他莫高粱再一次地扑倒在地上，让他永远不能再起来。

他就这样怯怯地往后退着，一直退到看不见那只大公鸡，也看不见李所长的家门时，才猛地转过身子往街道的远处奔跑而去。

还有谁可以帮他呢？

街上的行人已经渐渐少了，偶尔有人，也像些漏网的鱼，转过身就钻到石缝或岩洞里不见了。莫高粱前前后后好像拦了七八个人，没有一个人理睬他，他的嘴巴总是刚刚才张开，他的几句话也不知道别人听到了或是根本不想听，急急地就从他的身上过去了。他想一家一家地去敲开他们的家门，但他总是在门前站住了。他怕他们也像李所长的老婆那样，把他从他们的家里轰走。他想他们会的。到底是一个镇上的人，他想他对他们还是了解的。何况今天又是大年夜，谁愿意让你一个死鬼接近呢？

最后，他只好想到了自己的儿子。

儿子是他自己的骨肉，也许只有儿子是不会拒绝他的。何况，儿子的小脑瓜也没有那么多大人们的恐惧和忌讳，如果没有什么大人的指导，至少儿子是不会把一只大公鸡的脑袋那样活活剁掉的，儿子有的也许只是恐惧，但那是本能的。

但他的家里，依然没有儿子的影子。

他的家门，也依然是紧紧地锁着。

他不知道儿子是一直没有回来过，或是回来了又出去了，或是被谁给接走了。一定是被谁给接走了，他想。这样的好心人在瓦镇，在附近的村里，还是会有的。恐惧是一回事，好心有时又是另一回事。何况这又是大年夜，肯定是有人可怜了他的儿子，于是就接到自己家里去了。也许，儿子还没有回到家里，也许还在街上的什么地方玩着，他就被哪个好心人给接走了。那个好心人会告诉他儿子什么呢？他会告诉他你父亲死了，还是你父亲有急事到别的什么地方去了？应该是到别的地方去了。小孩子常常愿意接受这样的欺骗，因为这样的欺骗，是充满了良心的。真要是这样，那就好了，那样他的儿子就会在这个大年夜里，也能像别的小孩一样，能够快乐地吃上他一个心爱的鸡腿，同时，还能燃烧一些他心爱的鞭炮。

莫高粱是从门缝进屋的。

屋里静静的，静得有点怕人。

他默默地坐在扫把的边边上。

他想自己的死是不是就因为这扫把？当然不是。但如果不是因为这扫把，那位可怜的老阿婆是肯定不会被他关到那个小矮房里的。那么自己的死又是因为什么呢？然而莫高粱似乎不愿多想，他只是觉得，自己如果不死，是用不着这么苦苦地寻思着如何才能把那个老阿婆救出来的方法？可事到如今，这么想还有什么用呢？自己不死也已经死了，就算自己的死是冤死的，自己有一万条理由可以不死，可难道自己这么一死，就有了理由可以让她，让那个可怜的老阿婆，也跟着活活地死去吗？

那可是天大的罪过呀！

如果那老阿婆真的这样活活地死去，那我莫高粱可就是真他妈的真真地该死呀，而且还应该千刀万剐！会的，那老阿婆要是真的这样活活地死了，我莫高粱到了阴曹，到了地府，是肯定要遭到千刀万剐的。

那老阿婆她真的会这样活活地死去吗？

如果没有人帮我去把她救出来，她是肯定会死的。就算她能撑得住今天晚上，她怎么能撑得到明天？她就是能撑得住明天，她怎么能撑得到后天？从明天起，就是放春节假的日子了，谁会跑到那里去呢？李所长他会去吗？他就是去了，他也许会一次又一次地打开他的办公室，可他会去打开那个小矮房吗？他去打开那个小矮房干什么呢？我原先把她关在那个办公室里好好的，我干吗又要把她关到那个小矮房里呢？我把她关到那个小矮房里去干什么呢？我的心怎么就那么毒那么黑呢？她如今被关在了那个小矮房里，她的肚子里只有那么一团小小的消化不掉的野菜，她怎么能够撑得住呢？

她肯定是今天晚上都撑不过去的。

看来，自己只有再死一次了。

但不知道因为什么，这一次的莫高粱却慢了下来，他慢慢地站起，慢慢地走到门外，然后慢慢地往李所长家走去。

李所长和他的儿子正在大门前摆桌子，那是准备吃饭了，吃饭前先在门外供供他们家的老祖宗。看到李所长的时候，莫高粱又停了一下，慢慢地才走到李所长的面前，然后给他慢慢地跪下。然后，他才慢慢地说话，他说，对不起了李所长，我莫高粱给你添了麻烦了，我先给你磕头了。莫高粱说完就一下一下地给李所长磕了三个头，磕得咚咚咚的，磕得十分地响，他想用那声音先感动他，可他的头刚刚磕完，他的头还没有抬起来，李所长的两条腿，就在他的眼皮下走开了，他回屋里去了。

他难道没有听到吗？

但莫高粱没有从地上站起来，他想他应该就这样地给他跪下去，他想他还会出来的，他看到他的桌上摆了鸡，摆了鱼，也摆了酒，但香火还没有插上去。他不插香火，他的祖宗们怎么能知道呢？

果然李所长就又回来了。李所长的手里拿着一把香，他儿子的手里拿着一叠烧纸。李所长在桌边刚站好，莫高粱就一把抱住了他的一条腿，他又开始急起来了。

他说：李所长呀李所长，我的话你能听到吧？有一个事我只能求你了，你一定要帮帮我，我今天做错了一个事，我把一个老女人给关到所里了。莫高粱一边说一边抬头看着李所长。

他看到李所长正在慢慢地燃烧着手里的香。

我知道大年夜的，我死了，我不该再来打扰你，可我不来我就不

186

知道怎么办。你现在能不能去帮帮我……

莫高粱的话还要说下去，但莫高粱突然停住了。他突然看到他的话不知怎么从李所长的这边耳朵进去，又从李所长的那边耳朵出来了，那些话就像一丝轻飘飘的烟缕，一飘就飘走了。

莫高粱顿时就惊讶了。

他想不会吧，李所长的耳朵怎么啦？

他想可能是自己眼花了，于是两眼紧紧地注视着他的耳朵。

他说：李所长，我的话你听得到吗？话刚说完，他就真的傻眼了，他看见他的话果真从李所长的这边耳朵进去，又从李所长的那边耳朵飘走了。他顿时就急了起来了，心想，我的话怎么从他的这边耳朵进去，又从他的那边耳朵出来了呢？这样他知道我跟他说了什么吗？他听不到那不等于我白说了吗？

莫高粱不由诧异地站了起来，两眼愣愣地盯住李所长的那只耳朵。他弄不明白，他的话是怎么从里边飘出来的。他想他得给他堵住，他突然看了看自己的小指头，他让自己的小指头在李所长的耳门上晃了晃，然后放进嘴里咔的一声，就咬断了。他把那根手指头吐在手心看了看，然后就塞进了李所长那只耳朵的深处，塞得紧紧的。

李所长好像感觉到了那只耳朵怎么突然有了点异样，可他只是把头晃了晃，又晃了晃，就不再多管了。他把手里的香点燃了，分成了三组，递给了桌边的小儿子，让他分别插在那碗鸡肉上。

莫高粱于是又开始说话了。

他说：李所长呀李所长，你听到我在跟你说话了吧。我今天做错了一个事，我只能求你帮我了……话没说完，自己又把话咬断了。他的眼睛瞪得更大了。他看到他的话还是被李所长给一一地排出来了。他咬断了自己的手指，堵住的只是李所长的那只耳朵，但他堵不住李所长的鼻孔，堵不住李所长的嘴，也堵不住李所长的发根。他的话刚一进去，李所长就把它们化成了烟，驱散了出来。

莫高粱急得就喊叫起来了，他说：李所长呀李所长，你怎么能这样呢？你怎么可以把我的话不当话呢？难道我对你说的这些，在你的脑子里全都是废话吗？

那可是一条人命呀！

你怎么把我的话当成了废话呢？

然而什么话都没用，什么话都一一地被李所长挤了出来。

显然，莫高粱的话被李所长完全地拒绝了，拒绝得莫高粱一点办法都没有了。眼睛空空的莫高粱，一时只剩了失望。他突然想哭，却怎么也哭不出来。

插完香，李所长吩咐儿子好好地看着，别让猫狗把东西给叼了，然后把火机递到儿子的手上，吩咐他等香烧得差不多了才能把烧纸烧了。儿子却好像不太情愿，嘴里懒懒地嘟哝着：干吗要等香烧完啊？烧香本来就是多余的。

多什么余？你小孩子懂什么？

李所长给了儿子狠狠地一眼，但儿子却不惧怕。他已经是中学生了。他说：我不懂你懂？你说烧香干什么？人死了还有灵魂吗？

怎么没有灵魂？没有灵魂人们都烧香干什么？你以为就活着的人才有灵魂呀？死了也一样有，知道吗？烧香就是要把祖上的灵魂都给招回来，知道吗？你不烧香他们怎么知道你在招他们？

笑话，烧香他们就知道了？

怎么不知道？这些都是他们这些老祖宗定的规矩，他们怎么不知道？

说着举起巴掌就要劈过去，儿子把头一缩，把嘴也闭上了。

188

莫高粱一听就愣了，两眼死死地盯住了李所长。他说：是呀，你说得对呀，人死了也是有灵魂的，我现在就是用灵魂在跟你说话呀，可你怎么一句都没有听进去呢？你的灵魂怎么啦？

但李所长一转身就进屋里去了。

他看着李所长那敞开的家门，却只愣愣地站在那里，一直等到李所长的儿子烧完了纸，搬完了东西，最后把门关上。

瓦镇的上空，已经到处弥漫着鸡鸭鱼肉的香味了。一年到头，也就这一天的香味，才算得上是一年里最丰富的香味了，不管走到哪里，你只要伸手在空中抓一把，你的手心都能留下久久的余香。

只有莫高粱在痛苦地煎熬着。他茫然地走在街上，走得很慢，很沉重，沉重得每一步都像是在艰难地穿越一道厚厚的什么墙。

他想他还有什么办法吗？

没有了。

他什么办法都没有了。

只要没有人听到他的话，他就什么办法都没有了。

他突然伸长着脖子，撕心裂肺地吼叫道：你们有谁能听到我说的话？

我莫高粱今天做错了一个事，我把一个老阿婆给关在了一个小房里，你们谁听到了就去帮帮我，帮我给她把门打开，我求求你们了！你们听得到我说话吗？我要是不死我不会求你们的，可我现在死了，我知道我错了，你们就帮帮我吧！你们听到我的话了吗？

如果没有人去帮我，她可能就活不过今天晚上了。

你们听到了吗？

你们听不到我对你们说的话吗？

你们不是有灵魂吗？

你们的灵魂怎么会听不到我说的话呢？

难道你们的灵魂都死了吗？

他知道这最后一句他是愤怒了，但就这愤怒的最后一句，他看到一股旋风在眼前的地上呼地飘了起来。那是一股看得见的风。那股旋风像他一样在呼呼地吼叫着，像是在不停地传达着他刚才吼叫过的那些声音。

莫高粱顿时就惊诧了。

那股旋风先是在街面上就地漫步着，可走着走着，猛的一起一落，就像是一簇熊熊的火苗，把所有潜伏在大街小巷里的风给呼地点燃了，于是所有的风都鼓动了起来。刹那间，整个瓦镇到处都是他的声音，都是那些风的吼叫。那些被丢弃在街巷里的小东西，顿时也像一个个的小精灵，张扬着一张张惊慌的脸孔，在东奔西跑地撞击着一扇又一扇的房门，但毫无作用，它们像是一阵阵往日的寒风一样，没有敲击到任何一个人的心上。

莫高粱又一次愤怒了！

他猛的一声长啸，让满街的风扶摇而上，最后停在了瓦镇的上空。满街的垃圾也早早地跟随着，在天空中盘旋着，飞舞着，把整个瓦镇都盖黑了。

最早看到的这场景的是几个不懂事的小孩，他们在门前的小巷里东奔西走着，忽然发现天色不对，就抬头怪怪地瞅了一眼，他们觉得这个大年夜的天怎么与往时不太一样了？有两个邻近的孩子忽然就惊叫了起来，一边惊叫一边奔跑着。

一扇又一扇的房门被惊叫声推开了。

街面上，眨眼间站满了抬头看天的小孩。

随后是一个一个的大人。所有的人都听到了孩子们的惊叫。所有的人都从屋里跑了出来，都抬着头，惊恐莫名地张望着，张望着那黑漆漆旋转的天空。

但谁都没有作声，就连那些原来喊得叽叽喳喳的小孩们，也顷刻间消失了声音。在他们的心里，只剩下了莫名的恐惧，都觉得这个大年夜到底怎么啦？谁也没有想到，那是一个死人的灵魂的呼号。

突然，有人锋利地尖叫道：快，拿鸡，拿鸡！

把鸡拿到门槛上把头剁下，把血洒在门槛上！

瓦镇的街民们，哗啦啦地顷刻间像泛滥的洪水，鸡叫声，剁鸡声，惊恐地响成一片，所有的门槛上眨眼都洒满了鲜红的鸡血，子弹一样的鸡头四处横飞，无头的公鸡此起彼落，满街胡蹦乱跳。

莫高粱一时惊呆了！

他似乎想说什么。

但他不知道还能说什么。

他只有再一次地愤怒了！

他猛的一声怒吼，把那股巨大的旋风高高地托起，然后将那些旋风中的垃圾四散摔下，吓得瓦镇的街民们一个个真的见了鬼似的，抱头往家里乱窜，乒乒乓乓的关门声，惊天动地。

随后，便是死一般的沉静。

只剩了一些阴冷的寒风，在一些屋角巷尾缩头缩脑地东张西望着什么，显得万分的无奈。

痛苦的莫高粱最后孤零零地行走在满是鸡血和垃圾的街道上。看着那些紧紧关着的房门，他想他们也许是对的，谁都不愿意在这个大年夜里遭遇到这样的惊吓。

就这样，莫高粱已经完全地软了下来了，往时一口气就能跑过的小街，此时竟摇摇晃晃的，走了好久都走不到尽头。

他想，他只能回到那个小矮房的门前去了，去那里守候着老阿婆，并乞求她的原谅。她会原谅他吗？别人马上就要开始吃年夜饭了，而她还被他苦苦地关在那个小矮房里，她能原谅他吗？他不知道她是否能原谅他，他只是知道，除了去给她跪着谢罪，他已经毫无办法了。

莫高粱嘭的一声，就重重地跪下了。

他还没有回到那个小矮房的门前，他距离所里的那个院子也还远远的，他就在街上给她跪下了。莫高粱跪下的声音很响，就像是从天而降的一声闷雷，狠狠地砸在了瓦镇的脊梁骨上。

那一跪，莫高粱便不再起身，他就那样一直地跪着。他把他的膝盖当作了他的脚板，一下一下地往前挪着，挪出了一阵阵唰唰唰的响声，一直挪到小矮房的门前。

老阿婆还在小矮房里勾勾地坐着。

莫高粱想把手伸进去，想再摸一摸老阿婆的心，但他的手停在了门上。他怕他的手会把老阿婆的心给碰着了，他怕她的心一不小心就会咣的一声落到地上，就像一颗熟得不能再熟的果子。

他只好战战兢兢地把眼光长长地伸了进去，他看见老阿婆的心好像已经停止了跳动，但他不敢相信。他让自己的眼睛一动不动地凝视着，好久好久，老阿婆的心才微微地动了一下，但那样的跳动是任何的肉眼都看不到的。

莫高粱忽然就呜呜地哭了起来，也只剩了哭了。

他说：阿婆呀阿婆，我只能这样眼睁睁地看着你了，你不要怪我，等你的心脏不再跳动了，只要你高兴，不，只要你解恨，你要我怎么给你赎罪我都会答应你，当牛，做马，什么都可以，我只有这么等着你了。

你的身体很弱，你走不动，我可以天天背着你，你就是天天骑在我的头上我都没有怨言。你要是觉得这样还不能解恨，你要是想拆了我的骨头来给你做拐杖，我也没有怨言。要不，我现在就先给你拆下来吧，免得到时候你还得等着。

莫高粱一边呜呜地哭着，一边就把自己的身骨一件一件地拆了下来，一件一件地摆在了小矮房的门前。

如果你走累了，你不想走了，你想拿我的脑袋当板凳也可以。

莫高粱说着把脑袋也拆了下来，端端正正地摆在门前。

里边的老阿婆依旧一动不动。她似乎没有看到他的身骨，也没有看到他的头颅。

他想她要是真的死了，也许她最先想到的就是吃，她得先把她那空荡荡的肚子填上，免得到了地府永远是一个饿鬼。

你想吃什么呢，阿婆？

也许什么都不想，就想吃了我，她才可以解恨！

那就让她吃吧，莫高粱想。她会吃我什么呢？吃我的心肝吗？我的心肝她也许会觉得太脏，尤其是我的心，她是不会吃的。那她吃我的什么呢？也许她太恨我了，她会不顾一切地把我整个地吃掉，就像猫啃老鼠一样，真要那样，也由着她吃吧，谁叫她的死确实是因为自己造成的呢。人活的时候做了恶，死后也许就该遭到别人的任意处置，以至于把你整个地吃掉，连骨头都不给你吐出来，让你就是做鬼了都找不到安身的地方……

哭着哭着，莫高粱忽然发现自己竟然泪水如注，泪水从他的脸上一直地往下流淌着，流到了面前的地上，把地都给洇湿了一大片。

他想，他不是死了吗？

死了怎么还有泪水呢？

莫非……莫非他还没有完完全全地死了？

或许是，人已经死了，可心还活着？

人死了，心还会活着吗？这是不是就是刚才李所长对他的儿子说的灵魂？难道说灵魂也会有泪吗？

他似乎有点不肯相信。他于是在地上摸了摸。他摸着泪水真的是湿湿的，而且还带着泪水的温热。这是怎么回事呢？他不懂，他从来也没有听人说起过，他因此禁不住放声地哭泣起来……

忽然他被人推了一下，把他从呜呜地哭泣中推醒了。

他发现老阿婆不知什么时候已经站在了他的眼前。

他刚要说什么，老阿婆先开口了。

她说：你怎么在这呢？

莫高粱说：我死了。

老阿婆说：我知道。

莫高粱吃了一惊，他说：你怎么知道呢？

老阿婆说，我现在不是看到了吗？

莫高粱这才愣了一下，嘴里啊了一声，说：是是是。

看着眼前的老阿婆，莫高粱的心里怎么也安宁不下。他说：你的死是我造成的，你知道吗？老阿婆向他点点头，轻轻地说了声：我知道。莫高粱说：算是老天有眼呀，所以就让我先死了。这一句老阿婆却不给他点头了，她说：没有吧，老天怎么有眼呢？她把莫高粱问住了。莫高粱只好想了想，那我为什么先死呢？谁知道呢，老阿婆说，我只知道害人的人总是不得好死的，那你说，你是怎么死的？

莫高粱一时只好支吾了，他说：算了，不说了，我的死也许是该死的，可你不是。老阿婆说：我当然不是啦，我怎么会是该死呢？我是饿死的，你知道吗？

不，你是被我关死的！

这我知道，可是你就是不关我，我可能也是会死的，你知道吗？我那几把扫把只要今天卖不出去，我今天可能也是会死的。我可能会死在回家的路上，你知道吗，我可能会走着走着，突然就走不动了，我可能会突然地就倒往路边，然后我就死掉了。

莫高粱说：那就不一定了，你要是倒在了路上，只要有人看见了，他们就会救你起来的，那样你就不会死了。还是怪我吧，如果不是我关了你，你是肯定不会死的。

老阿婆说：也会的，路上静悄悄的，这个时候哪里还会有人呢？你说这个时候了，还有谁在路上走呢？路上肯定就我一个人，我一倒，有谁能够看到呢？我的家，远着呢。

莫高粱就把老阿婆说的路放在脑里想了想，还拉了拉，可他怎么也拉不完，他看到了那条路，确实静悄悄的，只有老阿婆一个人在慢慢地走，心里便想，可能也会，心里忽然就悲悯了起来。

那你怎么就饿成了那样呢？你的肚子里怎么一颗米都没有呢？

老阿婆便情不自禁地摸了摸。

她说：你都看到了？

莫高粱点点头，说：看到了，我都被你吓坏了，你到底是怎么啦？你们家没有粮食了吗？

老阿婆把头摇了摇，低头好久不说话。

怎么回事，你说说吧。

老阿婆只好嗨了一声，说：被偷了，全部被偷了，还剩下一点，我一个人吃着吃着，就吃完了。说着又把头低了下去，悄然地掉了几滴泪来。老阿婆的眼泪亮晶晶的，挂在了她的颊骨上，一闪一闪的，莫高粱知道，那里闪动是老阿婆的苦难的心。

我想不通，真的，老阿婆接着说，我想不通他们为什么要偷我的……我家的粮食是最少的……他们为什么要偷我的呢……我真的怎么也想不通，真的……

哪里的强盗，你知道吗？莫高粱问。

不知道，可能是我们那里的，可能又不是……我不知道……我只是想不通……他们为什么要偷我的……为什么？

那你来镇上报案了吗？

来了。可我只来到路上，我又回去了。

为什么？

我家没有鸡，我就回去了。

莫高粱好像没有听懂。他说：什么鸡？鸡跟报案有什么关系呢？

怎么没有呢？我要是来报了案，人家警察去了，我没有鸡杀给他们吃，他们怎么去帮我抓人呢？

莫高粱就沉思了一下，然后说：镇上那几个警察我没有不认识的，我全都认识。怎么说呢？他们是真的喜欢吃鸡，这我知道，不管他们到了哪里，哪里都会给他们杀鸡的，这我知道。可他们也挺能抓坏人的，真的，这我也知道。怎么说呢？应该说，他们是也喜欢吃鸡，也喜欢抓坏人，我看到的，我看到他们抓过很多的坏人，他们抓到的坏人总要从我家的门前经过的，我看见过很多，真的。你应该来找他们说说的。

我没有鸡我就回去了。

我是说：有时候不一定要有鸡，只要有坏人就行了。

老阿婆说：我哪知道呢？我不知道，我只知道我来到了半路，我碰见了那个人，我就不来了。那个人问我：阿婆你去哪？我就告诉他，说我的粮食被人偷光了，我要到镇上报案去。他就问我：你们家没有米了，那你们家还有鸡吗？我说：我只说米我不说鸡。我们家本来就没有鸡。他就给我摇着头，他还给我摆着手，他说：那你就别去了，你回家去吧，你别去了。他说：你知道吗？我都杀了两回鸡了，我丢的两头牛都还抓不回来呢，你家的粮食有我的两头牛大吗？我就想，我家的粮食怎么可以跟他的两头牛比呢？我没有米，我也没有鸡，我要是把警察叫来了，我给人家吃什么？我在路上歇了歇，歇完了我就回去了……我真的想不通，真的，我想不通他们为什么要吃鸡，啊，不不，我想不通他们为什么要偷我的……我真的想不通……真的……你说，他们为什么要偷我的？

莫高粱也摇着头，他说：我也不知道。

他说：那你总该想想什么办法呀？你怎么能一点粮食也不吃呢？我看见你的肚子里只有小小的一团野菜。

老阿婆回答说，我有什么办法呢？我没有。我以为我的孙女这两天会回家的。我孙女叫阿梅，她在广东那边打工，她说了这两天回家的，可就是怎么也不见人，我不知道为什么。

是不是路上出事了？

不知道。

可能是在路上出事了。

出什么事呢？

听说现在的长途车上经常出强盗，她是不是被人抢了钱了。

抢钱？抢了钱那她人呢？她人可以回来呀？

人家要是抢了她的钱，她要是不肯给，她就回不了啦。

抢钱当然不能给啦，人家辛辛苦苦的，好不容易才挣了那么一点点，哪能说抢就抢了呢？就像我，你一下要抢走我两把扫把，我怎么会给你呢？

我不是抢，我是拿。

拿？你那是拿？你要拿，你拿一把，我不是给了吗？你哪能又回来拿一把呢？

是倒是，可问题就出在这里啦。

……

就比方说，你要是两把都给了我，我还会拉你到这里吗？

这倒也是……可道理不是这样呀？

道理有时就是这样的，你的阿梅要是也不肯把钱给那些强盗，那些强盗会不会就对她动刀啦？

老阿婆吓得猛地就倒吸了一口冷气，眼睛大大地盯着莫高粱。

会吗？你说会吗？

莫高粱想了想，好像吃不准。他说：这种事有时很难说，就像我吧，还有你，我们谁会想到今天会是这样呢？嗨，不说了，阿婆，说来我对不起你啊！

看见莫高粱唉声叹气的，老阿婆也禁不住哎了一声，她说：算了，别说了，人都没了，还说那些干什么，待会儿你就陪陪我，让我回去看看我的阿梅回来了没有，如果不出什么事，可能今天会回来的。莫高粱说，好的，我陪你去，你到哪我都可以陪着你。说完就扶着阿婆要走。老阿婆却说：待会吧，我那几把扫把还没有卖掉呢！

莫高粱没料到那扫把她还记在心上，就说：只剩两把了阿婆，有两把我已经拿回我家里去了。再说了，我们现在已经不在人间了，谁还来买你的扫把呢？

老阿婆说：这你就不懂了，你都没听人家说过吗，说是人间要过年，阴间也是一样要过年夜的，阴间的年夜比人间晚一点，听说是晚半天吧，现在拿去卖，可能正是街上最热闹的时候呢。说着就走过去，拿起了剩下的那两把扫把。

莫高粱一步就抢上去，他说：那我帮你拿吧。伸手就去拿，竟然没有抓到手上。他抓着的是空的，好像他去抓的只是那两把扫把的影子。他看了看自己的手，又看了看老阿婆的手，不由愣住了，心想，她老阿婆不是也跟我一样了吗？她的手怎么能拿得住那两把扫把呢？

老阿婆看出了莫高粱的心，便说：你当然拿不了啦。你怎么可以拿呢？

莫高粱说：为什么？

老阿婆说：你的手脏呗，你自己心里不清楚吗？

莫高粱不觉一脸的内疚，只好说：那上街吧，我替你吆喝。

俩人就上街去了。

果然不出老阿婆的所料，街上热闹着呢，而且还是不同时代的人全走在了一起，从他们身上的不同穿着，就一眼看出来了。确实是比那上边的人间热闹多了，也像样多了，好像这里才是真正的人间似的，要不怎么可以容纳这么多的各种不同时代的人，相聚而又欢乐地生活在一起呢？

老阿婆的眼睛在很多人的穿着上看呆了，她看不懂他们怎么都穿成了那些样子。她说：这街上是不是要唱戏了？莫高粱说：不是的，你们都没有电视看吗？老阿婆说：有啊，我们山里有很多电视呀，好多人家都有，可我没有去看过。我老了，眼睛不好用，我就没有去看过。

莫高粱笑了笑，忽然脖子一伸，就吆喝了起来：卖扫把咧！

买扫把回家扫家过新年咧！

这是山里最新的扫把，用这样的新扫把打扫堂屋，打扫厨房，来年的日子就会顺顺当当的咧!

离了婚的,可以找到新的;丢了粮食的,警察就会帮你找回来……

还有牛,牛……一旁的老阿婆突然提醒道。

莫高粱先是一愣,说:什么牛?

就是丢了的牛,被人偷走的。

莫高粱猛然地呵了一声,笑了。

对,还有丢了的牛……但他突然又把话掐断了,他迟疑了一下,对老阿婆低声地说:这么喊是不是像是有点在骗人?

老阿婆忽就也愣了一下,想了想说:那就别这么喊。

莫高粱点点头,说:还是别这么喊吧。老阿婆也点点头,莫高粱就重新吆喝起来了:来咧,买扫把咧,就剩这两把了,新扫把咧……

莫高粱的声音很尖很亮,一下就跑来了很多人,老阿婆手里的两把扫把一下就被两个中年妇女买走了。那两个中年妇女走出去没有多远,一个穿得火红的小女孩火一样朝老阿婆他们飞了过来。

她说:还有吗?我也要买一把。

莫高粱说:对不起,没有了,你来晚了。

火红的小女孩便显得一脸的懊丧。

莫高粱回头看了一眼老阿婆,声音低低地说:我要是没拿走那两把就好了。

老阿婆的脸上慢慢地就露出了一丝微微的笑。

她抿抿嘴,却什么话也没说。

选自《人民文学》2004 年第 9 期

低　保

石舒清

王国才

老鸦村村长王国才在邻村弄得一块地，想平整出一个果园来。

原本王国才是想找几台推土机，好好收拾一下，王国才算了一下，三台推土机推一周，一台三千多，得花近一万块钱，花钱不是让人愉快的事情，但是该花的钱还得花。花钱是最能看出派头来的。村里的脱进福，这几年在煤矿上弄，发了，有钱了，县城里有他的房子，有小车好几年了，两个娃娃在省城上学，一个娃娃在县一中上学，这些王国才都是比不得的。王国才想村长不过是个村长罢了，不一定是村里最厉害的人。像脱进福，王国才心服口服，觉得自己厉害不过他。人是个长腿子的，他跑出村子，在外面一发达，村长就不好插手管他了。要是一直把他窝在村子里不让他出去，王国才觉得他是能收拾住脱进福的，然而国家又没有这么个法规，那就只好这样子吧。王国才

201

记得他小的时候，大队支书脱万贵开的证明还是很管用的，没有这个证明出不了门，办不成事，现在他也还给人开形形色色的证明，但是好像不是很管用了，像脱进福，出门多少次，几乎就在外面待着呢，然而找他这个村长开过几次证明呢？就没有找他开过证明。好像他脱进福自己就能证明自己似的。应该没那么简单。自己怎么能够证明自己呢？但王国才也只是在自己心里发发牢骚而已，从不把这方面的意思说给别人，说出去也是打自己的脸啊，一个村长弄不住自己村里的人。

王国才看了一下，每个村里都有那么几个村长弄不住的人，都是在外面混的人，村长的巴掌再大，遮不住村外的世界吧。所以王国才也是接受这样的事实的。而且他觉得脱进福和他这个村长关系也还不错，相互间客气着，脱进福在他跟前不耍有钱人的派头，他在脱跟前也不摆村长的臭架子，这就行，持平了，公道了。脱进福开着小车，在路上看到他王国才，就会停下来招呼一声。小车不是自行车，说停就能停下来的，但是脱进福停下来了，为他王国才停下来了，还要人家姓脱的怎么样呢？人心一平，相互间的关系就好弄了。

王国才的经验是，村长也要会当呢，看你在谁跟前当村长呢。王国才想到许多乱麻麻的人，觉得在他们面前，他只能是村长的样子，他能给他们带来利益呢。但是在脱进福跟前，他就不能把自己再当一个村长了。当了也没用，甚至适得其反。幸好脱进福多在外面，要是凭他现在的势力，常在村里，倒是个麻烦呢！原本说果园的事，不觉就跳到了脱进福身上，可见脱进福是容易扰乱王国才心境的一个人。接着说果园，后来决定不请推土机了，不花这个钱了。

平整果园的消息传开，就有一些吃低保的人主动来帮忙，要求平整王国才的果园，并且懂行的人说，推土机平起来快，这是好的一面，也有不好处，就是把地糟蹋了，熟土一推给推掉了，剩下的都是生土，生土是没长力的。比如说，好比石磨和磨面机磨的面味道不同一样。

让大家这样七嘴八舌的一说，王国才心里就有些乱，村里的老会计马保仓说，村长，这个事你就别操心了，我给你看着弄吧。马保仓开玩笑说，每年果子下来，你给我一麻袋果子就行。王国才说，十麻袋十麻袋，一麻袋你是笑话我呢。事情就这么定了，王国才委托老会计马保仓全权处理这个事情。关键是马保仓自己提出来的，这就好弄，让王国才说，王国才就觉得不好开口，正像那几个主动前来帮忙的低保户，要是他们不主动来，并且不主动说出石磨和磨面机的理由，王国才也是不便开口的。一切事情，对方主动提出来就好弄。说实话，低保户们来帮忙，也叫王国才感动。人家不来帮忙，你能把人家怎么着。就觉得和这些低保户相比，脱进福实在和自己的距离是远的。想着要尽自己所能，能给低保户们多争取一点就多争取一点吧。

事情到马保仓那里有了一些变化，或者说马保仓规范了这个事情。马保仓把村里的低保户造了一个花名册，姓名性别年龄清清楚楚，这也是马保仓的拿手戏，他在生产队当会计时弄的就是这一套。他规定，凡是低保户，每人须到果园里劳动三天，多则不限，最少三天。为什么要这样子来制定呢？也是本着公平的原则，因为并不是每个人都会那样自觉，会主动来果园劳动。从这几天的情势就可见一斑，吃低保的有多少，来的不过三几个人，同是吃低保的人，为啥要让有的人劳动，让有的人闲着呢？因此就制订了这么个花名册，来果园劳动的人，即可签到，劳动一日，签到两次，三日期满，即算完成任务，可来可不来了。有人对这一举措表示了赞赏。消息传开，在村子里引起了一些响动。

王爪爪

"爪爪"在我们这里不叫"zhǎo zhao",叫"zhuǎ zhua"。

王爪爪小时候不知得过什么病,使他的两只手舒展不得,如鸡爪子,他姓王,就叫他王爪爪。人是靠双手劳动的,这样子给王爪爪的生活带来很大的不便。王爪爪后来找了个说话不大清楚的老婆,就是与他的这双手有关,不然王爪爪是可以找一个更好的老婆的。

王爪爪的老婆,大家叫她半哑子。她说起话来,就像满嘴的牙掉了,而且舌头像被开水烫了似的。然而据说她和王爪爪之间,可以交流自如,不成问题的。多年过去,他俩已有四个孩子,两儿两女,生活是艰难的。王爪爪两口子都吃着低保。村长整修果园的消息传来,王爪爪两口子为难坏了,真是碰了个巧,他们要给大儿子娶媳妇呢!他们这样的家庭,要说到一个媳妇,难处就不多说了,好的是终于说到媳妇了,日子也定下了,马上就要往来娶呢!

亲家那面不但嫁女儿,也还给儿子娶媳妇,娶媳嫁女,同在一日,所谓两客一待。这样的事情也是有的,主要是图个便利,省点花销,无人不理解的。大儿子因此去外父家帮忙了,把自己娶亲的事放在了次要的位置,这也是王爪爪两口子的决定。按王爪爪的话讲,是要取亲家的喜呢,只要亲家觉着咋好咋方便,我们就咋来。一个儿媳妇不好说啊,找来找去的那个难心。说来亲家真是把面子给了,把劲鼓了。亲家把儿子当招女婿都行呢,只要给上娃一个媳妇就成,叫娃跟上咱们这样的父母受累害了。这是大儿子。小儿子在家里是老三,和王爪爪一样,也是个小王爪爪,不能指望他了,实际他也忙着呢,在村里揽着一大群羊放呢。对于小儿子的手和自己的一样,王爪爪是无怨言的，四个娃娃，只有一个和自己一样，已经算是照顾了，要是三个四个都这么个手，你说咋办？也不是没有可能。而且老婆的毛病，没有一个娃娃给遗传上，所以人要知道好呢，要看出对你的照顾呢。

这都是闲话了。娶亲的日子眼看就到了，明儿就打算宰牛呢，王爪爪是忙里忙外，买这个找那个，忙死了。两个女儿和老婆忙锅灶上的事，忙不过来。娶媳妇是大事，靠一家人的力量不行，要靠大家呢，靠亲戚邻里呢！但是王爪爪这样的家庭，说来还得靠他们自己，愿意来帮忙的是不多的。一家人都连轴转着，忙得走路都在打瞌睡，心里却是高兴的，终于要娶媳妇了。

但是又碰上了村长这档子事。

王爪爪和老婆商量着怎么办。这两天家里是抽不出人去果园的，大概家里前后得忙上半个月。抽不出人，这个先定下来，但是又必须得去人，这个也是不含糊的。必须要去给村长帮忙，吃着人家的低保呢。不是一个，还是两个，不去谁听着也不像话。村长和咱们是什么关系？除了都姓着一个王字，再找不出什么关系，但是把低保就给你了，年年都给着你，王爪爪两口子心里对村长一直是感恩的。得去人，又抽不出人，一面亲家，一面村长，两面都得罪不起。咋办？

王爪爪和老婆一边忙着手里的事情，一边商量着。他们觉得，现在就是亲家愿意把娶亲的日子往后推一推，他们也不敢推；现在就是村长亲自给他们说，让他们只管忙他们的事，不要往果园那边想，他们也不会听得进去。有时候不是人决定事情，是事情决定着人的。不要看老婆说话不清，主意是有的，她建议王爪爪去找老会计，给说上一声，这两天先不去果园里，等家里的事前脚一忙完，后脚他们就去平果园，不要说天数，一直跟着平完为止。这个提议让事情明朗了一瞬，很快王爪爪又提出异议来，说那么多人去给帮忙，等咱们赶去，没有活计了咋弄？那么就要搞清楚，平整果园得多少日子，先把这个搞清再说。老婆建议说明儿把牛宰了，给老会计拿上点肉，讨个实信，看究竟能干多少天？我就单怕咱们这边忙罢，人家那边也罢了，帮忙的人多得很嘛！然而没别的好主意，先就这样定下来，去给老会计说一声总比不说好。那么给老会计拿多少肉？他们的牛本来就不大，估摸能宰个二百来斤肉吧。还要给来贺喜的人吃好呢。两口子都决定要给来到家里的每一个人都吃好，让他们吃出惊喜来才好，他们就是没有，如果必要，就是把他们自己身上的肉割下来给客人端上，他们也会干的，尤其要给亲家方面的人吃好，走的时间，还要让他们带上，这都是他们一再商量和计划的，可以说每一斤肉都在详尽的计划和安排中。那么给老会计拿多少肉，就不是个小问题。两口子从二斤商量到五斤，又从五斤商量回二斤，难有定见，最后终于定了下来，二斤少了，五斤多了，不多不少，三斤。好，这个问题解决了，轻松不少。接下来的问题是由谁去找老会计，老两口都觉得他们去不合适，他们都不适于和人打交道，最后定下来让大女儿去。把事情说给大女儿，大女儿也同意去，两口子高兴得很，好像他们未曾这样漂亮地处理过问题似的。老婆在缝一个布袋子，被针扎了一下，涌出来一个血珠，她不以为意，像擦掉手上的一滴水渍那样，把它擦去了。

王尖头

　　王尖头大名王国兵，尖头是绰号。村里人几乎都有绰号的。村长王国才的绰号是王肿头。肿头不是说头肿了，是说头大，结实，头大耳朵宽，长大能做官，王国才果然是不负其头，当上了村长。马保仓的绰号是笔头子，这和他多年来任会计有关，笔头子一绕，没多的有少，这是村里流传深远的话，说的就是老会计，也不知说的是什么意思。王尖头原本也是个倜傥人，给人开过货车，天有不测风云，后来害了眼病，去乡医院动手术，给动成了瞎子。王尖头也不是省油的灯，去各级部门闹过无数回，然而正像许多劝他的人所说的，毕竟你是个平民百姓，就是胳膊腿子一齐闹，能闹出个啥结果呢？闹归闹，最终也就那样了，眼睛是看不见了，他由一个货车司机成了一个吃低保的人。他说他现在把命运相信得很。

他也不能不和老婆商量平整果园的事。他老婆是本村人，原本是村里很有风情的女子，他们算是自由恋爱，现在她就像一个白馒头变成了黑馒头，她心气强，三个娃娃，没一个留在家里帮她什么，娃们都在上学。她只要睁开眼睛，就得像风转儿一样忙起来。王尖头学会了扎笤帚扫帚，有时卖给村里人，有时带给亲戚拿到城里去卖。就过着这样的日子。

关于给村长平整果园的事，他们商量了好几轮了。

他们家，只有王尖头一人吃低保，就是说，他们最少得去果园里劳动三天。去是肯定要去，吃着人家的低保呢，关键问题是谁去，王尖头去还是老婆去？

我是想去呢，到哪里也是下苦呢，我也想着到人伙伙里热闹一下呢，可是我去了，家里的活计咋办？老婆翻来覆去就是这个观点。

老婆还说，她要是去了，娃们放学回来吃饭，谁给做？

从老婆的话里，听不出来她究竟是想去还是不想去。但王尖头清楚，老婆是去不得的。老婆一走，这个家就乱了，运转不开了。

说来王尖头除了扎几把笤帚扫帚外，倒还算是个闲人，但让王尖头苦恼的是，自己这么个人，去了到底算不算数？你摸摸揣揣的，啥都看不着，你来干啥呢？咋不让你那个能干的老婆来？老婆确实是能干的，能干也是给逼出来的。不让人说，王尖头好像自己就能说出这话来。连老婆也觉得派王尖头去应卯不对劲，因此商量过好几轮，老婆也没有说出让王尖头去的话。王尖头苦恼于没有自己可干的活计，他凡事都愿意扯到命运上，他说，你看咱们的这个命运，我是个扎笤帚的，他呢，又弄了个果园让你平，这是两回事嘛。要是扎笤帚就好了，我哪怕给他扎上一房子都行，握铁锹的事，我想干也干不了，正像人说的，心有余力不足啊。这个话老婆不愿听，抢白他说，你以为世上的活计就是个扎笤帚，你以为人家稀罕你扎的笤帚呢？王尖头常受老婆这样的抢白，已习惯了，但还是说，我没有那么说，我没有说扎笤帚有多么重要，我是说咱们的命不好，一个会扎笤帚的，碰上了个要平果园的事儿，这个买卖就做不成，我是这么个意思。老婆说，运气不好的人就是这么个，等你会平果园子了，他又问你会扎笤帚么？老婆的话赢得了王尖头的赞同，说的正是这么个理，一切都是命运在执掌，大事小事都是命运在作怪。

老婆说，我听着低保涨呢，涨到六十块呢！这个消息王尖头也听到了。好消息啊！你说红口白牙吃着人家的低保呢，咋能关键的时候往后退。就是让退也不能退的。

商量的结果终于出来了，决定还是王尖头去。只能是王尖头去，除非家里还有另一个人。

苦恼王尖头的事情当然还没有解决：他去了能干什么？

但是走一步说一步，路是死的，人是活的，去了再看吧，让干啥就干啥。

王尖头打算厚着脸皮去，人说什么难听话都承受，都装作没听见。这个他王尖头还是能做到的。到后来，好像是灵光一闪，王尖头忽然找到了一个自己在果园里的作用，他好像已经听到老会计的话了，他听到老会计有些感慨地说，你们看看，你们看看，连王尖头都来了，那些眼睛亮得灯泡一样的人还不来。很有可能老会计会说这个话的。王尖头因此踏实了不少，竟因此觉得自己去比老婆去的作用还要大，他想就此和老婆理论一番，然而他已经觉察到屋里是空的，老婆不知已去哪里忙活了。

呱啦啦

呱啦啦一看就是绰号，大名王国富。呱啦啦一家人说起来倒没有什么残疾，日子过得也还凑合，按说他们不该吃低保的，然而也吃着，呱啦啦两口子，一人吃一份低保，吃了好几年了。他们算是最早得知村长要平整果园的人，不待老会计的花名册造出来，呱啦啦就决定带着老婆要去果园里劳动。

花名册上，呱啦啦和老婆的名字已占着好几格了。早晚各签到一次，算来两个人最少得在花名册上留下十二个名字，呱啦啦六个，呱啦啦他老婆六个。虽然自己的名字麻啦啦的有好几行在那里，让人看着心里有满实感，但是不知怎么的，总还是让人觉得有些少。原本呱啦啦的打算是干到底，果园什么时候平整好，自己什么时候算完成任务，然而老会计又定出这么个标准来，这让呱啦啦有些改主意了。可见有时候定标准也不尽是好事。任务是每人三天，呱啦啦和老婆给自己定了最少跟着劳动四天的任务，他们总得超额劳动的，他们也不是没情分的人。

可是人的心思总是变化的，到后来呱啦啦就有些改主意，让老婆还是照原计划劳动，四天，不更改，他呢，想和大家一样，劳动上三天就行了，可是当初因为急切，不小心把最少要干上四天的牛皮吹到老会计的耳朵里了，这便不好办了，说话要算数，尤其对老会计，更是要说话算话。正好他的小舅子拉扯他，说他在城里联系好了二十来车炭，下一车炭六十块，一分为二，一人三十，问他去不去。去呢，这么好的事咋能不去？可是这一头子咋办？还正干着呢，正干得欢呢！和老婆商量，老婆让他自己拿主意。老婆在一边算账，一车三十块，二十车是多少块，听来是很分明的账，也是够老婆算一气的。

　　夜里呱啦啦有些失眠，就是在想这个事情。下炭是肯定要去的。这么好的事，他要是不去，就是村长听到了也笑话他呢，他了解村长，村长实际上看不起死脑筋的人。还不待鸡叫，呱啦啦已经想好了主意。他睡着了。上工的时候，老婆好不容易才把他喊醒。老婆喊他去果园里签到。虽只几天，两口子已习惯于这个签到的工作了。在果园里劳动了一小会儿，呱啦啦就把老会计拉到了一边，叽里咕噜地说了起来。呱啦啦是很能说的，要不也不会被叫成呱啦啦。呱啦啦的意思是他有个急事，不能在果园里尽义务了，但老婆不会走，老婆依然在这里的。说到这里，呱啦啦忽然心里一动，是啊，为什么不让老婆顶替自己多劳动上几天呢？但这个念头很快就被他否掉了，不行，老婆也吃着低保呢，老婆的账算不到他的账上。

　　呱啦啦觉得自己的脑子很快地转着，自己都有些跟不上了。呱啦啦对自己的脑子历来是有些自负的。呱啦啦挤眉弄眼地要求老会计网开一面，做什么呢？给他多签上两个到字。对你老人家来说，那还不是笔头子一动的事吗？呱啦啦说着动了动自己的手，好像手里有一支灵动自如的笔似的。他不会让老会计白动笔头子，他是有报酬的，签一个到两块钱，两个五块，三个十块，要是老会计大方，一下子给他签了四个到，他就一次性付给老会计十五块。他最多只需要再签四个到就行了，再多也不必要，何况还有老婆在那里顶着呢。你看你的这个笔头子多贵，一个字一块几，买烟买茶由你买去。呱啦啦诱惑着老会计。这个买卖当然是做成了。呱啦啦很快就离开了果园。当呱啦啦骑了自行车去找小舅子时，那辆旧自行车乱响一气，几乎被他整得要零散开来。

马建文

马建文好像没什么绰号，就叫马建文。马建文上过学，有说他初中毕业的，有说他上到高中一年级休学了的。对这些事大家兴趣不大，知道个大概就行了。马建文因病休学却是事实。他好像是肝病。又有人说他念书太用功伤了脑子的。后来马建文也结婚成家，勉勉强强地过着日子。他的女人的邋遢是出了名的，身上常有饭点子和奶印子。据说马建文写过几次申请，使老婆送到村长那里去，就是给自己申请低保。不知道他都写了些什么，低保却一直没他的份儿。村里人也笑话了马建文，一个村里人，写什么申请么，卖弄你是个知识分子？是个知识分子你咋还在村子里窝着？你咋还要低保？要也可以，你自己上门去说嘛，还写，写了还让婆姨送，你就写你的吧，逞能得很。对于村长不给马建文低保，大家觉得是可以理解的。要我是村长，我也不给。有人就这么讲过，念书念成那么个样子，说实话还不如不念。脱进福念了有几年书呢，大概就会写个脱进福，可是脱进福活的是啥人，你马建文活下个啥人。

马建文也来果园里劳动。他不吃低保劳动个什么？其实前来果园劳动的人，也不尽是吃低保的，也有好几个不是吃低保的人，天天都来劳动，倒是比吃低保的人还要尽力。

然而花名册上却没有他们的名字。花名册是为吃低保的人造的。

可见百密总有一疏，老会计虽说当了一辈子会计，当初造花名册的时候，也没有料到这一步吧。

但是前来劳动的非低保户却请求老会计写上他们的姓名，不然他们劳动了，要姓没姓，要名没名，算什么呢？老会计拗不过，只好写上他们的名字，只是和低保户们分开来，不在一处签到。只要签上到就行了，大家就可以放心地去劳动了。除了马建文，都是老会计代为签到，但是马建文，老会计却要求他自己签到，来来来，知识分子，你的名字你个人写，怕我这个老粗把你的名字写错了。

马建文就自己签上自己的名字。

这就使得马建文的名字在那一大片名字里，显得不一样。

这也和马建文在人群里劳动的样子是一致的，他看起来有些不合群。

脱书记

脱书记几乎当了一辈子书记。他退休多年了，村里人还叫他脱书记。脱书记那脱万贵的名字倒很少有人记得了。脱书记听到村长平整果园的事，一直冷笑着。脱书记说，娃娃太猖狂了，我要收拾收拾他。老婆在一边劝着，说你已经不是书记了，就不要操那些心了，那些人愿意舔屁股，王国才有啥办法呢，他王国才又没有喊哪个去劳动，都是自个儿愿意的。

脱书记不同意自愿的说法，他说，要说自愿，弄那么个本本干啥呢？去了的签到，不去的没名字，敢不去吗？我要是个没钱没势的，我就不敢不去，看着这个也去了，那个也去了，就我不去，那心里肯定是不踏实。老婆说，咱们不去就行了，谁愿去就叫谁去吧，不去也

212

确实不合适，各有各的为难呢。老婆又劝脱书记，老了要有个老了的样子呢，不要生是非管闲事，和年轻人过不去，年轻人尊了你是个老人，不尊了你是个啥呢？关键的一点是，王国才这娃，他还不算太猖狂的，看了猖狂的，他还算不上，这个连你也承认着呢，关键的一点是，王国才他对咱们也不错，你老书记说个啥，这娃还是很当回事的，你还要他咋样？换上个人，还不一定如他。

脱书记就认为老婆说得俗了，也说得远了，什么尊了是个什么，不尊了又是个什么，这是啥话嘛，真是不会说话了教也教不会，况且他并没有说是要替换王国才，他是说王国才有些猖狂了，弄下那么多的人给自己拉长工，过分了嘛！脱书记要求老婆弄明白自己的意思后再发言。

说来脱书记骂得更凶的，倒不是王国才，而是马保仓，照脱书记讲，马保仓真是老不要脸，一把岁数了，胡子白得找不着半根黑的了，还给一个年轻人当吹鼓手，真是不要脸了，看来人不要脸啥事都能干得出来啊，脱书记有些感慨了，说这个马保仓，我都不愿提一下他的名字，太把自个儿不当人了，就知道个跟上龙王借势下雨。

老婆赔着笑脸说，你那时节不是把马保仓夸得很么，你两个好得就像穿着一条裤子，你忘了？脱书记对老婆的揭老底很不满意，说，你们妇道人家，说过来说过去，就是个好与不好，哪里有那么简单呢？好了，你再不要说，我要眯一阵子了。脱书记和老婆谈得不愉快，就想封老婆的嘴，装作要睡觉的样子。但是看来他的心思还是在这件事情上，果然他就把眯了片刻的眼睛睁开来，看着老婆说，你到王国才家去一下，就说他给我的低保我不要了，谢谢他的关心。老婆诧异地看着老书记，不知他这究竟是怎么了。你就说村里需要低保的人多着呢，我们确实不需要，就这个话，再不要多说一句。老婆说，这不是个低保不低保的问题，你跟王国才也没必要搞僵，那娃就这么点权限么，他再给你啥他没有的，你让他拿啥给你呢？当初人家王国才要给两个低保，你一个，我一个，是你自个儿没要么，你不能怨人家王国才。

脱书记对着老婆吼了一声，认为老婆是越说越离谱了，听听你都说了些啥话，要是让人听到，就把脸丢尽了，现在的人真是都不要脸了。脱书记几乎气糊涂了似的一样骂着。他现在一旦开骂，不由自主就会骂到很多的人。老婆也是不高兴的样子。脱书记说，好了好了，你也不必到王国才那里去了，不劳驾你了，我自己去说，现在请你忙你的事情去，一句话也不要说，我要眯一会儿了。脱书记说着又像假眠的猫一样闭上了眼睛。这一次他闭眼的时间有些长，老婆已经去一边的门槛上坐着了，偏头呆呆地望着院子里时，脱书记的眼睛才睁开来，他睁着眼看了老婆一会儿，好像在此期间他还在思考着什么，接下来脱书记就向老婆说出了他的最新决定：还是由老婆去一趟王国才家，不是去推掉低保，而是再要上个低保，把原先答应婆姨的那份低保再要来。婆姨转过头来听着，由于光线和位置的作用，两个人都看不清对方的面孔。

王国才

夜已经很深了，王国才两口子已经睡了，然而还没有睡着，两个人在说话。

王国才：我忽然觉得有些失笑，你说我弄那个果园干啥，我能吃几个果子呢，弄那么大的个果园。

老婆：弄个果园又不光是为了吃果子，吃能吃几个呢！果园听着也好听嘛！

王国才：我这一阵子睡着想，就想那个果园不是我的，和我这个人没啥关系。

老婆：不是你的那就是我的，再不要说怪话吧，我知道你是高兴着胡说呢，那么多给你下苦的人。

王国才：就是，那么多人给我收拾果园，不想了正常着呢，细一想怪怪的。人这个黑头虫儿，挤成一堆了好收拾，单开来就不好弄了，比如脱进福就不会来给我帮忙平园子，老书记就不会来，你看这两个人不来我就没办法，你想这两个人要来帮忙会是个啥样子？

老婆：就不要想得美吧，有人帮忙就不错了，要知足呢！说实话，不要说你，我这两天都觉着脸上有光呢，人要人抬呢，没人抬，人就黑暗着呢！

王国才：你听你说的那话，人黑暗着呢是个啥话。

老婆：反正就那么个意思，人要人抬呢，尤其你们这些当官的，要人抬呢，没人抬就觉不出来是个当官的，我这两天往果园里一看，哎呀，我的这个男人攒劲着呢，我一看我也有精神。女人里头我算有福的了，我知道这个呢！

王国才：其实脱家的这两个人最好是不要来我的果园才好，他们一来，倒把我为难住了，你说，我叫他们干啥？倒叫我没个地方摆他们，你说是不是？

老婆：你咋总想这些呢，各活各的没搅扰，再说咱们也活得好着呢，我满足得很。

王国才：你满足，我不满足。通过这次平果园，我也看出来了一些门道，像两个姓脱的，永远不会是咱们的人，不做对头就行了，吃低保的这些人，我要拿他们当个事呢，关键时候就得靠这些人，你不招呼他们，他们也会帮你，要分清楚哪些是你的人，哪些不是你的人。

老婆：只有我是你的人，瞎好都是你的人，你要把这个搞清楚，还有老会计，你这几天都看到了，要记着这个人的好呢！

王国才：我不会亏马保仓的。谁为我，我就要为谁。我把啥都看透了呢，确实只有你是我的人，那么你把奶头给我，我想枕着你的奶头睡觉，我瞌睡了。

老婆就揽过王国才的头，放妥在自己的两峰奶子上。王国才绰号王肿头，他的头可是不轻的，头像个沉甸甸的腌菜罐子一样压在老婆的奶子上，让老婆感到呼吸的吃力。老婆调适着自己的呼吸，一手轻轻地捻弄着男人的耳垂，用这个办法来助他入眠。

选自《人民文学》2010 年第 6 期

棉检组长

赵文辉

一

有一个地方，准确地说是一个叫做桃花乡的地方。也不算大，在北中原的版图上只有女孩子的耳环那么大一个圈。就是在这个耳环一般大的圈里，却热望望地生活着一拨人。这拨人爱挂在嘴上的一句话就是"日他个哥"，嗒嗒一件事，开头一句日他个哥，中间几句日他个哥，结束再来一句日他个哥，就像四川人爱吃辣椒一样句句离不了。并且有诗为证：喝了桃花乡的水，日他个哥不离嘴。在这拨人当中，最引人瞩目的要算四大长了：砂管所长和乡长，棉检组长和校长。一个比一个牛，日他个哥！

桃花乡的土层很特别，上面几尺厚的老黏土，长棉花正适合。再往下挖便是丰厚的砂层，砂质还纯净，不用筛子筛，不用清水洗，粗砂细砂自行分层，运到城里就能换成嘎嘎响的人民币。这砂层却不是谁想挖就能挖的，乡里成立了一个砂管所，从土地所、税务所、派出所、财政所抽调一干精兵强将，叫谁挖和挖谁的，都得由所长说了算。每年乡财政的百分之八十都要由砂管所来完成，砂管所长自然神气得不得了。失宠的财政所长说起话来不无醋意：我得喊他爹！这个爹可不是谁想当就能当的，得由乡长说了算。乡长头上不是还有一个书记吗？书记不是管着乡长吗？在桃花乡却是别个样，乡长是土生土长的，七大叔八大舅攥着拳头为他打开了一片天地，真可谓要风有风，要雨有雨。书记要是没眼色跟乡长过不去，这七大叔八大舅的拳头可不答应，还有各村的一帮死党，一扯急，日他个哥，就把书记的小车掀到河里喂老鳖了。

再就是乡中心校的胡校长。胡校长一上任就领着全校教职工搞了个誓师大会，指天戳地般发了誓言：不培养出一两个北大、清华学子他就永不剃胡子。弹指一挥间十年过去了，胡校长的胡子已经留了半尺多长，吃一回饭就得梳洗一回，麻烦得要命。可是，他剃须的日子还是遥遥无期。不过乡中心校的教学质量却和他的胡子一样，整体水平提上来了，每年都有几个学子考入重点大学，每年送毕业班的老师都能喜滋滋地从县教育局领到一笔不菲的奖金。县里几次调胡校长去教育局做副局长，他都推了，执意要在有生之年给自己的胡子一个交代。胡校长的作为使桃花乡乡民空前激动，桃花乡乡民对外乡人提起胡校长时一脸自豪：俺桃花乡可不光有那个砂管所长和乡长，还有胡校长哩，留胡子的胡校长，知道不？

其实在砂管所长和乡长之后，胡校长之前，还排着一个棉检组长。棉检组长真不算个官，连个股级干部都不是，棉站才是股级，棉检组长是棉站里一个班组长，充其量跟以前的生产队长算一个级别。四大长中，最角落最不起眼的就数这棉检组长。要在外地还真不是个角色，可在桃花乡就不一样了。

二

那一年，乡中心校出了一个叫宋子秋的尖子生。初二的时候，宋子秋在全县英语竞赛上拿了个第一！胡校长捻着乱蓬蓬让他不堪其苦的胡子感叹：有望了，有望了！他把剃须的希望全部寄托在了宋子秋身上，中招考试前填志愿，胡校长连个招呼都没打就自作主张给宋子秋填了县六中，县六中就是桃花乡中心校。谁知宋子秋的爹听说后吹胡子瞪眼地来找胡校长，说，日他个哥，你胡校长想坑我家子秋呀！

胡校长一脸不解：我把宋子秋当尖子生培养，三年之后他就是我校有史以来第一个北大生，要不就是清华生。鹏程万里，前途无量啊，这咋能是坑他？呵，老宋！

老宋瞪着胡校长问：要是考不上呢？你敢保证我家子秋能考上？初中学习好，到高中滑坡的例子多着呢。要不，咱现在就签一个合同？

胡校长还没见过要跟他签合同的学生家长，一时木然在那里。

老宋见胡校长不敢答应他的话，知道自己赢了，哈哈大笑起来，说：咋样，不敢了吧？啥狗屁青蛙大学，不就是一窝癞蛤蟆瞎扑腾？我老宋不稀罕。你要是向着我家子秋，就让他直接考中专，叫他上个棉花学校出来当棉检员，当棉检组长！那才叫不得了，我一家磕头烧香把你当神供起来！

胡校长不死心，见宋子秋的爹执迷不悟，就把希望转向宋子秋，一副循循诱导的样子，他问宋子秋：子秋同学，你说说，考大学还是考中专？这可关系到你一生的命运，你自个儿拿主意吧。说罢，很深情地瞅着宋子秋，那一把胡子也一根根生动起来，翘首以盼。

宋子秋勾着头，盯着自己那只烂布鞋里露出来的脚趾头，吭哧了半天，才跟个蚊子哼哼一样有了声：我听爹的。

胡校长一屁股跌坐在折叠椅上。

结果第二年宋子秋以全县第三名的成绩被市供销学校录取，录取的专业就是棉花检验，他爹高兴地放了三场电影。另一个结果是，胡校长大病一场，一直在床上躺了整整一个暑假，他不止一次把家人端来的药碗打翻在地，仰面叹息：第三名，全县第三名呵！他的泪水顺着脸颊流到胡子上，又顺着胡子扑扑嗒嗒掉了下来。

三年后宋子秋如愿以偿，从供销学校毕业分到桃花乡棉站做检验员。报到的头一天晚上，宋子秋邀了几个光屁股长大的伙伴小聚以示庆贺。

老宋很支持，天傍黑，亲自挎了一只篮子去供销社买啤酒和香槟，还有牛肉和花生米，沉甸甸地挎着回家。一路上有人碰见了老宋都主动跟他打招呼：老宋，子秋啥时候走马上任呀？老宋一边答话一边停下来给人家摸烟卷，谁知人家却比他掏得快，又啪一下给他点着了。

在胡同里碰见了抓钩两口子。抓钩跟他家是前后院，因为"滴水"问题两家打闹了多年，是死对头。抓钩弟兄们多，动起手来老宋老吃亏，有一回还让抓钩骑在脸上放了一个满是红薯味的臭屁。老宋一直把这个屁当成奇耻大辱，发誓要报仇雪恨。抓钩一家很张狂，他媳妇只要在街上碰见子秋的娘，就站在路当中指桑骂槐拉剌几句，宋子秋的娘也不敢还口，绕开她走了，身后还要被她就势吐几口唾沫。今天抓钩两口大不一样，一个个笑得弥勒佛似的，大老远就站到路边冲老宋点头哈腰：买酒割肉的，给子秋庆贺呀？抓钩说着话，手居然伸了出来，说：沉不沉，老宋哥，我帮你挎吧？谁知老宋连理都没理他，哼一声，气呼呼走了。

抓钩一愣，旋即转身一把薅住媳妇的头发，照脸上就扇开了巴掌，一边扇一边骂：都是你个不长眼的臭娘们儿，把老宋哥一家得罪了。今儿要是不打死你个臭娘们儿，我就不是俺娘养的！巴掌拳头一块上，不一会儿媳妇便鼻口蹿血，蹲在地上喊，不敢了不敢了。

老宋知道这是他俩演的苦肉计，专门打给他看的。老宋头也没回，心说，龟儿子，你怕了不是？你一家六口，十几亩棉花哩，怕子秋压你的等级不是？十几亩棉花，一亩三百多斤，一季下来就是三四千斤，压一级你就少卖七八百块钱。你不是指望这十几亩棉花给你俩儿子盖房娶媳妇吗？压你一级你就少两根大梁，盖房，盖猪窝去吧！这么想着，老宋已转过了胡同口，他知道只要自己一拐弯，抓钩的拳头准会停下来。于是他又拐了回来，果真见抓钩正在给媳妇擦脸上的血。抓钩媳妇嘴里喷着血水骂抓钩：说好了做做样子，你却往死里打老娘，打死老娘你好再娶个黄花闺女呀！媳妇越说越气，不由飞起一脚踹向抓钩的裆，抓钩哎哟一声蹲在了地上。老宋憋不住笑出了声。

这一晚的月亮好大好圆，水汪汪的，像个磨盘一样挂在中天。月色皎洁，像一挂瀑布一样撒下来，却被宋子秋家当院几棵榆树接住了，把这挂瀑布分解开来，碎碎点点打在下面的石桌上，还有石桌周围的几个年轻人的脸上身上。树梢上爬了几只晚秋的知了，吱的一声叫，将一泡尿洒下来，溅了他们一头一脸，凉丝丝的。宋子秋的这几个光屁股伙伴初中毕业后在村里被土地浸染了几年，一个个变得木讷呆板，就像几个闷葫芦搁在那里似的，半天也没人吭一声。他们也找不到恰当的词来表达他们的贺意。有一个伸了伸脖子，咳嗽了两声，大家都把目光投向他，以为他要说话了。谁知他伸长的脖子又缩了回去，头一勾，一句话也没发表。大家就失望地叹了口气，又觉得不说点啥实在对不起石桌上的牛肉和啤酒，便有人吭吭哧哧打开了话匣子。

明儿就走马上任了？

是去报到，啥走马上任的，又不是去当官！

咱村的大人都是这么说的。

他们是他们，咱有文化，咋能也随着他们说这些没文化的话？

接下来又沉默了，就像一个烟头刚点着又被掐灭了。只听这个咕咚一口，那个咕咚一口，啤酒入肚的声音格外响亮，格外清晰。好大一会儿，才又迸出一句：

真的要给人家的棉花定等级啦？

问完这一句，大家不约而同地想到了售棉时的热闹场面。收购旺季，售棉队伍从棉站大院伸出来，像一条长蛇一样甩上几里长。检验员不敢待在检验室等扦样员送棉样了，太慢，龟儿子的队伍只见长不见缩。有一年，棉农都带了被子和干粮，夜里不回去了。于是棉检员就从棉检室出来，手里拿着粉红色的检验票，唰唰几笔，就给庄稼人一秋的劳作下了结论。一个个棉农哈着腰，溢着笑，自动给棉检员让路，棉检员一指哪个棉包，棉农就赶紧上去解开，还拍拍上面的灰土，生怕弄脏了棉检员的手。这个场面像电影一样在脑子里回放，那个拿小红票的检验员也清晰起来，就是他们的同学，了不起的宋子秋！从这个电影里跳出来，他们打量着面前的宋子秋，一个个呼气不由得粗了起来。

宋子秋发现了他们眼光里的火星，故意轻描淡写地回答。我干的就是这个工作。

三级二级你一句话就定了？329、327也是你说了算？

有国家标准呢！纤维长度得靠尺子量定。宋子秋说着从腰间的钥匙链上解下一把小尺子让他们瞧，专用尺，在学校发的。我实习时专门负责量纤维长度，一天下来就是一百多家。

　　摸着那把小钢尺，就像摸着了村长的 BP 机，他们一个个唏嘘不止。长度，棉花的长度也是钱呢，一个档次隔几毛呢，一斤隔几毛，一季的棉花可就不是一个小数目了。日他个哥，这小钢尺敢情也能造钱呀！大家兴奋着，榆树上的知了又撒了一泡尿，还有气无力地叫了一声，几个人的身子不约而同地缩了一下。这时，不知哪一个突然冒了一句，底气很足地冒了一句：整几年，整个棉检组长当当！娶个高干子女做媳妇，村长的闺女，要不村支书的闺女！

　　话未落地，这人屁股上便挨了一脚，支书和村长的闺女就算高干子女啦？要娶就娶乡长的闺女，那才叫真正的高干！

　　我们等着那一天哩，等着一齐喝你的喜酒！另几个仿佛梦中醒来一样，一齐对宋子秋说。

　　这一晚的月亮好大好圆呵，让人觉得亮堂，觉得宽敞。宋子秋点着头，心底的热望哗一下燃了起来。

三

　　一到棉站，宋子秋就把自己的抱负整到墙上去了。其实宋子秋最先感兴趣的还是宿舍那面墙，用手在上面摸摸，又白又光，就像上中专时班里女同学的皮肤一样细腻光洁。日他个哥，棉站跟村里的那些富户一个球样，处处透着一股优越，职工宿舍就舍得用"888"涂料粉刷！宋子秋想到了家里的墙，白而无光，手摸上去感觉就像摸住了一截榆树皮。身子碰擦一下，衣服上准要留下一片白，拍打半天都拍不掉。那是传统的石灰墙，很快就出现了裂缝。他只能跟爹拉着小平车跑到几十里以外烧石灰的东北山去拉石灰疙瘩，又在村头的石灰池里

223

把这些石灰疙瘩用水泡软，用铁耙拼命地捣碎，然后把过滤后的石灰水舀到另一个池里。一两天之后，水分蒸发后就变成了豆腐脑一样的东西，掺上麻捻就能泥墙了。一场下来，宋子秋和爹满头满身白灰，成了阴曹地府的白无常。日他个哥，遭罪呵！

宋子秋审视着这面白墙，心里的幸福快要溢出来了。他就产生了那个想法，一下子激动得脸红起来。他跑到乡供销社买回一支大楷毛笔，一瓶墨汁，思考了一会儿，然后刷刷刷在墙上挥笔写下一行字：

我的理想：棉检组长。

"棉检组长"四个字写得很抒情，胳膊腿都透着一股子豪迈。

宋子秋独自陶醉了好大一会儿，意犹未尽，又加了一个框，这才满意地掷笔去洗手。正洗着手，宋子秋忽然觉得不妥，要是人家来宿舍看了去，可要笑话自己有野心了，现在的棉检组长、自己的顶头上司还不怀疑自己要夺他的权？宋子秋不安起来，又跑到供销社买回一张明星画把自己的抱负盖住了。望着露出一对小虎牙笑得很勾人的巩俐，宋子秋心说，你别笑，等我奋斗上棉检组长，非找个跟你一样勾人的女朋友！

只顾在屋里陶醉着，宋子秋午饭也忘了吃。等宋子秋肚子咕咕叫唤时，才急匆匆找出上午报到时换的饭票往食堂跑。食堂里连个人影都没有，只有几只苍蝇围着饭桌上的一块肉片在打架。宋子秋只好跑到大街上买回一包方便面，然后去敲炊事员的门讨开水泡面。敲了一阵，门吱一下拉开一条缝，露出一只秃了一半的脑袋，光着半扇膀子问，干啥？

宋子秋赶紧堆出一脸笑，举了举手里的茶缸问：有开水没有？

没有！炊事员不耐烦地说完，啪一下关上了门。

炊事员只说了两句话四个字，却生硬得让宋子秋身上一阵阵发紧。

他很沮丧，端着茶缸往回走，心想自己是第一次跟这个炊事员见面，没得罪他呀！

这时水池边正洗衣裳的一个女孩冲宋子秋招了招手，宋子秋不知道啥意思，问：你叫我？

女孩指了指他手里的茶缸，宋子秋懂了，很感激地把茶缸递给女孩。女孩用清水冲去手臂上的洗衣粉泡沫，半截嫩藕一般细白的胳膊显出来。她双手淋着水接过宋子秋的茶缸，又冲宋子秋笑了一下。宋子秋看到了一双奇特的眼睛，一双像山泉一样清澈得能照见心灵的眼睛，那里面有一点娇羞，但更多的却是善良。这是一双会说话的眼睛，宋子秋的心不由咯噔了一下，接过女孩从屋里端给他的开水，宋子秋冲女孩说了声谢谢。女孩笑笑没说话，可她的眼睛却替她回答了。

如果说炊事员的生硬让宋子秋感到没有人情味的话，那么接下来的事情便让他更失望了。

宋子秋认为自己报到后，棉站肯定会开个欢迎会，说不定还要照个集体大合影，自己一准坐在中间，跟棉站领导挨着，照片上方还要打上一行字表示纪念。谁知几天过去了却不见动静。这天下午，棉站倒是开了一个会，也不进会议室，就在当院开。一干人蹲的坐的站的，七倒八斜啥姿势都有。宋子秋看见有几个人居然脱了一只鞋垫在屁股底下，一边开会一边抠脚趾头。他不由笑了，小时候跟爹出工前生产队开会，不就是这个球样？宋子秋的思想也不敢随便开小差，他知道站长一会儿肯定要介绍自己，他甚至已经准备好了，站长致过欢迎辞之后他得谦虚两句，比如年轻没经验请老同志多带带自己，一定配合领导把工作干得再上一层楼之类的话。果然，站长把任务安排完，目光转向了宋子秋。宋子秋居然有些紧张。只见站长指着他对棉检组长老郭说：市供销学校毕业的学生蛋，给你了。

　　老郭没应声，会场也没有掌声。这时站长呼一下从两块叠着的砖头上站起来，一边拍屁股上的灰土一边宣布：散会。坐着的都站了起来，跟站长一样，拍着屁股上的灰土，各干各的活去了。

　　就这么简单？宋子秋的心里空落落的。

　　新棉上市还有一段时间，棉站要趁这一段闲时光维修机器、校验秤器、学习有关政策法规，用站长的话说：跟媳妇上床还得先洗洗，还得刷刷牙哩！棉检组一共二十几个人，分第一第二两个检验室，郭组长和一个叫王清志的年轻人是第一检验室的检验员，宋子秋和张姐是第二检验室的检验员，其他的人有扦样员、开票员、测水测杂员，还有个传票员，职责就是把检验结果送到仓库过秤人员手里。宣布人员名单的时候宋子秋注意到了，传票员就是那个眼睛会说话的女孩。这些程序宋子秋早已烂熟于心，三年中专翻开哪本书不是讲说棉花的，用同学们的话说，咱们身上的 DNA 都被棉花异化了，将来生出的小孩准有棉花味。

　　棉检组长老郭四十开外，又瘦又高，两只眼睛很大，和人说话喜欢双臂交叉在胸前，不苟言笑，透着一股威严劲。看得出，棉检组的人都很怵他。宋子秋一见他，心里就扑扑腾腾的，不由想起了藏在巩俐后面的抱负，好像有一种做贼的感觉。散会后，老郭一边往检验室走一边对副组长张姐说：这个学生蛋归你使了！

　　马上有几个人哧哧笑起来。张姐骂那几个人：有啥可笑的，吃屁了？

　　一个已经是过来人的女工说：你好神气呵，这个学生蛋准是个嫩瓜瓜，你可别把人家使坏了！

　　张姐还要骂，宋子秋竟接上了话：咱棉检室这点活我还不知道？咋能把人使唤坏，我就怎不经使呀？

226

这回张姐也忍不住笑了。

四

那天把宋子秋送到村口，老宋问他：你知道你爷是干啥的不知道？

捶土坷垃的呗！

老以前呢？

宋子秋摇摇头，说：我又没过过旧社会。

老宋又问他：你祖爷是干啥的，知道不？

宋子秋又摇头。

老宋说：你祖爷是土工，抬死人的知道不？你祖奶有痨病没钱治，就把你爷当给了一个富户，白给人家当三十年牲口，换下一点儿钱治你祖奶的痨病。你爷要不是碰上你奶，哪能成个家？你奶是从驻马店要饭来的，你祖爷收留了她，才成了一家人。咱家祖孙几代都是捶土坷垃的，除了我给生产队喂过牲口，连个生产队长也没出过。往下，可就指望你了。好好整，整个棉检组长，我死了就能去给你爷给你祖爷回话了。

宋子秋听得一脸锵然，说：爹，你把心放肚里吧，三年，不出三年！

老宋打住了他：娃呀，可不敢急，心急吃不了热豆腐。三年？十年也中，脚步要踩稳啊。你给我记住，别舍不得力气，有饿死的驴，没有累死的马！

宋子秋就把爹这一句话放心上了。

宋子秋对张姐说，检验室这点活儿还不够我塞牙缝呢，你不用伸手。张姐不放心，问：机器你也懂？

宋子秋点头。张姐说，那你给我拆装一下除尘机。

宋子秋操起螺丝刀和扳手，只卸了一块挡风玻璃张姐就信了他。张姐说，那就辛苦你了兄弟，我娘家爹瘫在床上不会动，全指望我给他端屎端尿呢！宋子秋说，你放心去吧，我保证把这儿拾掇得汤清水利，机器跟驯熟了的小马驹一样听话！

张姐很放心地去侍候娘家爹，每天只签个到，连检验室的门都懒得进了。

不到一周时间，宋子秋就把棉检室要干的活干完了，干得还很彻底很有亮色。那天，站长路过检验室，随便进来看看。一进门，眼睛一下就亮了起来。玻璃擦明了，里外都擦了才会如此明净。桌子抹亮了，拉开抽屉，里面的票据摆得整整齐齐，站长也看了别的地方，墙上挂着的用玻璃镜框装着的规章制度因为没了灰土而显得庄严起来，往日呢，脸上挂几圈蜘蛛网，哪还像个制度？站长眼尖，看出了这些镜框都被摘下过，后面的墙面也清扫过了。就像一个讲卫生的孩子一样，洗脸的时候还捎带把耳朵后面和脖子一齐洗了。再看那几台机器时，站长更吃惊了。这是检验室的那几台机器吗？怎么越看越像新的？齿轮之间的润滑油泛着光亮，只有新机器买回来才是这个模样嘛！站长猛然懂了，他的大儿子在炮兵部队服役，他去看过那些大炮，猛一看都是新的，经儿子一说才知道是从越南战场上拉下来的。在部队住了几天，见识了兵们对大炮的保养手段，他才不再惊讶那些看似新崭崭的大炮了。看了检验室这几台机器他就懂了，他知道这个供销学校毕业的学生蛋对这些个机器用心了。

棉站又开了一个会。站长把宋子秋拾掇过的第二检验室从头到脚夸奖了一番，接着马上变了脸，批评有些人磨洋工，快半个月了，车间的灰土还没弄干净，另外对机器不疼不爱。站长讲话的时候喜欢打比方，喜欢往那事上扯，说这些个机器就好比乡下的男人，白天下地，夜里上床，女人不疼他不给他好吃的，他能欢起来？新棉上市，哪个机器不得满负荷转圈，到时候坏一个螺丝坏一根轴，都会耽误整个进程！流动红旗咱拿不拿了？年终奖还要不要了？最后站长宣布，女人咋给咱拍鸡蛋水保养咱的，咱也咋去保养棉站的机器！年终奖全指望它们呢！

宋子秋受了表扬后精神倍增，心说万里长征才迈出了第一步，自己的力气还没出透呢。站长每天早起习惯拖一把大扫帚，"刺啦刺啦"地把棉站从前院到后院扫一遍，他常说，人要脸棉站的脸也得洗呢。开罢会第二天，宋子秋也起了个早，来夺站长手里的扫帚。站长夸了他一句，就让了权。宋子秋扫到后院菜地，见菜地几垄萝卜苗有些细黄，羸弱不堪的样子。他就跟站长提议，要趁下班时间挑几担大粪，喂喂这几垄萝卜苗，问站长中不中。站长夸他：学生娃不嫌脏不嫌累，好，好！跟当年那些知青差不多，有股朝气！站长当年在乡里当通讯员，接待过知青，很羡慕人家的衣着和卫生习惯。

第二天，宋子秋一口气挑了十几担大粪，捎带把旁边两沟闲地也喂了喂。搁下粪桶，宋子秋端了一盆水把自己关进宿舍洗身上的臭味。洗了一半，门突然"嘭嘭嘭"被拍得山响，把宋子秋吓了一跳。宋子秋，郭老师叫你马上过去，听见了没有？是不是在屋里弄大闺女，咋不答话？

宋子秋听出了是王清志的声音，赶忙回答说，听见了，正抹身呢！

王清志在外面吼，别抹了，去慢了，小心郭老师拾掇你！

宋子秋不敢马虎，拧干毛巾草草擦了一下身子，兜上衣裤匆匆忙忙去见棉检组长老郭。棉检组的人都喊他郭老师，听说他评了工程师，市里制作国家标准还让他参加哩！对这样的技术权威，站长也得让三分。

来到第一检验室，见老郭双腿搁在桌子上，双臂抱在胸前，嘴里栽了一根烟。见老郭的脸色有些难看，宋子秋怯怯地叫了一声，郭老师，你找我？

老郭斜了宋子秋一眼，却没理他。烟卷在他嘴里从左边滚到右边，一会儿又从右边滚到左边，有一片烟灰落到了他的裤子上。一旁的王清志见了，赶紧上前轻轻打去那一片烟灰。老郭又斜了宋子秋一眼，宋子秋心不由扑腾腾跳了起来，声音也有些发颤：郭老师……

这回老郭说话了：你个学生娃，低眉顺眼的，瞧也是个本分人，咋非要出这个风头！让全棉站的人都来跟我抱怨，说咱棉检组把一月的活儿一周干了，衬得他们是懒鬼！你说说，你出这个风头干啥呢？羊屎蛋插鸡毛，就数你能了！幼稚！

老郭说话的时候，王清志在一边抓耳朵挠屁股，满脸满眼关不住的兴奋。老郭话音刚落，他就接上说道：又去抢站长的扫帚，又去挑大粪，快能成个鸡巴了，站长还不给你个模范当当？

老郭手一挥，制止住了王清志的落井下石。他转向宋子秋：我瞧你是有劲没地方使了，明儿跟我回一趟家，家里的粪缸满了，媳妇说屙屎都快蹭着她的屁股啦！哈哈！

王清志在一边幸灾乐祸地笑了起来，像一只下过蛋的母鸡一样，咯咯咯咯。

宋子秋心里有点憋屈，下午就抽空给张姐说了。张姐宽慰他，没啥没啥，老郭这个人我了解，别看脸色不好，可也是当面鼓对面锣的汉子，不会背地里给人使绊子。他要对你有成见，还能让你去他家干活？宋子秋一想，也是这个理。张姐却提醒他要提防那个王清志。张姐说，长得是个人样却不办人事，连他亲爹都敢日弄！两人是站在棉站杨树下说话的，正好一片树叶落下来，张姐捡起一片让宋子秋看并

230

说：他这人就跟这小杨叶一样，两面光。

<h2 style="text-align:center">五</h2>

虽然老郭没有再难为宋子秋，可其他班组的人却横竖都觉得他不顺眼。王清志又在一边煽风点火，宋子秋的日子就过得格外不顺畅。

打饭的时候，食堂那个头秃了一半的炊事员专门跟他作对，不是往面条里加一大勺卤让他咸得没法吃，就是只给一点儿卤让他淡得没法入口。宋子秋说淡了，炊事员马上像个叫驴一样喊得满食堂人都听见了：领导表扬过的人就是难侍候呀，上回说咸，这回说淡，你以为你是国务院总理呵，还得给你配个长垣大厨！将就吃吧你！炊事员那颗秃了一半的脑袋在宋子秋面前晃来晃去，秃去的部分闪闪发光，发出锐利的光束，刺疼了宋子秋的眼睛。宋子秋叹一口气，只好作罢。可炊事员却没完，下一回打饭，挨到宋子秋了，宋子秋已经把碗递了过去，炊事员却不接而是招呼下一个人。宋子秋的手和那只碗一齐僵在半空，最后很屈辱地收了回来。

接下来是王清志他们几个年轻人。桃花乡毕竟是个乡镇，没有电影院，没有歌厅酒吧，精神生活就贫了点。下了班没事做，王清志经常张罗棉检室几个男同事去镇上的老杨丸汤店就着杂碎汤喝三四块钱一瓶的"火爆"，而且上性，每次不整翻一二个人决不罢休。三块五块八块的纸蛋团好了，王清志捧着让大家捏。经过宋子秋跟前时，宋子秋已经伸出了手，王清志却把他搁过去了。

宋子秋的手又一次痛苦地僵在半空。

王清志一干人嗷嗷叫着奔着老杨丸汤店的臊香味去了，丢下宋子秋一个人孤零零地站在那儿。

就这样三番五次，五次三番，宋子秋的精神几乎要塌了。

这一天上班后，棉站抽了十几个年轻人去清理水塔里的淤泥。水塔有几丈高，没有内梯，外梯是嵌入砖缝中的钢筋拉环，没有防护网。宋子秋从小就有恐高症，只望了一眼渐入云霄的水塔外梯就晕了。这时王清志跟几个年轻人一嘀咕，忽然笑嘻嘻地望着宋子秋。

宋子秋一下子起了一身鸡皮疙瘩，他想起了老辈人说过关于猫头鹰的一句话：不怕秃叫叫，就怕秃叫笑。桃花乡这一带，猫头鹰不叫猫头鹰，他们给猫头鹰起了一个小名：秃叫。果然，王清志提议由宋子秋上水塔清淤泥，理由是宋子秋年龄最小，三人出门，小人受苦。第二个理由是宋子秋清淤成功，年底评先进他们商量好了，都投宋子秋的票。联想多日来的别扭事，宋子秋想说自己有恐高症可也不敢说，他知道，只要自己拒绝上去清淤，一准会如冰块扔进油锅，王清志他们不闹翻天才怪。他只好硬着头皮上了。王清志在下边冲他喊：放心吧，我们这就烧香放炮，塔上住的神仙都会保佑你平安无事！

他们还真在下边放了一挂炮，还提了几瓶啤酒当供品。王清志越说平安无事，宋子秋的心越腾腾。上到一半，他的腿开始剧烈发颤，又坚持上了两阶，手臂一软，差点儿脱了手。他赶紧闭上了眼，不能再上了，再上非掉下来摔个稀巴烂不可。宋子秋一咬牙，从上面下来了。

哎哎哎，咋下来了？

宋子秋顾不得那么多了，双腿打着战，下的力气也快没有了。好不容易下完最后一级，脚一挨地，他就瘫成了一团烂泥。王清志他们望着脸色苍白的宋子秋，这才明白他下来的原因。沉默了一会儿，猛然一阵炸耳的笑，迅速把宋子秋包围起来。

几天以后，宋子秋回了一趟家，老宋高兴得直揉鼻子，把鼻子揉得红通通的，才吩咐宋子秋的娘：给子秋做他最爱吃的烙馍卷鸡蛋。

馍烙好了，里外淋了油，又酥又软。鸡蛋也炒好了，娘烧的地锅炒鸡蛋，麦秸当柴火，鸡蛋炒出来就没那么硬，味也正。卷好了，递给宋子秋。要搁往日，宋子秋早狼吞虎咽了。今天宋子秋吃得很慢，很没气势，吃着吃着宋子秋忽然哽咽起来，接着泪蛋子就掉了下来。老宋一见慌了，来给宋子秋抹泪：我娃咋了，我娃叫人欺负了？

宋子秋干脆一下子扑进了爹的怀里，像小时候在外面受了委屈一样，呜呜哭起来。

子秋呵！

后来老宋就开始说话了，刚才还喊他娃呢，这会儿又叫他的大名了。其实从他一考上中专，爹就开始喊他的大名了，当时听起来觉得怪别扭的。

老宋瞅着他说：忍字咋写的？就是往你心上插一把刀呵，当年韩信钻人家的裤裆，那可不止一把刀呀。子秋，你要没这点肚量，你就成不了人，爹也不指望你有出息了。

正说着话，正间屋顶上几只燕子一阵叽叽喳喳，有一只小燕子从燕窝里掉了下来，落在了桌子上，接着又有一只掉了下来。宋子秋抬头看，吃了一惊，原来是老燕子故意把小燕子从窝里赶出来的。一共三只小燕子，惊慌失措地在桌子上挣扎了一阵，然后试着飞了几次，最后歪歪斜斜地从窗户飞出去了。

宋子秋一下子明白了爹的意思。他拭干眼泪，开始对付那几张烙馍，一口比一口大，一口比一口狠。爹笑了。接下来，宋子秋给爹说了那天去老郭家的见闻。爹，你当初让我上供销学校真对了，考上大学咋了，听说县化肥厂三个大学生在烧锅炉呢。老郭可不比一个副乡长差哩，吃饭的时候问我想喝啥酒，领我去他里屋挑酒。爹，你猜猜他里屋有多少酒？几十件呢，摞得跟小山似的，他家快成了供销社的仓库啦!

那天老郭骑着重庆"80"雅马哈,后座上坐着宋子秋。一进村,宋子秋远远地就看见一座小红楼,前后左右都是平房瓦房,凭空冒出一座楼,还真有点鹤立鸡群的感觉。老郭让宋子秋猜,那红楼是干啥的?宋子秋想都没想就回答老郭,村委会呗!

老郭在红楼前停下来,宋子秋瞅瞅门前并没有村委会的牌子。老郭笑了,宋子秋也笑了,心说这红楼的大粪恐怕也没那么臭吧。进了屋,见一个妇女正抽抽泣泣地在跟老郭媳妇说着话。老郭媳妇拉着她的手安慰道:老郭回来了,叫他想想办法。

原来这个妇女是老郭的小姨子,因超生二胎乡里要罚一万二,她家里情况一般,拿不出来。乡里小分队下了指令,限时三天,再拿不出来就掀她的房子。今天已是第二天了。老郭一听笑了:乡里的计划生育不还是赵全国那个王八蛋管着?小姨子点点头。老郭又笑了,这个王八蛋当个副乡长都能成个鸡巴了?我给你写个条,你去找他!

条子写好,小姨子将信将疑,问老郭:管用?

屁,不管用我费这个劲干啥,吃饱撑的?

那……还罚不罚了?

罚肯定还得罚,不过条子还是要起作用的。

那能罚多少?

估计三千块钱就结了。说着老郭又骂开了赵全国王八蛋,说那王八蛋还欠他一顿酒呢。然后就跟小姨子开起了玩笑,半荤半素的,小姨子破涕为笑,撒娇般的用拳头捶了老郭几下。老郭伸手去拧小姨子的屁股,却被媳妇瞪了回去。

一旁的宋子秋傻了,老郭指头宽一张字条就能值万把块?他第一次知道了棉检组长的厉害。

老宋听到这儿打住了宋子秋，脸色凝重地对子秋说：你可不能眼气他这些！不敢有这歪想！你还早着呢！你给我记住，公家一分钱的光都不能沾，立得正才能行得正。今年卖棉花我也不找你！咱得避嫌，不能给人家留下话把。

六

桃花乡是一个农业大乡，大就大在这个土地上，别的乡一人一亩多，桃花乡人均三亩半，还不算乡里的良种场和各村的承包地。一亩地也得架水泵，也得打农药，也得整枝打杈，电费没少掏，打一回农药剩半瓶，舍不得扔搁厕所里，结果第二年打开一看，失效个蛋了！地一多就不一样了，就种出利来了。就像酒桌上添人不添菜，添双筷一样，种地也是这个道理。因为桃花乡土层适宜长棉花，到了秋季，除了种一点儿口粮，余下的全种成了棉花。摘棉的季节里，一家人忙不过来，纷纷从外乡雇人摘棉。家家户户屋里院里墙上房上，还有大街的两边，全是肥嘟嘟的籽棉。有一年，省里的一个记者还专门为桃花乡拍了一个新闻：《这里也有一支摘棉大军》，狗日的乡长居然上了省电视台，好不美气。

今年老天爷作美，雨水少，日光充足，肥料跟得上，又是一个丰收年。头蓬花摘下来，整个桃花乡就成了银白的世界，仿佛腊月里下了一场瑞雪。心灵手巧的女人们把床上的单子抽下来折叠到一块，用粗针脚一缝，就能装棉花用了；还有的把化肥包拆开，七八个对一块缝成一只大包，塞满棉花就变成了一只大蟒蛇，两三个人才能抬上车。有开拖拉机的，有开奔马三轮车的，有赶着驴马车的，从四面八方拥向棉站，黑烟滚滚，驴嘶马叫。

一到这个季节，站长便精神得像吸足了海洛因的瘾君子，两眼放光，从前院吼到后院，从后院吼到车间。售棉队伍甩出几里长，棉农做了充分的思想准备，给驴马带足了草料，给自己带来了被子，用个别棉农的话说，打的就是持久战。站长就像斗牛场上见不得红布的西班牙种牛一样，激动得坐卧不宁，天天往县棉麻公司打电话，询问经理们啥时候下来检查工作。

得到准确消息，他便吩咐炊事员支大锅熬绿豆汤，然后亲自送到售棉队伍里。往往正在给棉农一碗一碗舀绿豆汤的时候，经理们就来了。于是棉麻公司简报上每年都有站长送绿豆汤的表扬稿，这成了个保留节目。

棉农对站长的绿豆汤不屑一顾，他们瞪圆了双眼，挖空心思想接近棉检员。他们一季的汗水能不能浇灌出好收成，一半天说了算，一半棉检员说了算。老郭、张姐他们就成了一个个喷香喷香焦黄焦黄的烤红薯，棉农都当神供着哩！老郭和王清志天天中午下馆子，喝得满脸红光两眼歪斜，下午的检验室里酒气冲天。即使不喝酒，走近他们也能闻到他俩头发上和衣服上的酒味，平时打个呵欠就是满屋酒香。宋子秋心里清楚，老郭家的仓库里的库存肯定又增加了。张姐也不用管她娘家爹了，有一个八竿子打不着的远门亲戚非要来侍候老姑父，说尽一份孝心。张姐知道她家种了三十八亩棉花，就给了她这个孝顺的机会。

老郭他们把大鱼大肉吃了，扦样的看垛的也亏不着，常常能捡个小虾米解解馋。扦样有明确规定，一车棉花分级取样，一包棉花也要在上中下三处取样，才能有代表性，不能光取好的不取孬的，也不能光取孬的不取好的。明眼人清楚，扦样很关键很关键。扦样员常常把手伸进棉包深处，是为了更精确地取样。不经意间就碰到了不是棉花的东西，拽出来，是一只鼓鼓囊囊的塑料袋，里三层外三层包着，里面的东西也看不清。扦样员问棉农：啥东西？

棉农赶紧解释：媳妇裱袼褙的几块烂布，没注意装进去了，确实不是故意的。

扦样员说：哦烂布，好，我擦自行车正找不到布呢！我用了。

棉农一脸笑容灿烂无比：几块烂布，扔也是扔了，亏了你稀罕。

扦样员就将塑料袋和取好了的棉样一起端进检验室，进门的时候，悄悄把棉样里的孬棉花拣出来扔了。

下班的时候，这只塑料袋就当成擦车布带回了家。回家后打开塑料袋，一家人喜笑颜开。

照例，看垛的也能从棉农的棉花包里发现一些"擦车布"一类的东西。他们也正好缺这些东西，带回家，也是皆大欢喜。

宋子秋这边也有了响动。最先是从本村开始的，宋子秋只要一回家，村里人就来找他，有的说家里摆好了酒场，请宋子秋过去坐坐。这个时候老宋就站了出来，说子秋不喝酒，你又不是不知道。来人说，不喝酒咱不会喝饮料？一句话把老宋说得没啥说了，见宋子秋碍不过情面要去，一把拽住了儿子说：咋，非得喝你家的酒？俺家没有酒？说着吩咐儿子把来人留下，自己就挎着篮子去供销社买酒买菜去了。

过后老宋很得意，说吃了人家的嘴软，咱这个法，没落下把柄也没得罪人，乡里乡亲的，不能把人得罪死了！可几番下来，老宋有些力不从心了，半亩地的棉花白种了。宋子秋刚好发了工资，留了几十块钱零用，余下的给爹留下，用来买酒买菜招待乡亲。

也有往家搬东西的，烟、酒、饮料、方便面，搁下没说两句话就走，老宋在后面撵都撵不上。老宋没法，算算人家的东西值多少钱，第二天就去供销社买了相同价钱的东西给人家送去。一进门就说：乡里乡亲的，你可千万别多心，兴你提东西去俺家，不兴俺来瞧瞧你？一来一往，老宋没让宋子秋"手短"。

抓钩两口子也来了，一进门放下东西就打自己的嘴巴，一边打一边骂自己不是人：子秋要记仇的，要治俺家的。谁知道，谁知道，俺家的棉花到了棉站，子秋不光没压级，还给足了水分，给足了等级！以前的事，俺不是人啊！

两口子说着话，鼻涕一把泪一把地往下淌。第二天，老宋两口子去抓钩家回访。从此以后，两家的恩怨烟消云散，成了对劲人家。

接下来，家里的亲戚和宋子秋的同学们一拨一拨地跑来棉站找他，拽他去喝酒，宋子秋不去，说自己不会喝酒，一喝头就蒙，又拽他，还是不动，有的同学就恼了，气呼呼地去了，一边走一边骂：日他个哥，没良心的东西，上学老用我的铅笔刀，这会儿却不认我了！于是同学中间就传开了：宋子秋是个白眼狼，当个检验员，尾巴就翘上天了，要是给他个棉检组长当当，说不定连他亲爹都不认了！再在路上碰见，宋子秋主动打招呼，人家都把脸扭了过去。

后来的响动就更大了。有一回，一个说小时候抱过宋子秋给过宋子秋一双他二小子不穿的棉鞋的表姑父来宿舍找宋子秋，宋子秋高低想不起来这个表姑父。表姑父没拽宋子秋去吃饭，也没搬东西，只说他承包了村里几十亩棉花，打药不及时让虫咬了，减产了很多很多，今年弄不好挣不了钱还得往里赔呢！说得可怜巴巴的，宋子秋表示同情，表姑父感激地拉住他的手，重重地握了握。表姑父走后，宋子秋拾掇床铺的时候从枕头下翻出五张嘎嘎新的百元票子。

宋子秋捧着那五张百元票子像捧着五颗即将爆炸的定时炸弹一样，他找到表姑父还给了他。表姑父的脸色当即就难看起来，仿佛一潭清水用棍子那么一搅，马上混浊了起来。

又有一回，宋子秋晚上脱衣裳的时候发现兜里硬邦邦的，一掏，又是新崭崭的百元票子，十张，整整十张呵！这十张票子又像十颗定时炸弹一样伴了宋子秋一晚上，他把一天来接触过的人放电影一样过了个遍，却没能想起来什么人什么时候给他装的"定时炸弹"。第二天一上班，他就找到站长，把"定时炸弹"交了上去。

当时县棉麻公司派来指导工作的一个科长正好在场。当天就写了一份材料报到了县棉麻公司。

七

收购一结束，县棉麻公司就下来考察技术干部了。技术干部有两种，一种是棉花加工，一种是棉花检验。考察并不等于提拔，这是每年一度的例行工作，考察对象是作为储备力量，也就相当于乡里的后备干部。不过，不列为考察对象是不可能直接提拔成车间主任和棉检组长的。这个机会，也是技术员求之不得的。考察组一进棉站，就有人激动起来。

棉检组激动的有两个人，一个王清志，一个宋子秋。张姐早已"看破红尘"，加上年龄也大了，对此根本没了兴趣。但张姐的消息还是比较灵通的。检验室没人的时候她悄悄告诉宋子秋，公司已经把宋子秋定为考察对象了。宋子秋不信，别人不把我当回事，张姐你也哄我玩？张姐一脸正色说：老姐我啥时哄过你？你一进棉站我就当亲弟弟疼你哩！

宋子秋还是将信将疑，张姐又说：老姐我这辈子虽没混成组长，可是在公司我还是有人的。说到这，张姐眼中的光亮猛然闪了一下又熄灭了，叹了一口长气：唉，人还是啥念想都没有好呵！

瞅着张姐，宋子秋忽然想起了棉站关于她的传闻。说张姐年轻时也是争强好胜，一心想当上棉检组长，为此，还跟县公司一位科长有过一段瓜葛，弄得男人差点儿跟她离婚。由于种种原因，最后也没弄成，落了个赔了夫人又折兵。不知此话是真是假。不过，宋子秋信了张姐的话，张姐告诉他，定他为考察对象的直接原因就是因为他上交的那几个"定时炸弹"。

宋子秋上交之后，县棉麻公司下了一个简报，还专门在桃花乡棉站召开了一个现场会，下属几个棉站的站长和棉检组长前来参加。公司经理在会上号召全系统的棉检人员和棉检组长向宋子秋学习，以国家利益为重，以棉农利益为重，严格按照国家标准核定等级，坚决杜绝"关系棉"和"人情棉"，不准吃请，不准收棉农的红包……公司经理讲的这些话都是官话，大会小会经常讲的，可这一次却有些不同，他大概对下边棉检人员的所作所为有所耳闻，脸色很不好看，几个棉站的站长和棉检组长们都看出来了，公司经理是动真格了。果然，接下来宣布了一项处理意见，有一个棉站的棉检组长因为被人举报收受棉农红包被撤职，下放到轧花车间当轧花工。公司经理又对大家说，没揪住了的多着呢，听说有些人家里都成供销社的仓库了，好自为之吧！

公司这个会之后，宋子秋发现大家看他的目光异样起来。特别是老郭，突然对他客气起来。客气的结果自然是疏远了他，他发觉老郭他们干啥事都不让他知道，有时他们正说着话，宋子秋一走过去，大家忽然全部噤了声。宋子秋心说，坏了，老郭他们在提防他呢，不把他当自己人啦！果然，老郭家的茅缸又一次满了，老郭却让王清志领人去挑粪了。宋子秋一下子想起上次挑粪时老郭让他挑酒的事，经理会上点的会不会是老郭呢？老郭疏远自己，一定是怀疑自己去公司告了他。咋恁巧哩，宋子秋霎时出了一身冷汗。

站长也有了变化，宋子秋夺他的扫帚，他高低不给宋子秋，还鼓着一对金鱼眼一本正经地对宋子秋说：你最好拎把扫帚去公司扫大院，好好表现表现，咱这小站容不下你这个大神呀！

宋子秋很惊慌，不知道为啥把站长也给得罪了。他又感到很委屈，那些个"定时炸弹"要不交上去，他能安稳吗？他把张姐当知心人，说了心里的苦衷。张姐说就不该上交，特别是公司的人在跟前。

宋子秋问，不交上去咋办，我把它花了？

张姐很坦然，你要真花了就没事了。

宋子秋想了几天，脑袋都想疼了，还是想不通。

考察组果真找宋子秋谈话了。考察组两个领导很和气，简单问了宋子秋一些情况，多大了，家是哪儿的，工作了几年，最后让宋子秋写一份个人总结交给他们。就这么几个简简单单的问题，宋子秋却紧张得说不成个囫囵话，两腿在桌子底下颤抖得直打架。起身离开的时候，还把一只水杯带翻了，水流了一地。宋子秋瞥了一眼站长，看见站长正厌恶地冷笑着。

很快，考察结果出来了。宋子秋的考察对象被取消了，换成了王清志。考察组在征求老郭的意见时，老郭评价宋子秋理论知识多于实践经验，特别是思想幼稚，不适宜作为棉检组长后备人选。站长的意见很明确，完全同意老郭的意见，宋子秋是个非常幼稚的同志，你没见他把水杯都带翻了，沉不住气呵！县棉麻公司很尊重基层领导的意见，说那就让宋子秋同志继续锻炼吧，你们要好好帮扶他。

宋子秋傻了。他捂在被窝里像个大姑娘一样哭了整整一个晚上，他不敢回家，不敢说给他爹听，爹要知道到嘴的肥肉让鹰叼走了，非跳河不可。他知道爹比他看得重。爹要看得不重，来卖棉花能跟他不

241

打招呼吗？

那天老宋赶着骡车，坐在高高的棉花包上，一手拽缰绳一手扬着牲口鞭。排队的时候，老宋打听了一番，专门排到了老郭的那个组。老宋很满意自己的做法，他来卖棉花给宋子秋连招呼都不打，他不能让人说闲话。他知道，只要宋子秋给自己验过，不提级也有人要说提级，那可就是黄泥抹进裤裆里，不是屎也是屎了。他去另一个组，虽然村里人还会怀疑，可脚正不怕鞋歪，棉站的人该说不出闲话了。只要棉站的职工和领导说不出啥，那还怕他个蛋。站长知道了说不准还会表扬子秋呢！他这个当爹的别的给宋子秋做不来，可也没往子秋脸上抹黑呀！

老宋想着想着心里就春风吹过一样舒坦起来，他摸出一根烟卷点着，狠吸了一口，两只鼻孔里冒出两股白烟。老宋又狠吸了一口，得劲呵！

这时，突然一个戴着红袖箍的保安拎着电警棍跑过来，一边跑一边指着老宋吼：找死哟，棉站也敢抽烟，快灭了，快灭了！

老宋大惊，拿着烟卷不知该咋办。保安又让把烟灭了，他就往鞋底摁，谁知脚上却没穿鞋。老宋想起来，为了舒坦，一上车就把鞋脱了，越慌张越摸不着东西南北，老宋高低找不见自己的鞋了。保安在一边急得直蹦高：灭了，快灭了！

心说自己是来往儿子脸上贴金的，却抹上黑了。老宋又急又羞，右手拿着烟卷，往左手心狠狠摁了下去。

一阵钻心的疼，老宋竟从车上掉了下来。老宋摔折了一根胳膊，本村几个卖棉花的赶紧往乡医院送他，还有人要去喊宋子秋。老宋疼得龇牙咧嘴，满脑袋流汗珠，冲他们摆摆手：千万别，千万别！我给子秋脸上抹黑了！说罢，一颗泪蛋子砸了下来。众人往车上抬他的时

242

候，那泪蛋子就像断线的珠子一样扑扑嗒嗒掉了下来。

八

　　老宋还是知道了。

　　最早的察觉，是从抓钩两口子的变化开始的。就像一块豆腐变馊，总是从它散发的酸味开始的。那天老宋去磨坊磨面，磨完用手推车推着回家，一边是面粉一边是麸皮包，偏沉。走到胡同口，一拐弯，麸皮包滚落了下来。老宋把车放下来却不敢松手，死死按着车把，他要一松手，另一边的面粉也得滚落下来。老宋很后悔没听媳妇的话带根绳子，要用绳子捆住，球也掉不下来。老宋东张西望很盼望碰见一个人，帮他把麸皮包搬到推车上。还真来了一个人，抓钩。抓钩嘴上栽一根烟，像街上的闲猫一样踱了过来。抓钩走近手推车，老宋知道，不用他吭声抓钩就会把麸包搬上车，还会说一句：老宋哥，我帮你推回家吧。

　　谁知抓钩经过手推车，连看老宋一眼都没看就过去了。

　　老宋和他的手推车一起傻在那里。老宋继而脸红起来。

　　又一天，一伙人在街上闲扯淡。老宋挤在人堆里，大伙都瞅着他的脸色说话，说一句就有人问一声：是不是，老宋？发生了争论，这一个踹那一个的屁股，那一个用烟头砸这一个的鼻子，争得面红耳赤，最后一齐扭头问老宋：宋哥，你给评个理！老宋就有点众星捧月的感觉，说话和动作便不自觉慢悠悠多了一份矜持。当时哩，抓钩也在场，并且因为一个问题与另一个发生了争执。两人争论的问题是地球大还是太阳大，抓钩认为地球大，另一个认为太阳大。抓钩说：这不秃子头上的虱子明摆着呢！另一个说：你不要只看外表，书本上都说了，太阳是地球的好几倍。抓钩一嗤鼻：日他个哥，你信书本还是信你自己的眼睛？明明是太阳围着地球转，才篮球一般大，你眼睛长裤裆里了？另一个不服气，日他个哥，所有的星球围绕太阳转，你懂不懂科学？两人你一言我一语，慢慢就夹进了脏话，相互踢开了屁股。最后那一个转向老宋，要老宋评说评说。

老宋思忖片刻刚要开口，抓钩却把脸别到了一边，很不服气地说：听他评，他是乡长，还是大学教授？都是捶土坷垃的，他比咱多长一个头？

老宋的话只好咽了下去。

接着又有人因为一个问题争论起来，城里女人奶大是垫了海绵还是橡胶？抓钩开始摸出一盒烟在人堆里散发，大伙一看牌子——精红旗渠，日他个哥，十块钱一盒呢！大家问抓钩咋舍得吸这么贵的烟？抓钩说这年头是买好烟的不吸好烟，吸好烟的不买好烟。接着告诉大家他媳妇的一个表哥在桃花乡棉站当炊事员，人家收的烟吸不了，就让他帮助吸几盒。众人嘘一声，都拿特别的目光瞅抓钩：以前咋没听说你媳妇有这个表哥呢，莫非才从石头缝里蹦出一个？

抓钩不以为然，说媳妇这个表哥千真万确，没有一点虚头。因为媳妇的姑姑是个二婚，棉站的这个炊事员喊他媳妇的姑姑后妈，上个月才结的亲，这个表哥就出来得迟了点。

众人哦一声，说：不论亲妈后妈，都应该算表哥。说完又肯定了一句，应该算。

抓钩解释清了继续让烟，让到老宋跟前，老宋心情有些复杂地伸出了手去接烟。谁知抓钩却隔过他把烟给了下一个。老宋的手伸出了半截，僵在那里。大伙吃惊地把目光投过去，老宋的脸一下子红成了猪肝。

老宋很丧气地站起身回家。后面的目光追了过来，都想探个究竟。

很快，关于宋子秋在棉站犯了错误受了处分的消息就像长了腿一样在村里传开了，并且说得有鼻子有眼。老宋坐不住了，他让人捎信，把宋子秋从棉站唤了回来。那一次售棉出事之后，老宋觉得给儿子脸上抹了黑，就不好意思去棉站了。

在村西的石头桥上，老宋把从棉站急匆匆赶来的宋子秋截住了，见面二话没说就打了宋子秋一巴掌。老宋手上是下了劲的，一巴掌下去，宋子秋被打了个趔趄，血便顺着嘴角淌了下来。宋子秋惊恐地瞅着老宋，不知道这一巴掌因何而来，出手又这么狠，只一下就见血了。

老宋气得手脚颤抖：不争气的东西，我白养了你这儿子！

爹，我犯啥错了？宋子秋知道世界上是没有无缘无故的爱，也没有无缘无故的恨，更没有无缘无故的巴掌，他搜寻记忆，不知道自己究竟犯了哪门子错，惹得爹大动肝火。

说，你为啥受了处分？

宋子秋一脸懵懂：谁说我受处分了？

老宋讲起村里的传言，宋子秋听着听着嘴巴张成了一个"O"形。那个秃头炊事员，还有抓钩两口子，这伙人太歹毒了。把他的考察对象被取消一事传得全变了味，他们用他们的舌头在安排宋子秋的命运呵！老宋这才知道错打了儿子，他一边给宋子秋擦嘴角的血一边骂自己混账：我说呢，我的儿子咋会犯错误呢？

宋子秋委屈得双眼噙满泪花，想起在棉站受的气，就对爹说：爹，我不想竞争这个棉检组长了！我想当个普通人。

啥？

老宋吃惊地吼着儿子，你想打退堂鼓？

宋子秋点点头：我在棉站做啥事都不对，横竖都是错，心里憋屈得慌。

老宋不说话了，愣了足足小半晌工夫才回过神来。他还是没说话，却拾起一块鹅蛋一般大的石头，胳膊抡了一个圆，石头蛋"嗖"一下飞向了远处的河里，溅起几朵水花。他又拾起一块石头蛋，这一块扔得更远，石头蛋落在了远处的河边，从草丛里惊出两只水鸭，受惊的水鸭先是东张西望，接着摇摇摆摆跳进河里，好像末日来临了似的。老宋拾起第三块石头，却没扔出去，只听老宋说：你还想让抓钩往爹脸上放屁呀！

宋子秋去拦爹却已迟了，石头蛋子带着一股子情绪狠狠砸在老宋的左手食指上。

九

宋子秋要恋爱了，这已经是第二年秋天的事了。

在棉站的后院里，野生野长着一丛又一丛的牵牛花。就像给猫头鹰起名一样，桃花乡的人也给牵牛花起了一个小名：喇叭花。没有人播种，头一年花落之后，籽就炸落在地里。来年便长出了羸弱的嫩芽，一天天生长，将颤巍巍的触须伸向周围的庄稼、树木，有的顺着棉站的围墙往上爬，无休无止地伸展自己。有时候一面墙都爬满了，寻根问源，却只有两三棵。它们开起来密密匝匝，如繁星密布，又如群蝶乱舞，蓬勃了一个秋。

它们若是一直长在棉站后院的那片菜地里，也就没什么让人咏叹的了。可是忽一天，它们开进了宋子秋的单身宿舍，一个男孩儿的世界里的色彩是单调的，这些红的、粉的、白的、紫的牵牛花，忽然拥挤着进了他的小屋，宋子秋的心情一下子明媚起来。

是那个眼睛会说话的女孩在一个清晨、一个梦里都落满了露水的

246

清晨，把这些天使一样的牵牛花带进了宋子秋的小屋。女孩是来借书的，她用那些牵牛花换走了一本池莉的《烦恼人生》。

女孩又一次来借书，被张姐碰见了，张姐悄悄问宋子秋：小秋是不是看上你了？我来给你俩当媒人吧！

宋子秋的脸一下子红到了脖根。

其实宋子秋的心情非常矛盾。这个叫小秋的女孩就是当初主动给他倒开水的那个女孩，在棉检组负责往仓库传票。宋子秋第一次见面，就被她那双会说话的眼睛吸引住了。小秋皮肤白嫩细腻，个子适中，头发乌黑发亮，她在传票的时候喜欢跑来跑去，用手帕扎起来的马尾巴一甩一甩的，让人看了动心。但是小秋却与这个世界存在着一层隔膜，她的双耳失聪，根本听不见这个世界的鸟语花香和亲人的嘱咐。三岁时，她扁桃体发炎，医生给她打链霉素，把耳朵打出了毛病。因为听不见这个世界的声音，小秋也很少说话，只是用眼睛去体会这个世界的冷暖，于是棉站有不少人私下里叫她"哑巴"。宋子秋思忖，自己是堂堂的中专生，讨一个"哑巴"对象，别人会不会笑话？但是小秋并不讨人厌，相反她的美丽让宋子秋见所未见，再就是，她能帮助宋子秋实现那个让他苦恼不已的抱负。爹的那一次自残之后，他再不敢轻言放弃这一件事。

宋子秋回家说了小秋的情况，老宋沉吟半天，抬起头瞅着宋子秋：子秋哎，为了咱家，为了你以后的路，也值！

张姐得了信息，就乐哈哈地忙活起来，要给他和小秋做媒。很快，张姐气咻咻地来找宋子秋：什么东西，一看你要和小秋谈恋爱，他也托人去小秋家提亲！生怕你和小秋成了，小秋爸会把你提成棉检组长，他的事就黄了。张姐确实生气了，说着说着鼻尖上都出汗了，他是啥东西棉站谁不知道？他亲爹就是叫他气死的，小秋咋会跟这种人处对象！好在老天有眼，小秋第一个站出来反对！张姐的气还没完，你没和小秋谈之前他咋不去提亲，你一有响动他就抢上去，真是的！

宋子秋知道这个他是谁了，心里也很气愤。一件东西放在那，你不动它，别人也不动它，认为它很平常。可你要是拿起它，就有人来跟你抢了。宋子秋觉得这种人得防着，张姐以前说的有道理，张姐老提他日弄他亲爹，宋子秋对这事产生了兴趣。

张姐说，也不是啥稀罕事，棉站的人都知道，他爹是咱桃花乡棉站的第一任检验员，退休后他就接班进来了。后来他爹中风躺在床上不会动，他娘一个人在家伺候，他从不伸手，也很少回家。他娘也老了，没有力气，翻不动他爹，他爹身上就一块一块烂了，最后都生蛆了。他还不管，他娘就用"六六六粉"撒他爹身上，杀那些蛆。他爹临死前他一下子有了变化，床前床后殷勤得不得了，把他娘高兴坏了，以为他变孝顺了。后来他娘才知道他的真正用意，就是他爹临咽气前，想说一句话却说不出来。他趴他爹脸上，他娘以为他要给临死的人说两句宽心的话，谁知他问他爹：存折放哪了？他爹听了这句话，一翻眼就过去了。

最后张姐关照宋子秋，你可防着他点，这种人啥事都能做出来。宋子秋点点头，说，我少跟他接触。张姐进一步点他：我是说你和小秋的事防着他，这种人偷抢都做得出来。

俗话说，不怕贼偷，就怕贼惦记。宋子秋还是失败了。

小秋和他的恋爱正健康地发展着，健康这个词是宋子秋在日记里用上的。因为小秋心地纯净，思想正统，两人除了接吻，再没深层次的事情发生。宋子秋想，小秋坚决不让。她把女孩子的那点东西看得很重。她去找宋子秋还怕被别人说闲话，每次都以借书为名。借了书，就去2号棉垛上看书。她躺的那个位置正好是宋子秋平时看书躺的位置，躺的次数多了，上面都留下了一个"印儿"，她就照那个"印儿"躺下去，躺下来先闭上眼睛，美美地体味一会儿。她是在寻找宋子秋的体味吗？

那天，宋子秋去打水，经过2号棉垛时，看到了已经睡着的小秋，脸上盖着那本《红与黑》。宋子秋放下水悄悄爬上2号棉垛，一步一步向小秋靠近，他猛地掀开了盖在小秋脸上的《红与黑》。那本书却是倒着放在小秋脸上的！宋子秋猛然想起来了，他听张姐说过，小秋只上了两年小学，因无法与老师同学沟通就辍学了，也就是说她借的书还的书都没看呵……

小秋醒来，看到宋子秋在对着倒放的书发呆，她一下子脸红了，接着从棉垛上跳下来，无比害羞地跑了。

这之后小秋再也不来找宋子秋了，宋子秋知道自己伤害了她的自尊心。小秋太敏感了，宋子秋心想，也许经过一段时间就好了。

谁知过了一段时间，却传出消息，小秋要和王清志结婚了。这怎么可能！宋子秋去找张姐，小秋当初不是不同意找他吗？张姐一脸沮丧，我也不明白，这回小秋死活都要嫁他。你是怎么把小秋弄丢的，你好好想想，这事你有责任！

宋子秋把脑袋都想疼了，也想不出咋把小秋弄丢了。

十

弄丢了小秋，就意味着宋子秋又一次失去了机会，因为小秋的爸爸是县棉麻公司分管棉检的副经理，他一句话，提个棉检组长还真是小菜一碟儿。

宋子秋只好孤注一掷，把希望全部寄托在市棉麻公司举办的三年一度的技术大比武上。棉检是一项很专业的技术，外行人一般进不去，学一点儿也没啥用，只有被棉站认可使用了，才能派上用场。就像做原子弹的工程师一样，到了民间还不如一个铁匠篾匠有用呢！这个大比武，在社会上没啥影响，只在圈里红，而且红起来就能发紫。郭师傅当年拿过亚军，被评了工程师不说，两个小孩还安排了合同工。而且成了县棉麻公司的技术权威，公司因棉花质量跟纱厂打官司回回离不了郭师傅，这个时候，经理都给他拎包呢！宋子秋知道，只要自己拿下前三名，提一个棉检组长就如煮熟的鸭子，谁都不敢放个狗臭屁。

宋子秋把这一次大比武看得很重。他想如果这次考不上，他不等爹拿石头蛋砸指头就跳河了结自己。

大比武共分五个项目：笔试、测水测杂、估水分、定级和拔棉束。宋子秋自信笔试是自己的强项，测水测杂的别称叫"一把抓"，就是往台秤上抓籽棉，标准是一斤，根据你的上下误差打分；估水分是给你一斤籽棉，通过手感目测估出能出几两皮棉；定级主要是根据国家标准确定棉花等级；拔棉束就是把棉花撕来撕去，最后拔成一个宽约几厘米的小棉束，然后测出长度。这几项全是硬功夫，宋子秋每天一下班就把自己关进宿舍里苦练。技术员是可以把棉花带进宿舍练习的，宋子秋天天练习，黑白不分，渐渐地，棉花就占了大半个宿舍，宋子秋每天都被棉花包围着。宋子秋眼里除了棉花，啥也不存在了。就像他当年参加中专考试一样，除了课本，还是课本。

宋子秋的专心致志使他的对手不安起来。王清志虽然作为棉检组长的后备力量一直在培养着，却迟迟提不上来。原因有两个，王清志技术弱、人品差，占一项。另外就是小秋爸太耿直，老头子是个倔萝卜，越是亲的近的他越不照顾。就拿小秋说吧，咋不能挑个出纳一类的轻快活干着，他却一直让她当传票员，当传票员以前还喂过籽棉哩！

老头子作风更硬，有些女棉检员想提拔，就去公司找他，积极向组织靠拢。老头子一见女的来了，就把办公室的门打开，从不给这些女棉检员表现的机会。夏天开门没啥，大冬天小北风呜呜叫着，他却大开屋门，找他的女棉检员就有些不满了：经理，你也太那个了吧！好像我们是专门来勾引你似的，你可不能从门缝里看人，把人看扁了。他也觉得自己的做法有点过分，门就不开了，他让人做了一根米把长的旱烟袋，女棉检员来了他就一窝接一窝地吸烟，旱烟袋直逼女棉检员，不一会儿办公室里就灌满了烟臭。女棉检员们只好收拾起自己的多情和幻想，仓皇而去。尽管王清志找过他多次，他却一直没答应，说王清志还年轻，多锻炼锻炼好。

王清志就有些后悔，弄不清自己娶了小秋是对呀，还是不对，就像一桩买卖，弄到底竟不知自己是赔了还是赚了。宋子秋的"闭关修炼"让他空前恐惧起来，宋子秋要是弄个冠军、亚军什么的，自己别说提棉检组长，就是这个后备干部也保不成了。王清志知道自己比不过宋子秋，光那个笔试就不行，他也弄了一本资料学习，什么叫棉花纤维什么叫水分，今天背下来明天就忘了，更严重的，有时候背得滚瓜烂熟，上一趟厕所回来就忘了个一干二净，就是马马虎虎记得，好多字自己又不会写。王清志就有些急躁，加上老丈人一再推他，他就想找人发泄发泄。

他并不喜欢小秋，小秋长得如何粉面桃花，但她也是一个聋子，当初娶她，就是相中她那个当经理的爸爸，谁知这老头子却不给他这个方便！王清志看小秋就格外不顺眼了，起初是骂她。小秋聋，根本听不见他这些比屎尿都脏的话，无动于衷。后来就动开了拳头，他这个人阴，怕人知道，所以他从不打脸，专打小秋的肚子。一拳下去，小秋就蹲在地上起不来了。小秋以前跟宋子秋谈过恋爱，王清志和小秋第一次那个后，他满床找也没找见那种男人期待的红，他顿生疑窦，闹不准宋子秋这个王八羔子早把桃摘了！王清志越想越觉得自己亏，打骂也不断升级，后来就不用拳头，改成了皮带。小秋经常被他抽得满床打滚，却忍着不喊不叫。小秋要面子呵！

棉站的人都知道王清志在打小秋，可人家的门关着，小秋又不喊不叫的，也没法去管这件事。王清志是很注意外部形象的，关上门给小秋的是斥骂、拳头和皮带，开开门却是笑脸和亲昵，小秋在池边洗衣裳，洗一件他帮她搭一件，还和她一起拧单子，恩爱着呢！宋子秋也知道王清志在打小秋。有一回，他一个人在检验室，小秋来拿传票。给了小秋传票，小秋却不走，一双会说话的眼睛瞪着宋子秋，久久不肯离开。你们还好吧？宋子秋不知道说啥好，就这么问了一句。小秋虽然听不见，可她根据宋子秋的口型也知道宋子秋的意思。她的眼泪一下子像决了堤的洪水一样下来了。之后，她挽起了两只袖子，两只嫩藕般的胳膊上青一块紫一块，不堪入目。宋子秋震惊了！

小秋的遭遇有时也牵动宋子秋的心，可大比武的日子一天天逼近，他渐渐无暇想这些了。当他的各项技能在突飞猛进的进步时，他遇到了一个难题。他有出手汗的毛病，拔棉束的时候，纤维粘在手指上，拔的棉束要么不成型，要么成型而不规则。拔棉束很关键，这个出手汗的毛病肯定要拉他的分。他很害怕自己功亏一篑。

就在他参加比赛的头一天晚上，小秋忽然闯进了他的宿舍。你怎么来了？宋子秋很吃惊地问，因为天已经很晚了，棉站大院的灯也熄灭了。

小秋不说话，却把手里的一样东西递给了宋子秋。宋子秋一看，惊喜得一下子说不出话来，他怎么就没想到呢，在学校的时候，老师不是讲过，控制出手汗的最好的办法就是用这东西。小秋，让我咋感谢你呢？宋子秋接过小秋递过来的蛇皮，满脸满眼关不住的喜悦。

他突然发现小秋的眼里蓄满了泪水，一丝怜爱涌上心头，宋子秋问：你……又……来让我看看！

这一次小秋卷起的不是袖子而是上衣，宋子秋看到了她伤痕累累的后背。宋子秋的泪刷一下淌了出来：人心都是肉长的，他咋恁狠心……

他想上去抚摸小秋身上的伤痕，小秋却一激灵跳开了，眼睛里满是惊恐。他知道小秋是一个很正经的人，恋爱的时候她只让他吻嘴唇，其他部位一律不准动。宋子秋满是伤感的手垂落了下来。

这时窗户外吧嗒一声，有人！宋子秋霎时惊出一身冷汗，他跳到外面，却见一个黑影闪了几闪，不见了。

小秋回去后，爆炸般的打骂声响满了棉站大院。这一夜，宋子秋和棉站的人一样，在惊心动魄中度过了。他在梦里又见到了小秋盈盈的泪眼。

十一

宋子秋拿下了大比武的冠军！

就在县棉麻公司准备直接任命宋子秋到另一家棉站担任棉检组长的时候，一封具名告状信寄到了公司。信是王清志写的，说宋子秋作风有问题，勾引他媳妇小秋，并且有照片为证。照片很模糊，是小秋正让宋子秋看她后背上的伤。王清志写过信，又去找了小秋他爸，说你要敢任命宋子秋，我就跟小秋离婚，休了她。

老头子气得直哆嗦。他也影影绰绰地听说了女婿不待见小秋，打小秋，骂小秋，可问小秋，小秋却摇头说没有。王清志又去找了小秋的妈，拿照片让她看。老头子一回家，老太太就鼻涕一把泪一把地哭，你不提拔自己的女婿，惹他生气，真不要了小秋，一个聋子又离过婚，你让小秋咋活呀！老头子很生气，说他是马尾巴提豆腐，提不起来，人家宋子秋拿了冠军，硬邦邦的条件，不提人家提谁？老太太一听，眉眼竖了起来，说：这回你要胳膊肘朝外拐，提了那个宋子秋，叫小秋不能过，我就跳河给你看！话说得很硬，老太太动了真气。

老头子没办法，最后叹了一口气，做了一回违心事。

宋子秋又一次从山巅上摔了下来，这一次摔得太狠了，结果他大病一场，输了一个月的液才稳住了神。

病好了去上班，老宋送他到村口的石头桥上，两人都停住了脚步。宋子秋想起了爹砸手指头的事，老宋想起送子秋报到的事。老宋望着一下子像个小老头一样的儿子，满心酸楚：子秋呀，子秋呀……他唤了两声，猛然弯腰捡起了一块石头蛋甩了出去；接着又拾起一块。宋子秋眼疾手快，也捡起一块，他心说，只要爹再砸自己的指头逼他，他就把左手五根指头全砸成稀巴烂！

老宋没有砸自己，一扬手，石头蛋又飞了出去。石头蛋落进河里的同时，老宋长叹一声：人人都有皇帝命，人多轮不着咱呀！

这之后，老宋再不提家里没出过生产队长之类的话了。

十二

宋子秋感觉自己就像是被压在五指山下的孙悟空，观音菩萨搬开五指山，他一下子解放了出来。那个棉检组长，压得自己好苦好苦呵，险些把自己的灵魂压出窍呵！

他很感谢王清志，是王清志最后粉碎了自己的理想，实际上是搬走了自己身上的五指山。当宋子秋得知王清志那天晚上故意让小秋给自己送蛇皮，并用照相机拍下了他和小秋的"奸情"时，当他又得知王清志当初是用安眠药强行占有小秋时，宋子秋竟没有恨王清志。宋子秋反而迅速和王清志他们打成了一片。

他们一起去桃花乡那家著名的丸汤店喝"火爆"，并且每次都弄醉一到两个人。宋子秋有时也喝得酩酊大醉，搂着王清志的脖子回棉站，一边走一边骂：日他个哥，叫老子喝这种三四块钱的火爆，你知道老子家里存的啥酒？剑南春，一百多块钱一瓶的剑南春……

宋子秋的家里也基本像个供销社的仓库了。虽然不敢跟老郭家的比，但也是小有规模。如果说老郭家是供销社的乡级仓库，那么他家就是村级仓库。村里人搬了东西来，老宋哈哈一笑，收下后再也不会去回礼了。那个和他作对的抓钩，让宋子秋结结实实拾掇了一番。宋子秋见他来售棉，就在水分、杂质、等级上做手脚，让他吃了亏还说不出来。抓钩再售棉就去第一检验室，宋子秋专门安插老郭和王清志"照顾"抓钩。抓钩便搬来他媳妇的表哥——秃头炊事员说情。老郭和王清志就要动摇的时候，宋子秋把他俩叫到一边：老秃是自己人呀，我是自己人？郭老师你好意思向他？王清志咱可是师兄弟呢，你说是不是？王清志一听一抡胳膊，可不是，他老秃算个鸡巴！

抓钩彻底失望之后，又鼻涕一把泪一把来找老宋打自己的嘴巴了。

宋子秋的几个同学依仗他做起了棉花贩子，从外乡收购棉花，卖到桃花乡棉站。窄窄的小红票上，宋子秋大笔一挥，嘎嘎响的票子就进了他们腰包。当然，他们是不会亏待宋子秋的。同学们再不提宋子秋上小学借铅笔刀一事了。

宋子秋迅速变化得连他自己都不认识自己了，老宋很替他担心：子秋啊，悠着点，咱可别摔跟头呀！宋子秋不以为然，他叫爹把心放肚里：

咱这些算个啥，比起老郭他们，小巫见大巫了。我心里有数。

宋子秋对棉检组长一事根本不再放在心上，他是完全放弃了。县公司再下来考察技术干部，找他谈话他连去都不去。公司领导和站长都很生气！特别是站长，不免骂上几句：日他个哥，这个宋子秋，鸡巴硬起来，一点组织观念都没有！

大家传给宋子秋，宋子秋一嗤鼻：哼！老子稀罕？

有一回，也就是宋子秋参加工作的第五个年头，新棉开秤前的那段日子里。宋子秋对那些脏乌乌、东倒西歪、松松垮垮的破机器再无兴趣，站长又吆喝跟媳妇上床前还得洗洗刷刷一类的话，宋子秋充耳不闻。宋子秋和一干人天天上班打扑克，输了就往脸上粘纸条，要么是掏钱请客。那一天，宋子秋输得很惨，脸上耳朵上粘满了纸条，还是输，处罚就升级了，王清志用水笔往他脸上描了两个小王八。一个在鼻子上，一个在左脸蛋上。打得正起劲，会计来喊宋子秋：公司领导来了，找你谈话，站长叫你赶紧过去！

有人透过窗户往前院瞅，公司的那辆小轿车果真趴在站长室前。宋子秋根本没搭理会计，将一把牌狠狠甩在桌子上：双吃！

会计急了，催他：宋子秋你耳朵聋了？

这回宋子秋听见了，冲会计笑笑：你才聋了！跟站长说，我修机器正忙呢，弄了一身油，没法去见公司领导。

会计气呼呼走了，一会儿站长亲自来了，未进检验室就骂开了：宋子秋你个王八羔！公司领导找你谈话是闹着玩的？咋分不出个眉眼高低！

那天谈话一结束，宋子秋就急马流星地回了一趟家。王清志喊他：等你请客哩，你想溜是不是？却见他一张脸硬得像风干的年糕。宋子秋拐进乡供销社买了一瓶"五粮液"，又买了一堆下酒菜，牛肉烧鸡什么的，很丰盛。一进家门就拽住他爹，说要喝两盅，这时候，宋子秋的脸色已经恢复过来。老宋瞅着喜滋滋的儿子，知道儿子遇见喜事了，他问：

啥事让你这么高兴？

你猜猜，爹。宋子秋给老宋满上一盅酒。老宋端起来一口干了，同学又给你分钱了？

新棉还没开秤，分啥钱呢？

哦，是的是的。那是你找着对象了？老宋双眼放光，吱一口又干了一盅，一准是，对不对？

宋子秋笑笑，不置可否。

老宋见儿子跟他卖关子，有些急了：你个狗东西，跟你爹兜啥圈儿呢？有屁就快放！

宋子秋轻描淡写地说了。宋子秋说完又给老宋满上一盅。

老宋愣在那里，端着那盅酒却怎么也喝不下去。咋会这样呢？咋会这样呢？他一个劲喃喃着。最后他放下酒盅趴在桌子上哭起来，起先小声哭，慢慢声音就大起来，而且越哭越痛，跟个孩子一样，哼哼的。宋子秋也没有劝他。

十三

后来宋子秋又处上了对象，是乡中心校的小王老师。小王老师中师毕业，是桃花乡乡长的女儿。还真让那几个光屁股一起长大的伙伴说中了，他宋子秋果真找了个高干子女。不过，小王老师却很随和，没有一点高干子女的架子和飞扬跋扈。她一来棉站就给宋子秋洗衣裳，还替他整理屋子，一个单身汉的潦倒说没有就没有了。宋子秋的生活开始整洁起来。小王老师对年轻有为的宋子秋很满意，有一次，她问宋子秋：你的理想是什么？

宋子秋正要回答，猛然想起了墙上盖着的抱负，他就把巩俐一把揭下来扔到地上，然后对小王老师说：你看，我的理想就是当上棉检组长，可是跌了一堆跟头也没闹成。一点希望没有了，谁知我们的上级——县供销社这些年不景气，大中专生纷纷跳槽走了，为了挽留这些有生力量，就下了一条规定，凡有三年以上工作经验的大中专生一律原地提拔，瞧，连考察都不用就一下子把我提拔成了分管棉检的副站长！

宋子秋说完，见小王老师目光如水深情地望着自己，就问：你的理想呢？

找个有理想的人。小王老师的目光更深情了，并且池水波澜起来，现在，我的理想也实现了。小王老师说完，身子就有些发软发颤，娇弱不堪的样子，望着宋子秋宽厚的肩膀和坚定的胸脯，大有投奔之意。

宋子秋毫不犹豫地张开了两条胳膊。小王老师很激动，宋子秋听见了她幸福的呻吟和娇喘，也跟着激动起来。两人一起努力，日他个哥，就把洞房该办的事儿提前给办了。

选自《长城》2006年第4期